公元787年，唐封疆大吏马总集诸子精华，编著成《意林》一书6卷，流传至今
意林：始于公元787年，距今1200余年

意林轻文库

青春最美，梦想出发
中国式好看轻小说优鲜品牌

版权所有　侵权必究

图书在版编目（CIP）数据

拜托了，龙子！.3,大家长之战/惊歌著. -- 长春：北方妇女儿童出版社,2019.2
（意林·轻文库.美少年系列）
ISBN 978-7-5585-2032-7

Ⅰ.①拜… Ⅱ.①惊… Ⅲ.①长篇小说—中国—当代
Ⅳ.①I247.5

中国版本图书馆CIP数据核字(2018)第301690号

拜托了，龙子！③大家长之战
BAITUOLE, LONGZI！③ DAJIAZHANG ZHI ZHAN

出 版 人	刘　刚
总 策 划	阿　朱
特约策划	师晓晖
执行策划	张　星
责任编辑	吴　强　周　丹
图书统筹	非　非
特约编辑	张　星
绘　　图	Carol可
书籍装帧	王　春
美术编辑	袁　萌
开　　本	700mm×1000mm　1/16
字　　数	420千字
印　　张	14
版　　次	2019年2月第1版
印　　次	2019年2月第1次印刷
印　　刷	河北盛世彩捷印刷有限公司
出　　版	北方妇女儿童出版社
发　　行	北方妇女儿童出版社
地　　址	长春市人民大街4646号
	邮编：130021
电　　话	0431-85678573
定　　价	35.00元

版权所有　侵权必究
如发现印装质量问题，请与印务部联系退换，电话：010-51908584

目录 contents

- 第一章 001 未能言明的情愫
- 第二章 019 讨厌又羡慕的你
- 第三章 035 戏精偶像
- 第四章 051 赤月水母
- 第五章 067 来自未来的敌意
- 第六章 081 不一样的裴西林
- 第七章 097 日出告白

目录 contents

第八章	113	萃子园的秘密
第九章	127	钱家有女初长成
第十章	141	竹深藏旧梦
第十一章	155	似是故人来
第十二章	169	第二个契约者
第十三章	185	游戏从掷骰开始
第十四章	201	新任大家长诞生

龙族档案

老大 囚牛 贺南归

家族大家长，年过花甲却貌如少年，为上一代龙九子之囚牛。本人已逝，现为赖远辰"扮演"。

老二 貔貅 钱毋庸

家族二当家，钱家养子，坐拥数亿资产的总裁，不通人情只关心家族利益。

老三 睚眦 曾默

家族刑堂掌事，外冷内热的前刑警队队长。

老四 狴犴 萧甯

年刚而立，天生似狴犴好讼，却是邪道律师，不问公正，只问利益。

老五 狻猊 赖远辰

前F大学外聘教授。中英混血，生性温柔，为不可告人的秘密退出了家族。

老六 鸱吻 夏凡

当红偶像明星。儿时父母遇害,受钱毋庸资助进入娱乐圈。戏精本精,人前人后两面派。

老七 饕餮 褚良

生性自由不羁,贪食贪财贪色,与狼为伍,四处流浪。

老八 椒图 钟纤霖

椒图乃守门神兽,性好闭,宅男。胆小恐女,缺乏安全感。

老九 霸下 卓景然

连城中学的学霸男神,自恋,是嘴硬心软的傲娇男。

墨麒麟 裴西林

传说中的龙十子,被家族囚禁在地下室三年,为林陌桑所救。

火麒麟 宫巳

祖代火麒麟,年龄未知的"老古董"。曾名林空色,与林雨声为养兄弟关系。曾为白泽的实验品,与姜冬月结下不解之缘。

第一章 未能言明的情愫

高二第一学期期中考试后，林陌桑被班主任高老师叫到了办公室。

自从裴西林留在本家，姜冬月与她冷战后，林陌桑已经很少遇到这种被老师单独约谈的情况。此时刚好是下午第四节自习，没课的老师已经下班，办公室内仅剩（1）班和（3）班的班主任。

林陌桑一进门，班主任高老师就让她坐到了沙发上。林陌桑不明所以，见两位老师拖了两把椅子坐在她正对面，神神秘秘地压低身子，将期中考试前十名的成绩单放在了林陌桑面前。

林陌桑瞬间有了觉悟，立刻开始检讨："这次语文作文没有发挥好，还是审题不仔细，以后一定多多注意……"

林陌桑还没说完，就见高老师摆了摆手："你都考第一名了，再检讨就是老师为难人了。"

一旁的（1）班班主任点了点头，别有深意地指了指第五名。

林陌桑定睛一看，第五名是卓景然。

"卓景然这孩子一直是第二名的，这次竟然掉到了第五名。"（1）班班主任意味深长地叹了一声，"也不知道是什么影响了他。"

林陌桑一头雾水，这是让她分析一下卓景然的考试成绩？

期中考试那天刚好是个阴天，卓景然担心下雨影响自己发挥，又被林陌桑抢了第一名。结果前一天晚上过度焦虑以至于失眠，直接导致第二天睡过了头，考试迟到了十分钟，英语听力只听了一半。

林陌桑想了想，绞尽脑汁地总结道："可能是卓景然同学没能合理安排时间，导致考试发挥失常……"

对面两个老师交换了一个眼神，最终决定由高老师开口。

"林陌桑，你老实跟老师说。"高老师异常严肃认真地问道，"你是不是在跟卓景然谈恋爱？"

就算是年级第一的聪明大脑，也不禁卡壳了三秒。

"啥？"

"没事，老师也是从你们这个年纪过来的，都懂。"

"啊？"

林陌桑咬牙，一掌拍向桌上的成绩单，吓了高老师一跳。

"谁造的谣？"

第一章
未能言明的情愫

高老师愣了愣，没敢说是自己猜的："啊？"

林陌桑想了想，恍然大悟："是不是卓景然那个自恋狂用这个理由辩解他没考好？"

（1）班班主任瞥了一眼（3）班的高老师，高老师抹了一把冷汗。

林陌桑误解了两位老师的欲言又止，不禁气笑了，厉害了啊，卓大神。

"高老师，你要相信我是清白的。"林陌桑一本正经地解释道，"您别看卓景然表面优秀谦逊，他其实是个为了面子能颠倒是非黑白的……"

"林陌桑！"

林陌桑还没说完，就被身后故作爽朗的声音打断了。

窗外，卓景然伸长了脖子，装作才看到两位老师，饱含歉意地说道："不好意思，打断老师们谈话了吗？"

"没……没有。"高老师尴尬地抹了抹脸，"也差不多结束了。"

"那我可以请教林陌桑几个题目吗？"卓景然露出一个勤奋好学的优等生该有的标准笑容。

"当然，当然。"

两位老师抬了抬手，对林陌桑说道："你们赶快学习去吧。"

"老师，你真的要相信我啊！"林陌桑剜了窗外的卓景然一眼，"卓景然明显是有预谋地打断我自证清白！"

林陌桑还没说完，卓景然就冲进办公室，半拖半拽地将她拉了出去。

"卓景然，我们堂堂正正地在考场上见，你搞这些下三烂的手段，太没意思了！"

两位班主任看着明显处于弱势的卓景然，不禁看着对方叹了口气。

卓景然真的只是路过。

他原本是想怂恿林陌桑跷掉晚自习，跟他一起早退的。没想到还没到（3）班门口，就在办公室看到了这么一幕。不过卓同学只听到了后面一半，并不知道事出有因。

"当着我班主任的面这么黑我，你也太不够朋友了吧。"

"你乱传谣言就够朋友了？"

卓景然听得一头雾水："我传什么了？"

"刚才,我们班主任问我是不是跟你谈恋爱。"林陌桑想到就生气,不禁深吸了一口气质问道,"这种毫无根据的话难不成是他自己想出来的?"

卓景然愣了一阵,话还没出口,嘴角先不由自主地翘了起来。

"我没说,谁说的啊?"卓景然兀自笑了起来,"都瞎说什么啊,明明是你在追我,我还没答应。"

"你……"林陌桑看着卓景然摇了摇头,感觉他没药救了。

"其实你之前主动去给我买生日礼物,我还挺感动的。"卓景然看了看手腕上的腕带,喜不自胜,"差点儿就答应你了。"

林陌桑觉得自己要晕厥了,她哪里是"主动"去买的?当初如果不是被卓景然逼着去买礼物,也不会因为温祁让裴西林大打出手,最终导致裴西林留在了本家。虽说是接受教导,却不能与她单独联系,林陌桑只能每周从曾默或者宫已那里,打听一些关于裴西林的消息。

卓景然见林陌桑情绪低落,一阵懊恼,也不知道刚刚说错了话。好不容易摆脱了裴西林那小子,卓景然本来挺高兴的,却发现林陌桑的笑容越来越少。

卓景然不禁叹了口气,拧了一把林陌桑的脸。

"再摆出这副表情,我看你改名叫'林陌丧'得了。"

林陌桑吃痛地捂着脸,说道:"不跟你瞎扯,我要去学习了,只有学习能让我振作。"

"哎……哎!"卓景然一把拉住要走的林陌桑,"还有半个小时就放学了,学什么习啊?今天周五,去看电影怎么样?"

林陌桑没有马上拒绝,卓景然知道她上钩了。

"大片,口碑超级好!"卓景然诱惑道。

"你说的是不是那个在游戏里寻宝的?"林陌桑问道,"今天刚上吧?"

卓景然骄傲地笑了笑:"就是那个。"他为了买到IMAX影厅的黄金位置,可是提前好几天预订才抢到了票。

"那你等我一下啊,我回一下宿舍,咱们十分钟后学校门口见。"

林陌桑边说边跑,卓景然比了个"OK"的手势。

没想到竟然这么轻易就把她约出来了,卓景然喜出望外,在校门口摆了半天造型,想等林陌桑出现的时候来个惊艳的亮相。

然而,卓景然万万没想到,等林陌桑出现时,别说摆姿势了,他连话都不会说了。

第一章
未能言明的情愫

"我室友王湾湾,你之前见过的。"林陌桑拉着王湾湾,向卓景然介绍道,"她早就跟我约了要看这个电影了,今天刚好一起。"

卓景然张了张口,半天说不出一个字。

王湾湾从看到卓景然第一眼开始,就努力掩饰着心花怒放的情绪,但嘴角还是情不自禁扬起:"那个,要不我来买票吧,我有会员卡。"

卓景然连忙摆了摆手:"不用,票我买了。"

"这么快?"林陌桑算了一下时间,她回宿舍叫上王湾湾,总共也不过才五分钟,"我刚没跟你说要带个人。你买了几张?"

卓景然烦躁地别过脸:"总之你不用管了。"

连城中学在一条小街巷里,要走一段路到主干道才能打到车。卓景然两手插进口袋走在最前面,林陌桑和王湾湾跟在后面。

林陌桑虽然发觉卓景然情绪不如刚刚高涨,但并没有多想。一旁的王湾湾明显感觉到了卓景然的不愉快,其实早在听到他买了票时,她就知道这根本不是临时起意的约会。

"要不你们去看吧,我明天自己看。"王湾湾压低声音对林陌桑说道。

"怎么了?"林陌桑不解。

王湾湾看了卓景然一眼欲言又止。倘若明说卓景然只是想约林陌桑,反而会让卓景然尴尬。王湾湾想了想,要不谎称有事吧。

王湾湾刚想开口,林陌桑的手机铃声就响了。

林陌桑看到来电显示的时候,不禁愣了几秒,直到卓景然听到响动回过头来,她才接起电话。

"姜冬月?"

电话另一端,沉默了一阵,才传来一个女声:"嗯。"

林陌桑确认是姜冬月本人,心一下子沉了下去。如非万不得已,姜冬月是绝对不会给她打电话的。

林陌桑紧张地问道:"出什么事了?"

"我在市中心医院。"姜冬月似是极不情愿地说出这些话,语速缓慢,声若蚊蚋,"你来一趟吧。"

姜冬月不等林陌桑答应就挂断了电话。

两个人虽然是同班,但是自从裴西林的事之后就很少说话了。姜冬月常常请假不

来学校,林陌桑见到她的机会也不多。钱毋庸派了保姆来照顾她,林陌桑也就没太上心。

林陌桑想起今天姜冬月又没来上课,加上这通突如其来的电话,连断线的嘟嘟声都让她的心脏怦怦直跳,该不会真出什么大事了吧?

林陌桑这么想着不禁加快了脚步。先到路口的卓景然已经打到了车,回头叫林陌桑和王湾湾的时候,才发现林陌桑脸色不对。

"怎么了?"

林陌桑不答,催促着卓景然坐到了前座,又将王湾湾塞到了后座。她趴在窗口对卓景然说道:"我朋友就交给你了啊,看完电影把她安全送回宿舍。"

卓景然愣了几秒才反应过来:"你不去了啊?"

"姜冬月出了点儿事,我得去医院一趟。"林陌桑也不清楚情况,只能如此解释。

"你不去我还去什……"卓景然说到一半忽然想到后座还有王湾湾,急忙收住了话。

王湾湾勉强笑了笑,然后从倒车镜看了卓景然一眼。卓景然面色发灰,显然不高兴了。王湾湾推辞也不是,欣然接受也不是。

"拜托。"林陌桑看得出王湾湾的尴尬,只能向卓景然求助。

卓景然撇了撇嘴,心中再不愿意也不希望让林陌桑过不去:"算了,开车,去市中心的影城。"车子缓缓开启,卓景然不甘心地趴在窗户上指着林陌桑补了一句:"回来剧透气死你!"

姜冬月给林陌桑发了医院定位和科室的位置。等她到达的时候,姜冬月正坐在诊室外的长凳上玩游戏。与往日不同的是,姜冬月裹着围巾、戴着口罩,将自己包裹得严严实实。

"怎么了?"

林陌桑路上跑了几步,呼吸有些急促,与处变不惊的姜冬月相比,仿佛她才是患病的那个人。

"你进去见一下医生吧。"

姜冬月说着起身领林陌桑进了诊室。医生看到林陌桑年纪也不大,不禁皱了皱眉。

第一章
未能言明的情愫

"我表妹。"姜冬月简单地介绍道。

"你没有其他亲属了吗?"医生问道。

"电话我都打了,唯一能来的也站在这里了。"姜冬月将手机递给医生,"要不你试一下?"

面对姜冬月的"没礼貌",医生也没恼,语重心长地说道:"你上次来我这里,我就说过紫癜体现出的是你的免疫力问题。想要提高免疫力,必须要好好照顾自己,不要挑食,要多运动。"

姜冬月并不领医生的情,转而问道:"所以现在我可以去开药了吗?"

医生见姜冬月讲不通道理,只能对林陌桑说道:"你们的父母呢?为什么每次都是她一个人来?"

林陌桑不知道姜冬月的父母在哪儿,从遇见她开始,姜冬月唯一的亲人似乎就是宫巳。

"宫巳他……"

林陌桑还没说完,就被姜冬月瞪了一眼,显然并不想提起宫巳。

自宫巳留在本家后,好像就再也没有单独联系过姜冬月。林陌桑从来摸不清宫巳的心思,但姜冬月明显是想见宫巳的,却也从未主动联系过对方。

除了宫巳,林陌桑能想到的人只有钱毋庸了。唉,其实不用想,这个人绝对不会为了姜冬月出面。难怪姜冬月会打电话给自己,如果裴西林还在这里,大概今天来的就会是他吧。

"我们的家庭比较复杂……"

林陌桑不知道怎么解释,不禁叹了一口气。医生见状也明白了两人的难处,将病历单交给了林陌桑。

"让她多吃蔬菜水果,补充维生素。"

林陌桑点了点头,向医生道过谢,就去帮姜冬月划账开药。姜冬月将宫巳给她的卡交给林陌桑,然后就坐回长凳上继续玩游戏。

在窗口取药的时候,林陌桑忍不住给宫巳打了一个电话。

如非特别的事情,林陌桑很少主动联系宫巳,所以宫巳很快就接了。林陌桑将姜冬月生病,联系不到亲属来医院的事情简单说明了。宫巳在电话另一端沉默了一阵,然后说道:"还有其他事吗?"

林陌桑本以为宫巳至少会关心一下姜冬月的身体状况,没想到他问都没问一句。

"你不担心她吗?"林陌桑问道。

"如果你只想说这些,那么我已经知道了。"

宫巳说罢就要挂电话,林陌桑连忙叫了一声:"宫巳!"

"嗯?"宫巳意兴阑珊地应了一声。

"你不管她了吗?"

"她的人生是她自己的,我能管得了什么?"

宫巳反问得林陌桑哑口无言。原来世上真有人,可以说不联系就不再联系,说不关心就不再关心。

"他说什么?"

姜冬月的声音响起,林陌桑才发现她在旁边站了许久。她看着姜冬月皮肤上的血斑,心中一阵难以言说的失落。她不懂,宫巳曾为冬月向程旻下跪,冬月更为救他差点儿一命归西。就算宫巳再心冷,怎么能这样说放手就放手?

"她没朋友没亲人,医院也只能一个人来,学校也没人愿意跟她说话,每天病恹恹的,学习不行,还照顾不好自己,可怜得很……"

林陌桑还没说完,就被姜冬月一把打掉了电话。

"你胡说什么?"

林陌桑坦然地捡起电话,不顾姜冬月的阻拦,继续对听筒那边的宫巳说道:"即便我这么说她,她都只能像个跳梁小丑,无力反抗……你看,这就是你费尽心思救下的姜冬月。"

姜冬月死死拽着林陌桑的前襟,即便大部分面容遮盖在口罩之下,却依旧能从仅露出的那双眼中感到强烈的情绪。

是愤怒,又似乎要哭出来;是难过,但好像下一秒就会张口咬在林陌桑的脖子上。

"我很好!"姜冬月大声喊道,"我才不可怜!"

姜冬月去抢林陌桑的手机,抢到手的时候,留给她的只有一片忙音。

姜冬月握着手机蹲在地上,看着长长的医院走廊,水磨石地板在窗前泛着一层白光。那光在她的瞳仁间弥散,像是星光在寂灭的边缘徘徊。她摘下口罩,对着手机反光看了看自己的脸。皮下的血点密集而瘆人,艳丽的面容也变得狰狞。

姜冬月起身将手机扔回给林陌桑,然后提着一塑料袋药离开了。

第一章
未能言明的情愫

　　林陌桑原以为姜冬月会一蹶不振，事实却恰恰相反。紫癜消退之后，她开始回到学校上课。不仅按时到校，还主动和同桌搭话。班长陈非非收作业的时候，姜冬月还笑着对她说了声"谢谢"。这可把陈非非吓坏了，下课就将林陌桑拽到一边。

　　"姜冬月是不是精神不太正常？"陈非非神秘兮兮地问道。

　　其实林陌桑也有点儿意外姜冬月的表现，但现在总比过去要好，至少看起来积极阳光。

　　"而且你知道吗？她还要报名参加运动会。"陈非非将统计表拿给林陌桑看，"你看看，发现什么猫腻没有？"

　　陈非非按项目统计了自愿参赛的同学，最终名单还要交给班主任筛选，所以这只是一张志愿表。林陌桑大概看了一下，姜冬月报了好几项，都是非技巧性项目——与她很相似。林陌桑本身比较笨拙，体能也不算好。因为先前与曾默经历的那些事情，她意识到自己有必要增强一下体能，不能总是拖别人后腿，所以强迫自己报了一些技巧性弱、需要下功夫训练的项目，比如短跑、跳绳，以及接力等团体项目。

　　"你没发现吗？你报什么，姜冬月就跟着报什么。"陈非非啧啧两声，"她是什么意思啊？不知道个人赛的参赛名额一个班只有一个吗？"

　　林陌桑向教室的方向看了一眼，发现姜冬月也在看她。林陌桑一个激灵，觉得自己可能是那天向宫已"打小报告"，惹恼了姜冬月。

　　不过这样也好，总比她孤孤单单一个人离群索居要强。

　　"没事。"林陌桑拍拍陈非非的肩膀，为她宽心，"巧合罢了，别想那么多。"

　　"哎，其实也的确不用太在意啦。"陈非非压低声音说道，"就她那三天两头请病假的体质，我估计老高也不会让她参加，最后还是要把她刷下来。"

　　陈非非不愧是班主任老高手下一把手，深谙老高的心思，运动会参赛名单公布出来的时候，果然没有一项有姜冬月的名字。

　　高老师在课前念名单的时候，林陌桑就见姜冬月脸色不对了。果不其然，一下课，姜冬月就把高老师堵在了教室门口。

　　大概是有意调整了情绪，姜冬月发问的时候还算礼貌。

　　"个人赛我没入选，是我技不如人，为什么团体赛宁愿让已经有项目的同学上，也不能给我一个机会？"

　　其实，运动会报名的事大家热情不算高涨，特别是长跑，至今还没有人选。所以高老师也没想到，竟然还会有人因为没当选而来质问自己。

高老师迟疑了一阵，才说道："这是我和体育老师商议的结果，她结合了全班体育课上的表现。大家都希望更合适的同学参与比赛，取得理想的成绩为班级争光，不是吗？"

"是不是我先要在体育课上跟班里同学比一次，才能证明我也'合适'？"姜冬月反问道。

高老师没想到姜冬月这么固执，最后只好搬出"安全第一"的理由："老师也是担心你的身体，万一比赛中出事，得不偿失，是不是？"

"我已经好了，我很健康。"姜冬月强调道，"需要我请医生开个证明吗？"

高老师无奈，只好退了一步："这样吧，其他项目已经定好了，我们就不纠结了，正好还有一个长跑没人报名。如果医院证明你可以参加长跑，我就让你上，怎么样？"

姜冬月恭恭敬敬地鞠了躬，坦然地说道："那麻烦您准假，我现在去医院开证明。"

高老师抚额——自己挖的坑，就自己跳吧。

"好，你去吧。"

可惜姜冬月并没有得到医生的首肯。

姜冬月大病初愈，平时又缺乏体育锻炼，倘若短跑，还勉强可以尝试，但长跑对她的心肺会造成巨大的压力。

原本姜冬月是一个人去的医院，但是医生担心她又任性妄为，于是给林陌桑打了电话，嘱咐她一定不要让姜冬月逞能——林陌桑就这么莫名其妙地成了姜冬月的"监护人"，真让人头痛。

更让林陌桑没想到的是，姜冬月竟然为了这么一件小事，伪造了一份医院证明。

林陌桑路过办公室时，看到姜冬月面不改色哄骗老高，用伪造的证明报名长跑的时候，实在拗不过自己的道德底线，最终还是伸出了制止的手……

林陌桑一把抢过姜冬月的假证明，冲出办公室拔腿就跑。她没办法在老高面前拆穿姜冬月，毕竟欺骗老师可不是小事。所以只能用这种粗暴的方式破坏姜冬月的计划。

姜冬月反应极快，在林陌桑抢走证明的一刻就反手去夺。林陌桑向楼下跑，姜冬月也紧随其后，最后只剩下追到走廊的老高一头雾水。

第一章
未能言明的情愫

林陌桑引着姜冬月跑下楼,又在操场上跑了两圈,最后姜冬月实在跑不动了,就一屁股坐在了操场跑道上。其他在跑道上练习的学生,只能改变路线,绕开姜冬月那一道。姜冬月看着人流从两侧向前,她停在原地,就好像被抛弃了一样。

林陌桑走过去,站在姜冬月面前:"你看,你连我都追不上。"

"关你什么事?"姜冬月大口喘着气,声嘶力竭地喊道,"你为什么要管我啊?"

姜冬月跟她非亲非故,甚至连朋友都算不上,林陌桑的确找不到关心她的理由。只是,除了她,姜冬月身边一个人也没有了啊。林陌桑体会过那种孤立无援的痛苦,当年好运让她获得了龙神骰子,才得到了曾默、赖远辰、萧甯等人的帮助。可是姜冬月什么都没有,连为她伪造骰子的宫巳也渐行渐远。

林陌桑知道自己能力不足,就像她其实拯救不了裴西林一样,但是至少可以帮助姜冬月站起来吧。

"还有一周才是运动会,这一周里你如果跑过我……"林陌桑伸出一只手,想拉姜冬月起来,"我把接力的名额让给你,怎么样?"

姜冬月终于平息了心速,镇静地抬头看着林陌桑,没有回应她伸出的手。林陌桑不急不恼,等待着她的探寻与审视。

"我不可怜。"姜冬月答非所问。

林陌桑这才恍然大悟,原来是为了这个,才一直跟她赌气。

"我不可怜。"姜冬月又重复了一次。

林陌桑无奈地笑了笑,点头说道:"是的,你不可怜,是我错了,我不该那么说你。"

"我也很健康。"

"嗯?"

"我的病已经好了。"姜冬月强调道,"我很健康。"

看着姜冬月坚定的神情,林陌桑此时才意识到,健康对于一个普通人来说,其实是稀松平常的事情。可是对于在死亡线上挣扎过的姜冬月来说,却是她历经千辛万苦,于病痛与绝望的战斗中获得的宝物。

"是的,你很健康。"林陌桑举起手中的假证明,"所以你根本不需要这种东西。"

林陌桑说罢就把那份证明撕成了碎片。

"你用实力证明给我看,给老高看,不需要作假。"林陌桑说着,再次向姜冬月伸手,"一周,超过我,我让给你。"

这是诺言,更是鼓励。

姜冬月看着那只手,迟迟没有动作。就在林陌桑尴尬自己多此一举的时候,姜冬月忽然抬起了手,在她手心狠狠打了一下。

"啪!"

林陌桑吃痛,倏地收回了手:"你干什么啊?"

好心当作驴肝肺。林陌桑一边甩着发麻的手,一边有些哀怨地腹诽。

姜冬月两手撑着地,自己站了起来。

"不是你让给我。"见林陌桑发愣,姜冬月不禁笑了一下,"是我抢过来的。"

命是她从死神那里抢来的,自由是她从白泽那里抢来的,甚至裴西林都算是她从林陌桑身边抢来的……所以她不要任何人的施舍。

林陌桑虽然做出了"比拼"的提议,但她私下找了老高,直接退出了接力,改选了长跑,希望老高能给姜冬月一个机会。作为(1)班体委的卓景然,那时刚好也在办公室跟班主任确认运动会最终名单。于是我们的卓大神,左耳听着林陌桑这边的动静,右耳还要肩负商讨正事的责任,十分钟可把他累得够呛。

林陌桑一出办公室,卓景然就跟了上来。

"哎,你那体质,一千米跑得下来吗?"

"小瞧我啊?"林陌桑反问道。

"我这不是担心你半路跑晕了,我还得背你去医务室不是?"卓景然故作烦恼,抓了抓头又大义凛然道,"我也报名参加长跑陪你算了。"

"又是篮球赛,又是接力,又是跳高……"林陌桑细数着卓景然报名的项目,"你准备一个人代表全班参加运动会是吧?"

"你还挺关心我的啊。"卓景然喜不自胜。

林陌桑无奈,陈非非把卓景然当成运动会最大劲敌,跟她商量了半节课对策,决定效仿田忌赛马,放弃篮球赛和跳高,争取把接力第一拿下来。

林陌桑当然不能把陈非非的大计告诉卓景然,只能绕开话题问道:"你知道那种不经常运动的人,怎么能尽快提高体能参加比赛吗?"

"平时多拉伸肌肉,以防运动中受伤和运动后肌肉酸痛。"卓景然边想边说道,

第一章
未能言明的情愫

"如果一开始力量不行，就先从有氧运动开始增强心肺功能。"

卓景然以为林陌桑说的是自己，于是两眼发光地自荐道："你要是拉伸没经验，我帮你啊。明早七点，学校操场？"

林陌桑看着卓景然，若有所思，然后点了点头："行。"

于是第二天早上，卓景然就看到了林陌桑……以及姜冬月。林陌桑每次总是能给卓景然带来哭笑不得的"惊喜"。

卓景然对姜冬月一直没什么好感，毕竟那"生人勿进"的气质，就足够让他望而却步。碍于林陌桑的面子，卓景然教了姜冬月几个基础拉伸动作，陪跑了两圈就意兴阑珊了。他本意是想找林陌桑玩儿的，可林陌桑的注意力全在姜冬月身上，他连一个眼神都没捞到。

最后，卓景然打起了后勤慰问的主意，放学后就拿着高蛋白饮料、零食去宿舍找林陌桑。

卓景然长得俊秀可人，嘴巴又甜，宿管阿姨直把他当亲儿子，于是他直接提着零食就敲响了林陌桑的宿舍门。开门的是王湾湾，王湾湾有点儿近视，戴着一副黑框眼镜。卓景然看她第一眼还没认出来，但王湾湾怎么可能不认识她男神，吓得差点咬到舌头。

王湾湾知道卓景然肯定是来找林陌桑的，多余的话都没有："她洗衣服去了。"

卓景然心照不宣，说道："哦，那我去那边找她。"

卓景然说着要走，王湾湾连忙拉了他一把。

"女生洗澡间也在那边……"

王湾湾欲言又止，见卓景然懂了她的意思，就连忙放开了手。

"你要不先进来？外边女生来来往往的……"

卓景然看着手上两大袋东西，无奈地点了点头。

"那就进去等吧。"

林陌桑提着洗好的衣服回宿舍时，卓景然正一脸阴沉地往外走。

"哎，你怎么来了？"林陌桑问道。

"给你送了点儿吃的，已经放……"卓景然说着向宿舍的方向看了一眼，门半掩着，看不到里面的人，"放你桌上了。"

林陌桑愣愣地点了点头："哦，谢谢。"卓景然也不是第一次这么献殷勤了，林陌桑已经习惯了。倘若拒绝，卓景然还会跟她发脾气，倒不如顺其自然地接受。

卓景然烦躁地抓了抓头发，想干脆就这么走掉，但走出两步又不甘心地转身问道："你到底知不知道她对我……"

卓景然的话说了一半，林陌桑反应了半天，才猜测道："你说湾湾吗？"

"对，就是她……她……"

卓景然犹豫着怎么开口，宿舍门忽然打开了。王湾湾站在门边，眼眶有些发红，像是犯错的孩子一般支支吾吾地说道："不关你们的事，是我自己……对不起，你们不要介意，什么事也没有。"

王湾湾说话时，声音都有些抖。她的眼神闪烁，言辞谦卑，像是在恳求卓景然。

两个人像是在说谜语，林陌桑一句也没听懂，不晓得刚刚到底发生了什么。

卓景然看了看王湾湾，又气恼地瞪了一眼林陌桑，两手抓着头发泄愤似的"啊"了好几声，最后一跺脚冲下了楼，连句"再见"也没说。

虽然是全校运动会，但只有高一高二两个年级参加。所以王湾湾这些高三生可以在运动会期间放假休息，于是前一天放学就回了家，宿舍只剩下林陌桑一个人。

早晨林陌桑被一阵敲门声吵醒，卓景然在门外拿着两身篮球服，兴高采烈地在身上比画："哪个更帅？快帮我选一个！"

林陌桑看了看时间，距离入场仪式还有一个多小时，卓景然就开始为中午的篮球赛忙造型了。林陌桑想打人，"嘭"的一声把门关上，克制住了即将出手的暴力情绪。

运动会入场仪式，由每班以方阵入场。因为姜冬月迟到，于是（3）班队尾便缺了一个人，看起来特别不整齐，下场的时候陈非非抱怨了许久。接力比赛是下午的项目，林陌桑觉得以姜冬月的个性，能够按时赶上赛前确认就已经很不错了。

中午的时候，王湾湾回了学校，还给林陌桑带了家里做的饭菜。

王湾湾打开餐盒，林陌桑看着那红红绿绿，搭配得像是美食博主所拍的照片中的组合，不禁笑出了声。

"你笑什么啊？维生素、蛋白质加碳水化合物，很科学的！"王湾湾焦急地解释道，"你下午长跑，不要吃得太油腻，而且要适时补充糖水和盐水。"

王湾湾又从包里拿出两个大瓶子，上面还贴了盐和糖的标签。

林陌桑发现王湾湾的袋子里还放着两块牌子，不禁问道："这是什么？"

"这个啊，"王湾湾神秘兮兮地拿出其中一块粉色的牌子，配着一串高低起伏的

第一章
未能言明的情愫

亮相音,"当当当当!"

林陌桑一眼就看到了自己的名字。

"高二(3)班,林陌桑,你最棒!加油!"王湾湾兴奋地念着牌子上的口号,"惊不惊喜?意不意外?开不开心?"

难怪王湾湾忽然要回家,原来是悄悄给她做了应援牌。林陌桑弯起嘴角,点了点头。

"谢谢。"

"怎么是'谢谢'?"王湾湾勾过林陌桑的肩膀,"应该是'开心'。这样,你开心我就开心,哈哈哈!"

林陌桑顺着王湾湾的话:"嗯,开心。"

"那我也开心。"

林陌桑抱住王湾湾,庆幸自己有这样一个朋友。

长跑比赛在接力赛之后,是运动会最后一个项目。于是班主任高老师就将林陌桑从观众席叫了出来,临时调到了广播宣传组帮忙,念一些各班递上来的宣传稿子。

卓景然得知林陌桑临危受命,不能去现场为他加油的时候,差点儿要去跟老高干架。

"你去把老高'打残打废',我就去给你加油。"林陌桑故作冷漠地说道,"去吧。"

这下卓景然没了办法,只好乖乖去比赛,但并没放弃,变着花样怂恿班里同学特别是罗越往广播站送宣传稿,指名让林陌桑读。

"那矫健的身姿,犹如天神下凡,带着太阳的光辉,让平凡的人类无法直视。奔跑、上篮、得分!他是篮板之王,更是阿波罗之子——卓景然!胜利的代言人,球场上闪耀的太阳,让我们为他欢呼、喝彩!我爱你,高二(1)班卓景然,加油!"

林陌桑看着手里的稿子,咬牙对罗越说道:"这稿子……你写的?"

罗越嘿嘿一笑:"哪能啊,卓大神口述,我代笔。"

林陌桑闭眼深吸了一口气,将稿子递给罗越:"你念念。"

罗越推着手腕拒,一边把稿子往林陌桑手里塞,一边说道:"我这接下来还有比赛,就先走了啊……"

林陌桑将稿子揉成团,刚要丢罗越,就见他转过身双手合十:"拜托了,一定念

啊,卓景然说他听不到你念就输给我看!姐,我们(1)班的荣誉就靠你了!"

林陌桑最终还是过不去心里的坎儿,将稿子简化成了非常精辟的一句:"高二(1)班卓景然,加油!"

一开始林陌桑还有点儿心虚,最后听(1)班赢了球才松了口气。比赛结束后,林陌桑抽休息的空当去找卓景然,卓景然正拿着一块折成两半的应援牌扇风。

见林陌桑走近,卓景然气鼓鼓的,一脸不高兴。

"你还知道来啊。"

林陌桑递了瓶水给卓景然,那股酸溜溜的怒火,就这样被浇得烟消云散了。林陌桑摇头叹气,不得不说,这孩子单纯,好哄。

卓景然仰头喝水,林陌桑这才发现被他丢在地上的牌子有些眼熟。

这是块蓝底的应援牌,牌子上写着"男神卓景然,加油",虽然只有简简单单一句,更没有署名,但从风格和样式,林陌桑几乎一眼就能认出来。

"这是王湾湾给你的?"

卓景然听到王湾湾的名字时呛了一下,若有所思地蹭了蹭下巴上的水,装作没听清:"谁?"

"就是我室友,你们不是上次一起看过电影吗?"林陌桑指着地下的应援牌,"这个是王湾湾做的吧?我也有一块差不多的。"

卓景然看着地下的牌子,然后转开眼神:"不知道,没看见她。"

"你俩怎么了?闹矛盾了?"林陌桑不知道这俩人到底怎么了。自从在宿舍不欢而散后,他俩就一直像是陌生人一样。就算不是朋友,也隔着林陌桑这层关系见过几次了,总不至于还形同陌路吧?

卓景然不说话,又看了一眼地上的牌子。

闹矛盾?卓景然觉得,他和王湾湾的关系根本还够不上这个词。上次在宿舍里,他无意间看到王湾湾的电脑屏幕和手机桌面,上面都是偷拍的他的照片。一直以来,卓景然都很开心女生崇拜爱慕自己,更不会介意她们偷拍照片。可是他一看到对床床头林陌桑的名字,就忍不住厌恶起王湾湾来。

"你们是好闺蜜、好朋友,明知道林陌桑喜欢我,却还对我……你到底怀着什么恶劣的心思?"

他对王湾湾如是说完,就摔门而出,然后就碰到了林陌桑。

当时卓景然不知怎么解释,面对林陌桑他有那么一丝忐忑。倘若林陌桑知道王湾湾喜欢他，却还是无动于衷，那意味着什么？又或者，林陌桑不知道王湾湾的心思，而他暴露给她，两个人会不会因为他就这么崩了？

"没事，能有什么事？"卓景然捡起应援牌，故作轻松地说道，"帮我谢谢她。"

卓景然觉得最好的方法，就是这样瞒着林陌桑的同时，灭掉王湾湾不该有的心思。

"不过，让她以后别做了。这种东西都是一次性的，你看都烂成这样了，只能扔了。"

卓景然说着将裂开的应援牌扔进了一旁的垃圾车。卓景然做得理所当然，似乎没有什么特别的心思，但还是心虚地别过了脸。他漫不经心地喝着水，余光乱瞟的时候，就看到了站在不远处的王湾湾。

卓景然愣了愣，然后仰起头，让王湾湾离开他的视野。他看着天，觉得天空蓝得有点儿残酷而卑鄙。卓景然几口喝完瓶中的水，然后对林陌桑摆了摆手："我准备接下来的比赛去了，回头见啊！"

卓景然像是逃跑一般，朝着王湾湾相反的方向跑去。

林陌桑也看到了王湾湾，她刚想开口，就见王湾湾笑着招了招手："我出去买杯奶茶，顺便给你带一杯送过去。"不给林陌桑拒绝的可能，王湾湾就转身向校门外跑去。

林陌桑那一刻忽然觉得，王湾湾应该是不想笑的。

　　林陌桑是回广播站的路上接到宫巳的消息的。

　　"长跑加油，拭目以待！"

　　林陌桑看到这条短信不禁一个激灵，先不说宫巳怎么知道运动会和她参加长跑的事情，"拭目以待"岂不是……

　　"你要来学校？"林陌桑飞快地回复了一条信息。

　　宫巳过了一阵才模棱两可地说道："在路上了。"

　　林陌桑都没问清楚宫巳何时来，就在第一时间给姜冬月打了电话，告诉她这个消息。林陌桑知道姜冬月有多么期盼见到宫巳。

　　姜冬月下了车，是从校门口一路跑到广播站的。

　　"宫巳呢？"姜冬月见到林陌桑，气喘吁吁地问道。

　　"还没到。"林陌桑窘迫地说道，"不过说在路上了。"

　　姜冬月听罢，蹲下身子，捂着脸平复气息。她忽然觉得自己有点儿傻，为一个不确定的信息就这么急匆匆地跑了过来。

　　林陌桑也有点儿不好意思，于是向宫巳确认时间，拿起手机才发现一条未读信息，"不要告诉冬月。"

　　林陌桑像是被烫到一样，心间猛地一跳，然后迅速把手机塞进了口袋。

　　姜冬月不解地看向她："怎么了？宫巳又说什么了？"

　　"没什么，他就快到了。"林陌桑一边掩饰一边拉起姜冬月，"接力赛不是快开始了吗？你赶快去准备吧！"

　　姜冬月被林陌桑推着出了门，向运动员确认处走去，去领取号码牌。

　　林陌桑心里茫然而焦灼，她夹在姜冬月和宫巳之间，不知道要如何处理这一条被标记为已读的信息。向宫巳装傻，还是向姜冬月装傻，无论怎样，都会将两个人推向一个僵局。

　　两人到了确认处，在接力项目的本子上翻了半天，却没能翻到姜冬月的名字。

　　确认处的老师让姜冬月报了班级，然后一个名字一个名字地确认，最终还是没有看到姜冬月的名字："你们（3）班这个接力人数是对的，没你的名字就跟班主任和班委问问吧，我这里也不清楚。"

　　姜冬月拿过本子看了一遍，然后对林陌桑说道："也没你。"

　　"当然没有我，我跟老高说把名额让给你了啊。"林陌桑舔了舔干涩的嘴唇，在心里说道。

第二章
讨厌又羡慕的你

林陌桑知道姜冬月自尊心极强,不喜欢别人的同情和施舍,凡是想要的都会去抢、去夺、去争取。所以林陌桑让出接力名额时,也有意隐瞒姜冬月。虽然她并非怜悯,但也的确带着帮忙的意味,就怕姜冬月想多了不接受。

此时,陈非非刚好过来帮同学代领号码牌。

姜冬月直接拉着陈非非问道:"为什么接力赛没有我和林陌桑的名字?"

陈非非被问蒙了,她看了林陌桑一眼:"你不是跟老高说把名额让……"

林陌桑立马打断了陈非非的话:"姜冬月没报上名吗?"

陈非非犹豫了一下,才略显为难地说道:"团体项目咱们班就看接力赛了,所以大家都挺重视的,配合练习都搞了好几次……"

陈非非说着看了姜冬月一眼。

姜冬月瞬间明白了她的欲言又止:"因为我没一起练习?"

陈非非说话的声音越来越小:"接力赛默契度很重要的,所以……"

"什么时候练习的?"姜冬月根本没有接到任何训练的通知,"你确定跟我讲过吗?"

陈非非不说话了。

"没跟我讲过,所以怪我?"姜冬月笑得讽刺而不屑。

"跟你讲过又怎样啊?"陈非非说着有些急了,"今天上午入场仪式要走方阵,我没跟你讲吗?班群里重复通知了好几次,让所有人早上八点前一定要到,这是事关班集体荣誉的事情。结果呢?就只有你没来。"

这下林陌桑明白了,不是姜冬月没报上名,也不是她没一起训练,陈非非和老高一开始就没想让她参加。

"当初明明说好,姜冬月只要证明自己的身体没问题,就让她参加……"

"是参加长跑,不是接力赛。"陈非非纠正林陌桑的说法,"她参加团体项目,不是辜负别人的努力付出吗?"

陈非非见林陌桑面色僵冷,也觉得自己说得有些过分了,于是数好了号码牌就先离开了。

姜冬月始终没有说话,她看着一旁互相帮忙,用别针戴号码牌的学生,忽然觉得一阵荒唐——她每天早起跑步,只是为了戴一个破布做的号码牌吗?

"所以你退接力选长跑,就是要把名额让给我?"姜冬月联系陈非非的话,大概也明白了前因后果。林陌桑知道她的情况跑不了长跑,所以就把相对轻松的接力名额

让给了她。

林陌桑知道瞒不下去,只好低下头默认了:"对不起。"

这件事算林陌桑做错了吗?其实从道理上来讲,林陌桑没有错,她只是好心。而姜冬月最看不上这种好心——在过去暗无天日的日子里,从没有一个"好心"真正把姜冬月拉出泥潭,所以她不屑对方廉价的好心。

姜冬月一度以为,有一天林陌桑向她俯首称臣,她会感到开心,但此刻她看着林陌桑头顶的发旋,却找不到一丝快感。

姜冬月忽然想起那天,自己坐在地上,林陌桑向她伸出一只手的样子。

虽然她知道自己不会接过那只手,但不得不承认,那只手充满诱惑——带着她曾渴望却不曾得到,不屑又不甘放弃的希望。

姜冬月看着林陌桑头顶的发旋,心中一动,就伸手戳了一下。林陌桑错愕地抬头,姜冬月收回手,轻声"哦"了一声。

所以这是接受自己的道歉……还是表达不满?

正在林陌桑一头雾水的时候,姜冬月说道:"你请我吃冰激凌吧。"

于是两个人吃着冰激凌,再没有提运动会的事情。

"你不再向老高争取一下吗?"

林陌桑不懂姜冬月的半途而废,如果是她,即便是遇到了阻碍,也会试着再去争取一下。

"我不是你。"姜冬月抿着嘴唇,感受冰凉的甜意,"你活得很幸福,所以相信'努力就有回报''坚持就是胜利'这种鬼话。"

林陌桑不解地看向姜冬月:"大家不都是这样吗?"

姜冬月笑了笑,笑得很不屑:"你可真讨人厌。"

什么跟什么啊,林陌桑愈发难以理解姜冬月古怪的情绪。

"也真让人羡慕。"姜冬月嗅着指尖甜腻的味道,像是气味忽然尽了,她懊恼起来,"对于我来说,最想要的得不到,其他就没有意义。"

"宫巳吗?"林陌桑直觉地认为,姜冬月说的就是宫巳。也许并非是说宫巳这个人,但至少是得到他的认可,他的关注,以及他的……

林陌桑心间猛地一跳,再次看向姜冬月的时候,心里忽然明白了什么。

"你……你喜欢他啊?"

第二章
讨厌又羡慕的你

姜冬月眼中如同放空了一般，幽幽地说道："一个人把你救出地狱，成为你人生中不可抹杀的'第一次'。你依赖着他，甚至愿意为他回到地狱……这种感情，应该不能简单地形容为'喜欢'了吧？"

姜冬月笑着看向林陌桑的时候，林陌桑心头一震，她忽然觉得这命运的际遇似曾相识。

"所以我才讨厌你。"姜冬月直言不讳道，"因为你让裴西林成了和我一样的人。"

林陌桑想否认，可开不了口。裴西林跪在无有堂外的样子，她一辈子都无法从记忆里抹去。裴西林为什么会自愿回到囚禁他的"敌人"手中？说到底是因为她——裴西林不想拖累她。

林陌桑忽然感觉到一阵无力，手中的冰激凌在烈日下融化成黏稠的液体流到了地上，她阻拦不了更无法挽回。那是名为命运的东西，在推着他们走向一个畸形的怪圈。

姜冬月看着她笑，仿佛一个恶作剧得逞。

林陌桑耷拉着肩，听到偌大的操场上的加油呐喊声离她越来越远。所以，她当初真的做错了吗？以单薄的一己之力，自以为是地救裴西林离开地下室……然后呢？

口袋里的手机忽然振动了一下，林陌桑才获得一丝清明。

她看向姜冬月，对方似乎在等待她的懊悔、悲怆或是愤怒。

"你后悔吗？"林陌桑忽然问道，"你后悔遇到宫巳吗？"

她亦扪心自问，后悔救出裴西林吗？或者，后悔落下那一枚与龙九子产生羁绊的骰子吗？

姜冬月愣了愣，显然没料到林陌桑会这么问。林陌桑看着姜冬月怔怔的神情，心中似乎已经有了模糊的答案。

"你有太多可以离开宫巳的机会，可是依旧愿意用健康换来他的自由。"

她亦如此，裴西林有太多次机会离开她身边，而她也曾放过手，分分合合却似乎抹不去彼此在对方生命里的痕迹。

"因为我傻。"姜冬月赌气答道。

林陌桑无奈地笑了笑："可是宫巳那么聪明，一样为了救你而冒险。"

因为心甘情愿，所以无心算计利益得失；因为情之所至，所以不在乎好坏前程。

"没走到最后，谁知道是错还是对呢？"林陌桑说的是姜冬月，也是自己，"我

们都还在路上,没到终点呢,不是吗?"

跑道上一声枪响,起跑线上的学生拿着接力棒奋勇向前,然后将手中的棒子递给早已等待的第二位选手……本该到达的终点,却在另一个人的手中传递了下去。

姜冬月垂下头,哑声说道:"我不知道。"

她太被动,永远是宫巳在主导,宠溺她的时候就连星辰也可以摘下,冷落她的时候连一个背影都不肯施舍给她。

"我也想知道答案。"

林陌桑不是没有迷茫过,他们都是在这条路上踌躇的行者,在每一个选择的岔路口,都会感到疑惑、悲戚、欢喜和怯懦。

"不过我听过一句话——当我们凝视深渊的时候,深渊也会凝视你。"

林陌桑还隐约记得,父亲林雨声曾为她解读过这句话。他说,深渊无尽、无穷、无解,倘若一直迷茫、疑惑、停滞不前,那么反而会成为困惑的制造者,让自己也成为一个深渊。

"与其困惑成败得失,我更愿意去争取一个想要的结果。即便它不尽如人意,但至少无愧于心。所以我不会放弃——这个'第一名'你不屑一顾,可我势在必得。"

姜冬月拧眉看着林陌桑,她最讨厌林陌桑这副永远积极向上的模样。

林陌桑也感觉到了姜冬月眼中的嫌恶,但并不太介意。

"'第一'至少可以证明我比你强。"林陌桑说罢笑了笑,转身摆手道,"我去准备比赛了。"

林陌桑在跑道一旁,一边做准备活动,一边四处张望。倘若姜冬月出现,就证明她最后激将成功了。林陌桑不希望姜冬月放弃,并不是说要她向老高争取一个参赛名额。毕竟姜冬月真正渴望的,不是向其他人证明自己拥有一条跑道,而是有一具想跑就能跑的健康身体。

所以哪怕没有号码牌,没有助威声,林陌桑也希望姜冬月能凭借自己的意志冲向终点。

然而可惜的是,直到起跑枪声响起,姜冬月都没能出现,倒是王湾湾一直举着牌子站在起跑点的位置为她加油。

林陌桑为了保存体力,第一二圈的时候一直在倒数三四名的样子。虽然说策略上如此,但看到别人风一样超越过自己,还是难免会产生压力。她调整着呼吸,提醒自

第二章
讨厌又羡慕的你

己不能自乱阵脚。

卓景然从体育馆的跳高赛场回到操场,就带着罗越一路疯跑,跑到林陌桑旁边大吼:"林陌桑,加油!摆臂,跑起来!蔑视那群蝼蚁,向着终点,冲啊!林陌桑你最棒!"

林陌桑自觉丢人,不禁加快了步伐,迅速跑过了卓景然。

没想到卓景然还追了上来:"这才第三圈,别加速,等会儿冲刺再加速!"

(1)班参加长跑的学生路过卓景然的时候,忍不住看了一眼胳膊肘向外拐的白眼狼。罗越发现对方的目光,急忙拉住了卓景然,低声说道:"你注意一下本班同学的情绪啊,也给人家加加油!"

卓景然"哦"了一声,然后非常敷衍地比了个心:"加油哦!"

罗越无奈,再看卓景然的时候忽然有了一种老父亲的感觉:唉,嫁出去的女儿,泼出去的水啊。

卓景然追着林陌桑跑了几步,看到前方举牌子的王湾湾时,忽然停下了步子。

除了无以复加的尴尬,还有一丝难解的愧疚之情。

王湾湾却依旧像以前一样,若无其事地冲着卓景然笑了笑。卓景然看着那似曾相识的应援牌,忽然生出一阵烦躁。她究竟是不明白自己的意思,还是内心真的强大到遇到什么挫折都能笑出来?

卓景然抓了抓头发,掩饰着眼中的情绪,然后与王湾湾错身而过,向着林陌桑的方向跑去。

林陌桑跑到倒数第二圈的时候,体力明显已经告急,看到卓景然还跟着她,步伐愈发沉重了。林陌桑挥了挥手,卓景然小狗一样摇着尾巴就靠了过来。

"我让你离我远点儿!"林陌桑气喘吁吁地说道。

"那怎么能行?我是你坚实的后盾,是你坚持下去的理由啊。"卓景然振振有词,"你没看电视剧里都这么演,女主角都是依靠着高大威猛的男主才挺过最大的难关吗?"

林陌桑气结,卓景然能少看点庸俗电视剧吗?

林陌桑眼看着后面的人开始冲刺,超到了她前面,觉得这么下去不是个办法,于是路过节点计圈的老师时,指着卓景然说道:"老师,他妨碍我!"

卓景然始料未及:"你不能没有我啊!"

老师也觉得这陪跑也未免太话痨了,于是就将卓景然强行隔离到了距离跑到三米

之外的地方。

这一下,林陌桑的世界总算清净了。

林陌桑跑到现在已经感觉到了体力的极限。她现在排名第五,距离第一名差了有半圈,只有现在加速冲刺,才有可能超过其他人。

她也并非对第一有什么执念,只是既然在姜冬月面前夸下了海口,就要尽到最大努力——她要先赢了自己,才能向姜冬月证明,争取总比放弃要值得。

然而当林陌桑发力加速,刚刚跑过第一个弯道时,脚下没有站稳,一个趔趄扑倒在地上。

林陌桑这一跤摔得有几秒眩晕,等她回过神,刚刚超过的学生已经将她远远甩在了后面。一旁的老师跑过来问林陌桑有没有事,林陌桑摆摆手,表示自己还可以继续。

只是站起身才发现,成为最后一名的心理压迫,远比身体上的疼痛更让人泄气。

眼看第一名距离终点还差一百米,林陌桑知道第一名肯定是拿不到了。听到卓景然和王湾湾还在坚持为她加油,林陌桑感到前所未有的沮丧。

"你原来跑得这么慢啊。"

不等林陌桑回头,姜冬月已经从她身侧超了过去。

"早知道应该让我来,至少不是最后一名。"

如法炮制的激将法反馈到自己身上,林陌桑不知该哭该笑。林陌桑如愿将姜冬月带上了赛场,却没想到自己竟没做成榜样,反成了反面教材。

"还没结束,别这么急着下定论。"

林陌桑说着开始加速冲刺,一下子就超过了姜冬月。姜冬月也不服输,加快了步伐赶上了林陌桑,然后反超了过去。

最后三百米,林陌桑与姜冬月就这么较着劲儿,相互赶超着跑完了。林陌桑的注意力都放在了姜冬月身上,完全没意识到自己最后超过了几个人。

七人比赛,林陌桑在摔倒的情况下,竟然还拿到了第三名,卓景然都觉得是个奇迹。

虽然姜冬月比林陌桑先到达终点,但她前九百米都没跑,也谈不上胜利。不过以姜冬月的体力来说,她能绕操场跑完一圈已经是极限了。姜冬月跑完就撑着双膝站在一边大喘,连嘲讽林陌桑都顾不上了。林陌桑确认完名次,走到姜冬月身边,她才抬头看了林陌桑一眼。

第二章
讨厌又羡慕的你

林陌桑递给姜冬月一瓶水，什么也没说。见姜冬月喘得连盖子都拧不开时，她才噗地笑了出来。

"笑个鬼。"姜冬月没好气地说道，然后把瓶水还给林陌桑，"给我打开。"

林陌桑乖顺地帮姜冬月拧开了盖儿，又将水递了回去。过去姜冬月总是对林陌桑颐指气使，林陌桑嘴上不说但心里难免有些怨气。不过如今看着姜冬月仰头喝水，却流了一下巴的笨拙模样，林陌桑不仅没有怨，反而觉得有些无奈："哎，你别急，慢点儿喝。"

林陌桑内心感慨，姜冬月终究也不过是和自己差不多大的普通女孩。她任性、孤僻、坏脾气，又心高气傲、敏感极端、狠辣决绝。没有什么能够把她击垮，除了宫巳。

林陌桑这才想起，说要来送礼物的人至今都没有出现。

林陌桑找王湾湾要来了自己的手机，刚准备给宫巳打电话，就听到学校广播在叫自己的名字："请高二（3）班林陌桑同学，来体育馆一层领取你的奖品。"

林陌桑一脸蒙，长跑第三名还有奖品？

不等林陌桑细想，就被王湾湾半推着向体育馆的方向走去。

到了体育馆一楼，林陌桑才发现场内已经没什么人了。比赛项目已经全部结束，只剩下几名学生在收拾体育器材。靠窗的位置摆了一张桌子，旁边站了一个戴着蓝色绶带的陌生男人，绶带上写着"连城中学运动会特别赞助商"。林陌桑狐疑地打量着对方，就看那人对她微微一笑。

"林陌桑同学，"男人说着举起手中的盒子，"你的奖品在这里。"

林陌桑略显迟疑地接了过去，打开却发现里面只有一张"恭喜中奖"。

"这……"

林陌桑把盒子翻了个底朝天，确定只有这一张纸。所以，这是耍她吗？

男人神色坦然地解释道："由于奖品比较大，已经送到你在龙湖区的住所了。"

林陌桑"哦"了一声，抱着盒子转身走了两步，忽然意识到哪里不对。怎么广播就只叫了她一个人，第一名第二名难道没有奖品吗？况且，她从未对外说过自己曾经住在龙湖区，一个普通的赞助代表怎么会知道？

林陌桑看了看手中连商标都没有的盒子，恍然意识到自己可能上当了。

林陌桑扭过头，看着微笑的男人试探着问了一句："宫巳，皮一下很开心哦？"

宫巳颔首笑了一下，也不再装了，取下绶带放在一旁，就在转身的瞬间变回了自己的脸。这么堂而皇之地改变相貌，林陌桑吓了一跳，忙慌张地看向四周，见没人注意到这里才松了一口气。

"你可真嚣张。"

宫巳不以为意，坦然地笑了笑。林陌桑这才想起，宫巳有清除记忆的能力，所以即便有人看到了，他也可以让对方当作什么都没有发生。

这正是宫巳与赖远辰最大的不同。赖远辰骨子里有一份自卑，宫巳却是自信与傲慢。

"你来这里就是为了逗我玩儿？"林陌桑晃了晃手中的盒子，"装得还挺像。"

"东西是给你的，也确实很重要。"宫巳让林陌桑收好盒子，"钱毋庸说你好好对待这份'大礼'，他就好好对待裴西林。"

林陌桑一听钱毋庸的名字就拧起了眉。

"所以他派你来，怕我不答应？"

宫巳耸肩不答，林陌桑觉得不是什么好事。

"他差遣不动我的。我来，自然是想看看你矫健的身姿。"宫巳说着笑了一下，"那个大马趴摔得十分精彩。"

林陌桑算是明白了，宫巳想来看的，是她的笑话。不过既然宫巳看到了自己摔倒，那想必也看到了姜冬月陪跑吧。

"你不去见见冬月吗？"林陌桑问道。

宫巳依旧噙着一抹无意义的笑："有什么好见的吗？"

"她很想见你。"虽然姜冬月从未说出口，但林陌桑懂得，她之所以急切地想要证明自己，全都是因为宫巳。

宫巳的笑容停顿了一瞬，再次上扬的嘴角带了一些讽刺的意味。

"想见我的人太多了。"宫巳故作无奈地叹了口气，"难道我都要见吗？"

"姜冬月难道和其他人一样吗？"林陌桑觉得宫巳不是不懂，他是在刻意回避问题。

"她和其他人是一样的，是个普通人，而我们和她不一样。你也知道那骰子是假的，所以她就是个局外人，跟龙九子、龙十子都毫无关系。当初我在白泽就该放下她，可惜晚了一步，于是带了一路，已经拖得够久了。"

林陌桑不知道宫巳是怀着怎样的心情说出这些话的，难道姜冬月是一个说带就

第二章
讨厌又羡慕的你

带、说抛就抛的物件?

"可是你已经把她带入局了。"林陌桑为姜冬月抱不平,"你这样对她未免太不公平。"

宫巳想走就走,想留就留,而姜冬月只能站在原地徒劳。

宫巳略略沉思了一阵,说道:"你说得对。"

"所以你要见她了?"林陌桑喜出望外,说着去拉宫巳,"冬月应该还在操场,我们走……"

宫巳一边遂着林陌桑的意思,亦步亦趋地向体育馆外走,一边说道:"你说得没错,抹去她的记忆,让她自由,的确是更好的方式。"

林陌桑步伐一顿,倏地放开了宫巳。她看着宫巳,震惊而疑惑。

宫巳并不觉得自己说了什么严重的话,于是不解地看向愣怔的林陌桑:"怎么了?"

林陌桑与宫巳微微错开,就看到了站在不远处的姜冬月。姜冬月无悲无喜,像是死气沉沉的精致玩偶。

宫巳顺着林陌桑目光向身后看去,看到姜冬月的一瞬,他有一丝恍惚与迟疑,但并没有停留多久,就故作自然地向姜冬月走去。

"好久不见。"宫巳笑着打了个轻巧的招呼。

姜冬月抬眼看着他,做不到宫巳那般轻松坦然,她咬了咬嘴唇,才吞下喉头的愤怒、不甘和悲戚。

宫巳看出姜冬月眼中复杂的情绪,想像过去那样摸摸她的头顶以示安慰,然而刚刚伸出手,姜冬月就惊恐地向后退了一步,躲开了宫巳的关心。

姜冬月用几近乞求的目光盯着宫巳,然后无助地摇了摇头:"我不想变成清零。"

宫巳想了一阵,才回忆起"清零"这个名字。在白泽的时候,他发现这个女孩喜欢自己,为了避免麻烦,就清除了她的记忆。

啊,原来他的关心在姜冬月眼里已经成了刽子手的威胁?

后知后觉的宫巳有一丝不悦,又很快被自己的意志压了下去。所以冬月看他是笑着的,始终笑着的,笑得让她恐惧而寒心。

不得不承认,即便他们生死与共了三年之久,姜冬月仍对宫巳充满畏惧。她只经历了宫巳人生中短暂到不足挂齿的一段,那却是她仅有的一生。

究竟怎么才能不再是宫巳口中的"局外人",姜冬月不知道。她只知道,如果没了这份记忆,她就彻彻底底与宫巳无关了。离开白泽之后,宫巳是她活下去的唯一理由,她想象不出没有宫巳的人生该如何度过。

"求你。"

宫巳看着姜冬月低头求饶的模样,略略感到意外。自他认识姜冬月以来,他们就像是赌徒,不向对方认输是他们相依相守的生存方式。宫巳拥有读心的能力,他大可以看看姜冬月的真实想法,可是他忍住了——如此也好,一方认输,不问缘由,且当赌注结束,总之再无瓜葛。

宫巳轻轻吐出心中积郁的闷气,又挂上了招牌式的笑容,没再看姜冬月一眼。

"既然任务已经完成了,"宫巳转头对林陌桑说道,"那我就回去了。"

林陌桑此时才明白,宫巳让她不要告诉冬月自己来学校的消息,大概是他最大的温柔——至少,不面对就不失望,不失望就还会有希望。

宫巳与姜冬月错身而过,像是没有看到她一般,连句再见也没有说。

或许,在宫巳眼里,这就是再也不见了。

待宫巳走后,林陌桑才敢走近姜冬月。她以为低着头的姜冬月在哭,然而并没有。姜冬月的面色很平静,丝毫没有了先前求饶时的颤抖,反而带着前所有未有的镇定。

"怎么样才能成为和你们一样的人?"

林陌桑以为姜冬月问的是自己,但她的目光又没有落在自己身上。

"总会有办法的。"

姜冬月说着忽然笑了。

"就像你说的,没走到最后,谁知道结果呢?"

林陌桑心中隐隐不安,但又说不出具体缘由。

"走吧,去看看你的'大礼'。"

林陌桑与姜冬月回到龙湖别墅,已经是晚上七点多。在很远的地方,林陌桑就看到了屋内亮着灯——几乎所有房间的灯都被开启了,整个房子灯火通明如同白昼。

"你走的时候没关灯?"林陌桑问姜冬月。

姜冬月眯起眼,思索了一阵才说道:"看来,你的'大礼'怕黑。"

事实上,这个"大礼"比林陌桑想象中糟糕多了。林陌桑和姜冬月走进大门,就见

第二章
讨厌又羡慕的你

七八个行李箱横竖在过道上，有的开了箱，里面一半是护肤品，一半是睡衣内裤。

林陌桑看着睡衣内裤的款式，头皮一阵发麻，现在她连"大礼"的性别都可以确认了，男。

林陌桑走了几步就发现地上有一层水迹，越往屋里走水越多。

"这是哪儿漏水了？"林陌桑一边自语一边寻找着流水的源头。

姜冬月推了一把低头寻觅的林陌桑，一手指向一楼与二楼之间的楼梯。林陌桑这才发现，楼梯几乎成了"瀑布"。

"你现在有两个选择，报警以及上楼去看看到底怎么回事。"姜冬月一如既往淡定地说道，"我建议你选择前者。"

倘若宫巳先前没跟她交代，这是钱毋庸使意，林陌桑一进门就要报警了。按照现在这种状况，她如果把"大礼"闹进了局子，钱毋庸铁定跟她没完。

林陌桑只能硬着头皮说道："我上去看看吧。"

上楼之前，林陌桑担心水泡坏了电线，导致短路漏电，于是先去关了电源总闸。屋子里"啪"地暗了下来，楼上却没有响动……

难道"大礼"睡着了？

林陌桑挽起裤腿，光脚穿着拖鞋，提着手电一步步向二楼走去。根据水流的方向，林陌桑很快就确定水是从她之前住的房间流出来的——那是一个带着独立卫生间的卧室。

门没有上锁，不过因为水流的阻力，林陌桑两只手合力才将门推开。屋内黑黢黢的，林陌桑的手电扫了一圈，发现洗手间的门并没有关。

水声也是从里面传来的。

"有人吗？"

林陌桑喊了一声，没有人应答。她小心翼翼地踱了过去，一手扶在门边，打着手电向里张望。浴缸上头的水管开着，依旧在哗哗地流水。浴缸里的水已经满了，从四周向外溢，犹如泉眼。

林陌桑的手电在里面晃了一圈，却没有发现人影。

"人去哪儿了？"

林陌桑一边自言自语一边向浴缸走去，想要把水先关掉。然而没想到，刚走了几步，她竟发现浴缸里沉溺着一个人！

林陌桑看着那被水光遮掩着的身体，吓得生了一后脊的冷汗。

"喂!你没事吧?"

林陌桑第一时间冲了过去,将手伸进浴缸里捞人。然而,她的手刚刚碰到浴缸里的人,就被那人拽住了手腕。紧接着,水中伸出另一只手,扣住了林陌桑的腰……

"咣当!"

手电落在了地上,白色的灯光穿过地上的水,忽明忽暗地闪烁着。

"啊!"

林陌桑只感觉被那两只手的力量翻转了身体,然后尖叫着跌入了水中。

林陌桑挣扎了两下想要起来,却发现浴缸里的人死死拽着她,甚至将她的头往水里按。

林陌桑连着呛了几口水之后,才隐约觉得并不像是意外。钱毋庸是送了个"礼物"来谋害她吗?林陌桑趁着自己还有意识,铆足了劲儿,反手抓了攻击她的人一把。

那人发出一声惨叫,然后松了手。这时候,闻声而来的姜冬月打着手电筒,照向"大礼","大礼"被灯光刺了眼,抬手遮住了脸。

"照什么照,有没有礼貌?"

姜冬月看着眼前湿漉漉的人,不禁翻了个白眼,然后把手电筒移向了林陌桑。

林陌桑狼狈地从浴缸里爬出来,呛得直咳嗽。姜冬月不明白,林陌桑上来找个人,怎么会掉到浴缸里去?

"你们在干什么?"姜冬月问道。

林陌桑趴在浴缸旁边大喘气,她也想知道这人到底要干什么。她指着坦然站在一边的"大礼"咳得半天说不出一句话,姜冬月只好又将灯光照向另一位当事人。

"大礼"从一旁扯过浴袍慢悠悠地披上,才缓缓叹了一声:"哎哟,吓死我了。"

一旁吐水的林陌桑,听了简直想吐血。她这个受害者还没被吓死,这个坏人反倒先告状?!

"你……你……"林陌桑总算憋出了一句话,"你差点溺死我!"

"忽然一下灯就灭了,然后进来一个图谋不轨的家伙摸我,我怕呀。"少年故作无辜地解释道,"所以就只好先下手为强了。"

"大礼"说着捡起地下的手电筒,直直照向林陌桑。

"啊,是你啊。"少年在黑暗中发出一声轻笑,"钱老板给我安排的小保姆。"

第二章
讨厌又羡慕的你

林陌桑被光照着,看不清对方的脸,但听声音感觉他年纪不大。虽然说话的调子怪里怪气,但声音十分好听——老天爷赏了一把好嗓子。

"你哪位啊?"姜冬月觉得这人骨子里透着股讨人厌的劲儿,于是说话的时候也没什么好气,"不该先跟我们自我介绍一下吗?"

"问我是谁?"少年像是听了一个笑话,做作地"哈哈"了一声,"你,把手电筒对准我的脸!"

姜冬月腹诽:"你刚才不是不让我照你吗?"

姜冬月也没纠结,顺着对方的意思,照上了少年的脸。一旁的林陌桑也看了过去,只见少年唇红齿白,长得十分精致。像是感受到两人的目光,少年故意把湿漉漉的头发向后捋去,露出光洁的额头和深邃的眉眼。

两个女孩盯着人看了半天,却没一个得出结论。

少年等得有些急了,于是单手扶额,下巴微扬,特别露出左边眼角的一颗黑痣。

"啊!"这一次姜冬月先有了反应,"你素颜和出镜也差距太大了吧?"

"什……什么?"

另一旁的林陌桑还是没有认出来,不禁问道:"这个人你认识?"

少年气得直翻白眼:"你是不是瞎?"

"夏凡。"姜冬月用手电筒指了指那个矫揉造作的少年,"你不认识?"

林陌桑仔细一看,说道:"还真有点儿像。"

"像什么像!"夏凡将手电筒顶在自己下巴上,"我就是!本尊!如假包换!"

"啊……"

林陌桑心想,钱毋庸那边给的"大礼",她还有机会拒收吗?

夏凡童星出道，十岁的时候就已经活跃在演艺圈。

一般童星二十多岁大半气数已尽，然而夏凡是少数没有长残，反而越长越帅的类型。这几年，夏凡从童星一跃成为当红小鲜肉，人气可谓如日中天。

粉丝也丝毫不吝啬对夏凡的赞美——"天神夏（下）凡"，这种酥到骨子里的口号，也只有夏凡本人能够面不改色全然受用。

因为长了一张干净、秀气的无害脸，夏凡无论是参加真人秀还是粉丝见面会，都是一副标准的"全民弟弟"的形象：天真、嘴甜、懂礼貌，做得了温柔绅士，也担得起卖萌重任。

所谓"零黑点偶像"此时正横躺在客厅沙发上，叼着薯片举着手机看《蓝色地球》。

一旁的林陌桑还在拿着拖把与地上的水迹做抗争。如今这光滑洁净的地板，是她辛苦劳动一上午的成果。

"咣当！"

夏凡起身的时候踢倒了放在地上的可乐。可乐流了一地，他踩了一脚黏腻，嫌恶地举起双腿，脚底冲着林陌桑喊道："好恶心！快给我擦擦！"

林陌桑也毫不客气，拿起拖把就冲着夏凡的脚擦了上去。

夏凡"嗷呜"一声迅速缩回了脚，然后"噌"地蹦到了沙发上，居高临下地指着林陌桑的鼻子："你干什么？谁让你拿拖把擦我的脚，多脏啊！"

"那你想让我用什么擦？"林陌桑一手撑着拖把，毫不示弱地仰着下巴与夏凡对视。

林陌桑遇到夏凡总共不超过十五个小时，平均每个小时被他气炸一次。一屋子水不帮忙擦也就算了，还不让叫家政过来打扫，怕曝光他的身份。

行，为了尊重大明星的隐私，林陌桑忍气吞声一个人干了。夏凡没声感谢是她意料之中，但颐指气使让她端茶倒水买零食就说不过去了吧？

于是，林陌桑打了一上午钱毋庸的电话。退货！退货！退货！她心里只有这么一个念头，最后却被钱毋庸回绝了，声称夏凡拿到连城中学的毕业证才允许她"退货"。

哦对，差点忘记了。

这位伪造学历的事情被娱记拿到了铁证，公司为了及时止损于是压下了消息，但也勒令夏凡尽快把学习搞上去。

第三章
戏精偶像

于是不久前夏凡工作室发了一条微博,称夏凡前往国外全封闭拍戏。紧接着,夏凡就被钱毋庸"打包"送来了这里,公司帮他换了新的身份,就等着周一正式入学。

她还要看着这位"大爷"学习?林陌桑好想选择自杀。

夏凡翻着白眼,对林陌桑哼了一声,然后拽着松松垮垮的睡衣,光脚踱步去了洗手间。

林陌桑知道他这是又要去洗澡了,简直要疯,忍不住喊道:"哎,你放满水就把水龙头关了!"

夏凡才不会听她的,抖了抖腰臀,扭头挑衅道:"有本事自己进来关啊!"

林陌桑恨不得冲进去把夏凡按进水里揍一顿。白瞎了那张脸啊!林陌桑仰天长啸,苍天啊,怎么会有人顶着天使的外表做着恶魔的行径?

姜冬月从楼上下来的时候,就看到林陌桑在大厅里搥胸顿足,想必被夏凡折磨得不轻。

昨天体力消耗太大,姜冬月一觉睡到了日上三竿,此时有些饿了,不禁问道:"阿姨没来做饭?"

林陌桑想到这个事情就头疼:"夏凡怕被爆料……"

"到时候他躲起来不就行了?"姜冬月说得理所当然,"凭什么因为他就要委屈我啊?"

林陌桑长叹一口气,欲哭无泪,她当然支持姜冬月的想法,只是……

"他不听话啊。"

姜冬月不悦地撇了撇嘴,向着洗手间的方向看了一眼,不屑地说道:"那就逼他听话。"

林陌桑万万没想到,姜冬月就这么毫不犹豫地一脚踹开洗手间的门,不给夏凡反应的时间,拿着手机对着他就是一顿猛拍。

"啊……别……呜……"

等夏凡在惊叫中裹上浴衣时,姜冬月已经拍完了。

"你!"夏凡这才回过神来,"你把手机交出来!"

姜冬月也没挣扎,直接把手机给了夏凡。反正那是她借的林陌桑的手机。

夏凡拿着手机戳了半天:"密码,密码是多少?"

姜冬月耸了耸肩,表示不知道:"那是林陌桑的手机。"

夏凡挑起眉毛,斜眼看着林陌桑。林陌桑清了清喉咙,摆明了底线:"不可能告

诉你密码的!"

夏凡笑着舔了舔嘴唇,慢慢走近林陌桑,长臂一伸搭在了她的肩膀上。夏凡比林陌桑高出两个头,他微微弯曲下背脊,刚好将林陌桑禁锢在手臂和胸膛之间。

"喂。"夏凡在林陌桑耳边说道,"你是站在我这边的吧?"

林陌桑听罢内心一声冷笑,他哪只眼睛看到自己跟他站在一边?

"如果我要是跟钱老板说点什么⋯⋯"夏凡的声音压得更低了,"你的裴西林大概也不会好过吧?"

林陌桑心一沉,原来夏凡什么都知道。不过,也未免太把她当傻子了吧?

"那我就更不能告诉你了。"林陌桑伸出手指,戳着夏凡的胸口,将他推开一段距离,"我不说,你也别说,咱们相安无事。"

见林陌桑不上套,夏凡却没有罢休,反而将另一只手也搭上了林陌桑的肩膀。夏凡两只手在林陌桑颈后锁紧,身体前倾,与林陌桑平视,噘起嘴眨巴眨巴双眼,以一种近似撒娇的口吻说道:"你别欺负我嘛。"

夏凡不愧是偶像明星,光是那一张人神共愤的脸直直对着你,就有点呼吸不畅了,更别说他用这种可怜兮兮的眼神看着你⋯⋯说实话,林陌桑最受不了人撒娇,她整个人僵了十几秒,还是姜冬月在一旁敲了敲门,她才从诡异的气氛中重振精神。

林陌桑一把推开夏凡,夏凡也没强留,软软地向后靠在了浴缸边上,笑眯眯地盯着林陌桑看,像是抓住了她的软肋。

林陌桑觉得臊得慌,捡起地上的浴巾扔到了夏凡脸上,果然引得后者一阵哀号。

"这么脏的东西你竟然丢我脸上!"

姜冬月站在一边,像个没事人一样淡定地看着两人闹腾。

"既然没问题了,我就给阿姨打电话让她过来做饭了。"

林陌桑后来才发现,"怕曝光"根本是夏凡的借口。只要他不想被人认出来,完全可以凭借变装和演技,出神入化地成为"另一个人"。比如现在这副顶着鸟窝头戴着黑框眼镜的书呆子形象,连懵懵懂懂的温驯眼神都演得十分到位,以至于林陌桑甚至有些想不起先前那个骄横跋扈的嘴脸。

只要进入演戏状态,夏凡就会完全把自己放进角色的壳子里,包括举手投足的气质、说话的方式甚至是个人爱好。

此刻夏凡饰演的是一个零存在感的书呆子,自他从楼上走下来,眼睛就从未离开手上的书。他给自己设定的是一个海洋知识狂热爱好者，所以手上拿着的是水母科普画册。

夏凡坐在餐桌旁，没跟林陌桑、姜冬月说一句话，孤僻、自闭的性格也演绎得相当到位。

做饭的阿姨直到将最后一道菜上桌，才发现夏凡的存在，不禁吓了一跳。

夏凡抬眼，对阿姨微微颔首，点了个头，就继续埋头看书。

林陌桑原本还有点儿紧张，毕竟夏凡这张脸，只要是接触过电视、网络的人，都不会陌生。神奇的是，阿姨不仅没有认出来，还表现得相当热忱，给夏凡盛饭的时候都多添了两勺，念着："这孩子一看就是好学生。来，别光顾着看书，多吃点儿才有力气学。"

姜冬月不禁嗤笑，这位"好学生"可是高中肄业。

林陌桑默默地看了夏凡一眼，后者并不介意姜冬月的嘲讽，仿佛隔绝尘嚣之外，专心致志地吃饭，细嚼慢咽，也不挑食……林陌桑不禁感慨，这个人设可真好，又乖巧又安静。

当阿姨转身去整理料理台的时候，夏凡忽然抬眼对林陌桑狡黠地笑了一下，然后伸出舌头舔了舔唇角，像是在故意调笑她。

林陌桑这才意识到自己竟然一直盯着他看，忙扭过脸，埋头猛吃。

等阿姨做完清洁，刚刚关门离开，夏凡就如同停机休息，一秒回到了先前的状态。他拿掉脸上的眼镜，揉了揉乱糟糟的头发，一脸怨气地说道："我不吃葱姜蒜，晚上你让阿姨单独给我做一份不带的。"

夏凡对着林陌桑颐指气使，这次林陌桑可不再吃这套，对夏凡扯着脸笑了笑："那就请你自己跟阿姨说了，我现在要回宿舍了。"

夏凡愣了愣，略显无助地问道："你不住这里啊？"

"我本来也不住这里。"

林陌桑懒得跟夏凡多解释，说罢就要出门。夏凡从沙发上蹦下来，一把抓住林陌桑："你走了我使唤谁啊？"

林陌桑气结："大爷，您爱使唤谁使唤谁！"

夏凡犹豫地看了姜冬月一眼，姜冬月两手交叉比了个框，模拟着"咔嚓""咔嚓"的声响，夏凡迅速扭过了头，死死拽住林陌桑这根救命稻草。

林陌桑暗自提醒自己，这次可真不能再心软，一边用力甩着夏凡的手，一边问

道:"还是你准备去住宿舍?"

住宿舍当然不行,单是想到跟其他臭男人共同呼吸一个空间的空气他就受不了。夏凡琢磨着,又准备开始嘟嘴眨眼,林陌桑眼疾手快地一把捏住了他的脸,将他捏成金鱼嘴:"你再撒个娇试试!"

这一次,夏凡被捏老实了,放开了林陌桑的手,两眼泛着泪花,一副可怜兮兮的样子,默默目送林陌桑。

林陌桑走得很不踏实,夏凡这种作妖的性格这么轻易妥协实在太不寻常了,果然她还没走出两步,就听到身后发出了"咚"的一声。

林陌桑回头,就见夏凡倒在地上一动不动。

林陌桑看了姜冬月一眼,姜冬月也投来探究的目光。林陌桑上前拍了拍夏凡:"喂,你怎么了?"

姜冬月走过来,在夏凡腰侧轻轻踢了踢:"装死没用,装死就真让你死在这儿。"

林陌桑觉得夏凡八成也是在装晕,但还是心有不安,试了试他的呼吸和脉搏。这一试,可把林陌桑吓坏了,她拽着姜冬月:"你过来试试,我感觉他没呼吸没心跳了。"

装病姜冬月没经验,真病的经验不少,脖子上的脉搏、手腕上的脉搏,她都可以精准找到。姜冬月试了一分钟,真的没有动静——按道理,就算一个人可以通过特殊的方式让脉搏暂停,但绝对做不到让心脏停滞一分钟以上。

"你听听他的胸口。"姜冬月对林陌桑说道。

两人将夏凡翻了过来,林陌桑趴在夏凡的胸口仔细感受着。太安静了,她甚至能感觉到这具身体在慢慢变冷。林陌桑的声音不禁有些颤抖:"快,快打120吧,夏凡真的……"

林陌桑还没说完,就感觉到后背被两条有力的手臂勒紧。她原本半跪在夏凡身旁,这猝不及防的力量,让她直接跌在了夏凡怀里。

"欸?"

夏凡搂紧林陌桑,下巴蹭着她的头顶,略带娇嗔的语气说道:"你看,我有病的,你如果不在,我忽然死了怎么办啊?"

这一次真的把林陌桑惹恼了,她抬手对着夏凡的下巴就是一拳。

夏凡咬到了嘴唇,吃痛地大叫一声,他抹了一把湿漉漉的唇角,吓得一哆嗦:

第三章
戏精偶像

"流血了!"

林陌桑铁了心,丢给夏凡一句"活该"就冲出了门。

姜冬月看着惊慌失措的夏凡,啧啧感叹:"偷鸡不成蚀把米。"

夏凡坐在地上,舔着咬破的嘴唇,神情已经没有了刚才的热烈,反而渗透着丝丝冷峻。他抬头看了姜冬月一眼,不屑地笑道:"谁说的?"

"你那个样子很危险的。"姜冬月在白泽学习最多的就是人体医学方面的知识,所以她可以断定夏凡刚刚心脏停止绝不是巧合,"虽然不知道你怎么做到控制自己的心跳,但是假死状态是有时限的,时间长了你可就真的活不过来了。"

"我知道,不用你说。"夏凡站起身,习惯性地拍了拍身上的灰,"这是我的绝技——如果没有它,我大概早就死了。哪天要是真像你说的那样,没能挺过来……"夏凡的眼神暗了下去,"也是一件不错的事情。"

姜冬月不解地看向夏凡,夏凡却没有继续交心的意思。

"真脏,我要去洗澡了。"夏凡扭头对姜冬月眨了眨眼,笑道,"麻烦你告诉林陌桑,我不会关水的。"

林陌桑真的服了夏凡。她接到姜冬月电话又折返回来时,一楼已经水满为患。

"他叫什么夏凡,他明明该叫'真烦'!"

这是赖远辰留给她的房子,林陌桑不能眼睁睁看着夏凡就这么把它毁了。

"你到底想怎样?"

林陌桑将夏凡堵在卧室门外,发誓要把夏凡这个坏习惯矫正过来。

"浴缸太小了。"夏凡指了指后院的方向,"你把那个游泳池打扫干净,我保证不再给你惹麻烦。"

"行!"林陌桑点了点头,"说话算话!"

夏凡耸了耸肩,交易达成。当然"不惹麻烦"仅限于水灾麻烦,夏凡觉得还是以后再解释吧。只是他没想到,林陌桑竟然是个实打实的行动派。现在都晚上九点了,她竟然就这么打着应急探照灯,一个人下到两米深的泳池里清扫。

夏凡站在二楼阳台上,看着林陌桑的背影若有所思。三十米见方的池子,林陌桑显得渺小而脆弱。夏凡在高处伸出一根手指,仿佛就能轻易将她碾碎。这样一个平凡而弱小的人,难以想象会有什么样的杀伤力。

也许是因为这种一根筋不服输的个性吧?既诱人又害人,过刚易折,近皆连坐,

她才会害死那么多人吧，包括自己在内。

夏凡这么想着，越觉得那身影可憎。

夏凡穿着睡衣来到一楼，关闭了泳池的出水闸门，开启了注水开关，又趁着林陌桑埋头清扫的时候，悄悄撤掉了她挂在池边的软梯。

等林陌桑回过神来的时候，发现池底的水已经没过了脚踝。原本她就牵了一根管子用来冲洗池壁，所以池子里有水她也没太在意。她提起应急探照灯，在池子里扫了一圈，才发现入水口正在哗哗流水。

林陌桑有点蒙，她记得自己明明反复确认了开的是出水口不是进水口啊。她划水走到池边时发现软梯不见了，难道是她记错了位置？

林陌桑沿着池壁走了一圈，确认软梯真的不见了的时候，池子里的水已经没过了膝盖，连走路都变得费力起来。

"夏凡！姜冬月！"

林陌桑喊了几声，没有人应答，不禁慌了起来。她是个十足的旱鸭子，眼看着水越升越高，虽然不至于威胁生命，但倘若继续这么下去也绝对算不上乐观。

林陌桑试图通过泳池边的扶梯借力爬上去，但她伸直手臂，才刚刚能碰到底下那根栏杆，更何况她一只手还提着应急灯。因为池底都是水，林陌桑担心探照灯短路又不敢放下。两眼摸黑爬上去还是等着被淹，林陌桑果断选择了前者，将应急灯丢在了水中。

因为池底有水，林陌桑脚底打滑，很难借力。她跳了几次都只能两手抓住底下的栏杆，无奈手臂力量不够撑不起身体，就只能这样挂着再无法动弹。

不一会儿应急灯进水短路，唯一的光线就这么熄灭了。

这种莫名其妙的事，林陌桑也不是第一次遇到了，她已经懂得了糟糕的情绪只会让自己的处境更糟糕，倒不如冷静下来想想对策。

最快的脱险方式，就是有人来池边拉她一把。只是这里独门独栋，姜冬月一旦入睡就很难叫醒，而夏凡……

"夏凡！"

林陌桑又喊了一阵，依旧没有人应答。

楼上的夏凡默不作声，看着池中呼唤他的林陌桑不禁失笑，竟然向他求救？她恐怕根本想不到，正是自己将她置于险境吧。

注水的速度太慢了，夏凡决定进屋躺一会儿，那样等他再出来，刚好看到林陌桑

第三章
戏精偶像

濒死无助的模样。他幸灾乐祸地打了个响指，就这么定了！

然而，夏凡还没走出两步，就听到玻璃碎裂的声音，紧接着刺耳的警报就伴随着屋顶闪烁的红灯响了起来。夏凡慌张回头看向泳池的方向，在忽明忽暗的红光中，刚好对上林陌桑投来的目光。他不知道林陌桑什么时候看到他的，是在红灯亮起时还是更早……所以她发现自己"见死不救"了吗？

夏凡只迟疑了一瞬，下一秒就装作疑惑地对着林陌桑喊了一声："怎么回事？"

他知道林陌桑在清洗泳池，但他不知道泳池里正在注水。他刚刚在屋子里睡觉，被警报声惊醒，于是走上了阳台——夏凡这样暗示着自己，即便他不知这忽明忽暗的夜色里，林陌桑能看出他多少情绪，但他都要做到所有表情、所有台词都不露出马脚。

"吵死了，你搞的吗？"夏凡不耐烦地念了一句，"我都被吓醒了。"

林陌桑让夏凡下楼帮忙，夏凡断然拒绝了。因为在他的设定里，他不知道林陌桑的处境，理所当然地拒绝一切可能弄脏自己的事。

林陌桑解释了一番自己的处境，夏凡才勉为其难地说道："知道啦，你等一下！"

夏凡穿着一身睡衣，像是趁着夜风散步一样，慢悠悠地踱到泳池边。

"哎哟，你怎么这么不小心啊？"夏凡对着池中狼狈的林陌桑说起风凉话，"洗个游泳池也这么多事。"

夏凡背着手，居高临下地看着林陌桑，丝毫没有弯腰拉她的意思。他笑嘻嘻地看着她，调侃道："你干脆等水满了，游上来吧。"

对了，在他这个"不知情角色"里，他对林陌桑一无所知，自然不会知道她不会游泳。

"我不会游泳，你快拉我一把，不然一会儿警报响了，把物业保安引过来就麻烦了。"

夏凡想了想他现在这副样子，也不愿意节外生枝，于是决定今天先放林陌桑一马。

他本想去取软梯，但猛然意识到不能暴露自己偷拿走软梯的行径，于是只好蹲在水池边，向林陌桑伸出一只手。

"你那个位置太高了，再低点！"

林陌桑对着夏凡招手，让他再压低一些身子。

　　夏凡觉得池边太脏，不想有所接触，于是就这么保持着蹲姿，重心微微前倾。他估摸着，这样被林陌桑借力，自己大概反而会被拉下去，就想换个姿势。然而，当夏凡刚准备收回手，林陌桑就跳起来拽住了他，然后一个用力将他反拽进了池子里。

　　池里的水已经到腰，夏凡摔下来的时候借了浮力不算疼，但混杂着枯枝烂叶和洗涤剂的池水却让他一瞬间到了崩溃的极限。

　　"脏死了！"

　　夏凡跌下来的时候没了顶，连头发都湿了，薄薄一层贴在头上。他抹了一把脸，狼狈地从水里爬起来，对着林陌桑大骂："你是不是傻！那么拉不是故意害我吗？"

　　林陌桑脸上没有露出丝毫歉意，就这么沉默地看着夏凡。

　　夏凡迎上林陌桑的目光，无意识地吞咽了一下喉咙，这才恍然明白过来，她就是故意的。

　　"在上面看那么久，我以为你也想下来凉快凉快呢。"林陌桑也不隐瞒自己的意图，"夏凡同学，你的恶作剧未免过分了点！"

　　夏凡有点惊讶，原来他在楼上演戏的时候，林陌桑也在陪他演。而林陌桑让他低下身子的时候，自诩演技派的夏凡竟然还上了她的当。

　　夏凡伸手将额前的头发捋了上去，露出光洁的额头，看着林陌桑哑然失笑。

　　他轻敌了。以及，敌人变得更有趣了。

　　林陌桑可没跟他开玩笑的心情，满腔怒火等着发泄。

　　她在黑暗中思考的时候，刚好瞥见二楼的夏凡。倘若不是应急灯出了问题，而夏凡又夸张地穿着一身白色的丝绸睡衣，她大概还不会发现，角落里有这样一个在月光下闪耀的冷酷观众。

　　既然已经被林陌桑识破，夏凡也不再隐藏，他对着林陌桑扬了扬下巴，一指房顶的警报灯："你是怎么做到的？"

　　"应急灯。"林陌桑指着一层破碎的窗户，"防盗系统。"

　　林陌桑不禁感慨，这防盗系统还是当初钟纤霖设计的。说是防盗，其实是防兽化的裴西林破窗逃跑，所以只要玻璃大面积破裂，警报就会开启。

　　夏凡这下明白过来，在他转身决定回房间的时候，林陌桑竟然将应急灯朝着窗户甩了出去。

　　"保安真会来？"见林陌桑摇头，夏凡笑得更嚣张了，"现在没了我拉你，你打算怎么上去？"

第三章
戏精偶像

林陌桑看着夏凡干笑了一下，夏凡笑不出来了，敢情是想让他当游泳圈吗？

"没想到你那么急着投怀送抱啊。"即便是这种时候，夏凡依旧忍不住嘴贱，"我就知道你对我有非分之想。"

林陌桑才没空跟他废话，猛地推了他一把，夏凡跌撞在池壁上。

"你干什么？"

林陌桑不答，按着他的肩膀让他微微屈膝，与自己同高时蓦地笑了一下。夏凡被那笑意戳得一愣，不等他反应，林陌桑已经跳起来拉住底下的栏杆，然后踩着夏凡膝盖、肩膀、脑袋爬出了游泳池。

夏凡直接被踩蒙了，回过神的时候林陌桑已经快走到大门口了。

"喂，你上去了我怎么办？"夏凡气急败坏地大喊道。

林陌桑扭头轻哼了一声，以夏凡的话回敬他："等水满了你自己游上来呗。"

"你……"

第二天去学校报到时，夏凡整个人都是浮肿的。

昨天他从游泳池里爬出来后，感觉自己每个细胞都受到了污染，然后在浴缸里泡了一夜。林陌桑早晨去叫他的时候吓了一跳。

所以今天的夏凡都不需要演技，一头长发遮住眉眼，宽大的牛仔夹克挂在肩上，整个人显得又颓又丧，浑身笼罩着"不要惹我"的阴沉气息。

班主任老高先前就知道有转校生要来，但没想到人又是林陌桑领来的。这会儿，他关切地问着夏凡先前的学习情况，却忍不住狐疑地打量着林陌桑。

林陌桑起先没注意到老高乱瞟的眼神，全身心都在听夏凡陈述他的设定：郑凡，十七岁，之前在国外留学，所以基础课程都不太好。因为文化不通，所以交流稍有障碍，请老师能不提问尽量别提问。性格慢热，不喜欢集体活动，不是不想交朋友而是慢，所以请热情的班主任不要强迫他融入集体。

林陌桑听罢松了一口气。按这个设定来说，夏凡应该是想低调地混到毕业。倘若夏凡真如本身性格那么刺头，难免殃及池鱼。这样最好，林陌桑也省心。

"那你今天就跟同学借借书，先适应一下，尽快把课本买齐了，跟上学习进度。"

夏凡点了点头，老高鼓励似的拍了拍夏凡的肩膀，然后就让他回教室了。

林陌桑也想走，却被老高叫住了。

"我听你高一的班主任说,上学期你弟弟转了过来,这学期你表姐又到了咱们班,然后……"高老师犹豫了一下,"这个郑凡也是你家亲戚?"

这一下可把林陌桑问住了。钱毋庸也没交代,让她和夏凡扮演亲戚。林陌桑陪着夏凡来办公室,纯粹是因为夏凡现在住她那边,于是理所当然地顺路就送过来了……

"他……"

林陌桑张了张口,老高挑了挑眉。

"郑凡是我亲戚!"

林陌桑闻声回头,就见卓景然笑嘻嘻地走了进来,跟老高打了个招呼。

"郑凡是我表哥。"卓景然胡扯都不打草稿的,"我上午有点事儿,就拜托林陌桑陪我表哥过来了。"

"是吧?"

卓景然侧肩撞了撞林陌桑。林陌桑连忙点头称是。

"你们关系挺好啊。"老高随口感叹了一句。

卓景然憨笑着点头:"是是是。"

林陌桑想起前车之鉴,老高这是又在暗示他俩"早恋"的事儿?

林陌桑如临大敌般连忙摆手:"不不不!"

卓景然看着林陌桑一脸莫名其妙,林陌桑对他挤眉弄眼,让他闭嘴。

高老师看着两人,意味深长地叹了一声。上次他就看出猫腻了,果然这小子是单相思。老高拍了拍卓景然的胳膊,投以同情的目光。

"课下你多帮帮你表哥,让他不要落单。"

"好好好。"

林陌桑出了办公室,才主动跟卓景然说话:"你知道?"

"嗯,本家那边给我打电话了。"卓景然解释道。

他本来对夏凡转来连城中学是没有大意见的,但为什么偏偏要住在林陌桑那里,还要转到林陌桑所在的(3)班?

要知道夏凡这种吸引女孩的"体质",几乎没有小姑娘能抵抗他的魅力,这不是故意把林陌桑往火坑里推吗?

卓景然这么想着,不禁警告了林陌桑一句:"你少管他闲事。"

林陌桑气不打一处来,你以为我愿意管啊?夏凡本来就不是一个省油的灯。他们总共见面不超过四十八个小时,林陌桑就被他折腾得落水两回了。

第三章
戏精偶像

林陌桑一想到回到班里又要面对夏凡就头皮发麻。

两人走到（1）班门口，卓景然却没进去，继续跟着林陌桑向走廊另一头走。

林陌桑狐疑地瞥了他一眼，卓景然解释道："第一天当表弟，我总要去跟表哥打个招呼吧，不然以后认错了多尴尬啊。"

林陌桑想了想也是，而且夏凡再搞事她还可以拉卓景然垫背。一举两得，很划算了。

结果两个人还没走到（3）班门口，林陌桑就觉得不太对了。怎么（1）班的人都挤到（3）班门口来了？

"哎，罗越你在这儿干什么呢？"卓景然也看到了自己的好哥们儿。

此时，不仅罗越闻声回头，听出卓景然声音的，都纷纷扭头向卓景然和林陌桑行了注目礼。

"卓大神你快来看啊！"

"快，快都给主角让开道！"

"林陌桑你可回来了！"

林陌桑被叫得一愣，敢情又跟她有关系？

陈非非见林陌桑来了，连忙招呼她过来，按着她的肩膀调侃道："新同学跟我申请和你做同桌，我君子不夺人所爱，就让贤了哈。"

林陌桑一头雾水，做口型道："你搞什么？"

陈非非忍俊不禁，指了指夏凡。

此时，夏凡正坐在林陌桑旁边的座位上，埋头在桌子上画着什么。

林陌桑扶额，就知道又是夏凡！她气冲冲地走了过去，然而还没开口，就见夏凡仰头对她略带羞涩地一笑，轻声细语地说道："你回来啦。"

夏凡直起身子，林陌桑才看到他在桌子上画了什么——一个粉红色的爱心！

林陌桑下巴都快掉下来了，这是几个意思？

（3）班外，罗越幸灾乐祸地捶了捶卓景然的肩头："哎，那究竟是你表哥还是你情敌？听说一进（3）班就宣示主权，说是为了追求林陌桑才转过来的。"

卓景然听得脸都抽了："啥？"

"（3）班的人跟我说的时候我也不信，你看他那种状态……"罗越对着夏凡那痴情的模样啧啧道，"不管你信不信，反正我是信了。"

听着周遭的议论声，林陌桑再迟钝也明白现下的状况了。她没有第一时间质问夏

凡,而是安静地观察他。

所以现在是什么设定?

性格内向腼腆,纯情又痴情,海外归来,不过是为了追求真爱?

夏凡感受到林陌桑的目光,与她对视了一眼,就迅速别开了眼,似乎有些不好意思。

林陌桑不禁要给夏凡鼓掌了,这个演技用在这种地方真是屈才了。

林陌桑坦然地坐到了夏凡身边,又是一阵起哄声。她看了看表,还有两分钟上课,这群人也看不了多久热闹了。

可惜卓景然并不是这么想的,他三步并作两步走到夏凡桌前,一掌拍在那颗桃心上:"表哥,表弟约你食堂一聚。"

卓景然不知道夏凡的真实性格,还以为他就是这么一个唯唯诺诺好欺负的主,于是气势瞬间涨了三分,下巴都快仰到天上去了。

夏凡幽幽地抬眼看他,并不太想接受这个空降的表弟。

林陌桑不想把事情闹大,于是对卓景然说道:"放学再约吧,别耽误他上课。"

"你……你……"卓景然压低声音说道,"你这是护着他?"

"不是。"林陌桑不耐烦地答道,"真的快上课了。"

"什么不是?你就是!"

卓景然又气又怨。夏凡才来了几天,林陌桑就胳膊肘向外拐了?如果继续这样下去还得了?

夏凡暗自笑了笑,然后故作亲昵地劝慰道:"你先回去吧,我们晚点儿见。"

卓景然看看周围,发火也不是,强行把人拽走也不是,只能压抑着怒火,气急败坏地指着夏凡的鼻子小声骂了一句:"你……你……狐狸精!"

夏凡直接被骂愣了,他这个表弟的中文词汇难不成都是从狗血电视剧学的?

林陌桑离得近,自然也听到了,看着夏凡无意识流露的错愕,不禁笑出声。她掩着嘴,直到上课人群散了,笑意都没能止住。

一旁的夏凡悄悄恢复本色,眯起眼看向林陌桑,略带警告意味地低声说道:"你要笑到什么时候?"

"这个时候你不是该夸我笑得好看吗?"林陌桑也看向夏凡,微笑着反问道,"为我跨洋过海的郑凡同学?"

见夏凡锁眉不答,林陌桑也收敛了笑容。

第三章
戏精偶像

"你不是喜欢演吗?"林陌桑挑衅道,"那我就陪你演啊。"

夏凡迟疑了一下,像是看到了一束光,随即渐渐扬起笑容,然后开始了他的表演。

"你真可爱。"

这场只有夏凡手里有剧本的"演出",林陌桑配合起来,常常力不从心。

夏凡先是连着几日在林陌桑宿舍楼下,让路过的女生给林陌桑递话——都是些无关痛痒的内容,诸如数学课本上课后练习题怎么做,明天中午吃什么等,明明发个信息打个电话就可以解决的问题,夏凡却非要用这种非常原始的方式。

"青春校园小说里不都这么写的吗?男孩思念心仪的女孩,但又进不去女生宿舍,所以让同学递话给她,这样女孩打开窗,就可以看到楼下的他。"夏凡颇有怨词地说道,"可是你一次都没有开窗看过,我准备了好几首歌都没唱成。"

林陌桑腹诽,大哥您是没上过学吗?还要看上个世纪的小说感受校园生活?

林陌桑岿然不动,不过苦了室友王湾湾,一天到晚给夏凡带的话,比她自己跟林陌桑说的都多。王湾湾虽然心大脾气好,但并不代表她傻,几天下来她大概也能看出其中蹊跷。

王湾湾关上宿舍门,看着林陌桑颓丧的背影问道:"夏凡该不会也是龙九子之一吧?"

林陌桑一个激灵,猛地看向王湾湾:"你怎么认出他来的?"

先不说龙九子这个猜测,光是夏凡隐姓埋名乔装在学校这么久,至今也没有被发现,王湾湾是怎么识破的?

"他自己跟我说的。"

"他……"林陌桑要被这个夏凡气死了。

"那天他找人带话,大家都不肯,知道我是你朋友之后,他就自己承认了。不过就算他不说,我也早就怀疑了,而且不止我一个……"王湾湾不好意思地说道,"我以前粉过他一阵,所以加了他的粉丝群。内部群很多路透照,是学校同学偷拍的,大家都在猜测真假。"

"那你跟他们说了吗?"林陌桑犹豫着问道。

"当然没有!"王湾湾急切地解释道,"我看你这么忍着他,肯定是有原因的,如果夏凡暴露了身份,你肯定很难做吧?"

夏凡于她当然不值一提,但钱毋庸那边掐着裴西林的命脉,她只能忍气吞声唯命是从。

"你猜得没错,夏凡是龙九子之一,而我受家族那边的托付,要看着他,直到他拿到高中毕业证。"林陌桑认命地说道。

"高中毕业证只要通过高二会考就能拿到了。"王湾湾算了算时间,"也没几个

第四章
赤月水母

月了。不过以他这么招摇的架势,能在通过会考之前不被发现吗?"

林陌桑头大,虽然时间不长,但是夏凡这个人太不安分了。虽然在林陌桑配合他演戏的时候,他会稍微收敛一些,但只要林陌桑不配合,他就像故意作对一样不断骚扰她。

这么下去不是办法,今天有王湾湾帮她瞒着,但倘若更多人发现夏凡的真实身份呢?

林陌桑这么想着,就打开了窗。夏凡果然还站在楼下最显眼的位置,他欣喜地抬头看向林陌桑,没想到她竟然"回心转意"。

夏凡刚准备开口调侃,就被林陌桑抢了先:"我从今天开始回去住。"

夏凡对于林陌桑搬回龙湖别墅住这件事,并不感到意外。毕竟他吃准了林陌桑低调的个性,不可能容忍他日日在宿舍下面骚扰。

林陌桑为了上学方便,买了一辆自行车。夏凡见了,也抛弃了小轿车车接车送的腐败生活,要和林陌桑一起拥抱大自然。林陌桑要把车让给他,自己再买一辆,夏凡不肯。

"你没看过校园电影里,男生都是骑着单车载女生去上学的吗?"夏凡感慨林陌桑死绝的浪漫细胞,"你这辆车又不是没有后座。"

"你……要载我?"林陌桑艰难地问道。

夏凡笑而不语。

于是第二天,夏凡坐在林陌桑的自行车后座上,被她载着去了学校。林陌桑赶在铃声响起前冲进了学校大门,气喘吁吁地抹了抹额上的汗,崩溃地对夏凡吼道:"你确定没拿错剧本?"

"啊呀。"夏凡从后座上跳下来,"这个后座太硬了,硌得我屁股疼,你记得去买个垫子给我。"

买垫子?林陌桑只想揍人。

既然甩不掉拖油瓶,林陌桑只能退而求其次,至少为自己着想,骑车抄小路省时省力。阡陌纵横,林陌桑也因此遇到了许多先前没注意到的惊喜事物,比如小巷口的水族商店。

水族商店的玻璃窗前放着一个巨大的玻璃缸,里面饲养着硬币大小的水母。白天的时候没有开灯,自然光下的水母都是透明的,不仔细看会以为是水中的泡沫,其中唯有一只体形最大的粉红色水母鹤立鸡群。

路过的时候,林陌桑也会忍不住停下多看两眼。夏凡见林陌桑撑着车子看得出神,顺着她的目光看去,就看到了那只粉红色的水母。他微微蹙了眉,一阵烦躁涌上心头。

"它会死的。"

林陌桑错愕地看向夏凡。

"我说,这只粉色的水母过不了多久就会死。"

夏凡看到林陌桑惊诧的神情,忽然生出一阵邪恶的优越感。

"怎么会?"林陌桑以为夏凡是在逗她,"它这么大个头,看起来是里面最健康的。"

"我说会就会,从来没有错过。"夏凡牵了牵嘴角,"要打赌吗?"

林陌桑拧眉不想理他,认定这是夏凡无聊的挑衅,用力踩下脚镫扬长而去。路上,夏凡没有再说一句话,沉默得像那群透明的水母。

到了学校,夏凡也仍旧没能从刚刚的消沉中恢复,一直趴在桌子上郁郁寡欢。直到班长在讲台上说起艺术节文艺会演的事,夏凡才微微直起了身子。

"她说的文艺会演,是指大家一起利用课余时间聚在一起排练的那种?"夏凡戳了戳身旁正在背单词的林陌桑。

"算是吧。"林陌桑应了一声,虽然夏凡关注的点很奇怪,但形容总归没太大问题。

就在班长问有谁要报名参加时,林陌桑见夏凡兴冲冲地抬起了手,愕然间,眼疾手快一把将他要举高的手拉了下来。

"你还没表演够吗?"林陌桑压低声音说道,"你一个明星跟我们这些普通学生争什么风头?"

夏凡撇撇嘴,不同意林陌桑的说法:"这又不一样。"

"被大家发现的话,你会被退学的。"林陌桑气急败坏道,"你要是想转学,自己去跟钱毋庸提,不要连累我!"

夏凡这才将手放下,撑起脑袋,说:"我不想转学。"

林陌桑瞥向夏凡,见他颓丧的模样,心中隐隐有些不舒服——夏凡其实也很珍惜在连城上学的机会吧?

林陌桑刚对夏凡有所改观,就听他哀怨地叹了一声:"再转学只能去国外了,可国外东西太难吃了。"

第四章
赤月水母

林陌桑觉得，自己可能想多了。

课间的时候，卓景然来（3）班"串门"，径直走到林陌桑桌前，问她文艺会演报了什么节目。林陌桑头也没抬地答道："观众。"

卓景然愣了愣，硬是把话接了下去："那正好，我有个花式篮球表演，来给我加油。"

一旁的夏凡幽幽地瞥了卓景然一眼，说道："小陌桑不会去的，她那天要跟我出去玩儿。"

林陌桑看都没看夏凡一眼，就说道："他胡扯的。"

夏凡笑了笑，没有回应。

虽然林陌桑表达了自己的态度，但卓景然并没有因此高兴多少。他知道林陌桑为了看住夏凡，最近搬回了龙湖住。即便有姜冬月在，她和夏凡算不上孤男寡女共处一室，但卓景然心里依旧觉得硌硬。

"我买了套会考专项复习题，晚上去你家一起做吧？"卓景然邀请林陌桑道。

"会考？"林陌桑抬起头迟疑了一下，"如果是高考题我还可以考虑一下。"

"你怎么能瞧不起会考呢？"卓景然危言耸听，"会考如果没过，高中毕业证就拿不到了。"

林陌桑略略思索，然后看了夏凡一眼，才说道："行吧，不过晚上我有点儿事，我们八点在龙湖那边见吧。"

听到林陌桑有事，夏凡首先表达了抗议："那我怎么办？"

夏凡最近都是林陌桑载着回家的。

"我把车留给你，晚上我跟王湾湾一起走。"林陌桑说道。

夏凡撇了撇嘴，有些不高兴地说道："不用了。"

林陌桑也没再哄他，一到放学时间真的就这么丢下他走了。晚上七点半的时候，林陌桑将王湾湾送回学校宿舍，竟然发现夏凡还没有离校，正百无聊赖地坐在操场的主席台上。在巨大的照明灯下，只有他一个人隔绝在人群之外，形单影只地看着操场上为文艺会演围坐开会的学生们。

王湾湾在一旁戳了戳林陌桑问道："他在等你吗？"

林陌桑摇了摇头，她并没有跟夏凡说自己会回学校。

"那他在等什么？"王湾湾看着操场上三五成群聊天的人，"看排练吗？可节目

都还没成形,有什么好看的?"

林陌桑也想知道,于是她让王湾湾先回了宿舍,然后自己就这么走过去问道:"你在这儿干什么?"

夏凡看到她,露出一丝惊喜,霍地从主席台上跳了下来,笑着问道:"发现我没回去,来接我?"

林陌桑不置可否,只是如同以往去车棚取车,然后载着夏凡回家。

夏凡侧坐在后座上,微驼着背脊,头靠在林陌桑的肩头,懒洋洋地看着布满星辰的夜色。单车破风而走,夜的凉意穿过两人的衣衫,呼啦啦地向后流去。

"你说他们在聊什么聊得那么开心?"夏凡忽然问道。

问题突如其来,林陌桑一时没能明白夏凡的意思。

"我从小学四年级开始就没再读书了。"夏凡没有得到答案,也并不气恼,"我都不知道他们后来会聊点儿什么。"

林陌桑恍然意识到,夏凡是在说操场上那些学生。

"都是随便聊聊。"林陌桑说道,"无关紧要,不知道也没关系。"

"哦,那还挺无聊的。"夏凡知道林陌桑在敷衍自己,也不想继续了。

路灯向后游走,机动车道的红色尾灯排起长龙。林陌桑骑车路过的时候,偶然看到车窗里的人在笑。世界的喧嚣和他们无关,也与她无关,刹那间林陌桑忽然明白了夏凡心里的想法。他之所以想要参加文艺会演,可能不是为了上台表演,而是想要与同学一起为之努力、为之快乐的过程。

而她为了"大局为重",挡在了夏凡实现愿望的路上。

林陌桑想了很久,才说道:"就像我们这样。"

"嗯?"

"他们就像我们这样,聊些没意义的东西。"

如果没办法让他与其他同学成为朋友,那就由她来弥补这个缺憾吧。

林陌桑感觉到身后的人陷入了长久的沉默,就在她怀疑夏凡是否听到自己刚刚的话的时候,她感觉到被夏凡抵着的后背处,忽然传来一阵颤动和温热的气流。

夏凡在笑,笑得仓促而不可捉摸。

"行吧。"夏凡侧过头,眼光在夜色中流转,"我暂且原谅你了。"

她哪里又惹到他了?林陌桑只觉得莫名其妙。

"我不会骑车。"夏凡伸手在林陌桑腰侧惩罚似的戳了一下,"下次再把车丢给

第四章
赤月水母

我,我就把你扔进大海里去。"

林陌桑被他戳得猝不及防,车头歪斜,险些撞上路牙。夏凡第一时间跳下了车,抱怀站在路边,看着林陌桑踉跄刹车。

"你干什么?"林陌桑停车呵斥道,"很危险的!"

"怕什么,我比它危险多了。"夏凡笑嘻嘻地说道,"我没让你死之前,你不会出事的。"

林陌桑白了他一眼:"有病。"

林陌桑后怕,索性也不再骑了,两人一路吵嘴走回了家。林陌桑开门看到满脸怨气的卓景然时,才猛然想起下午的约定,抬头一看,这都快九点了。

夏凡刚想上楼洗澡,忽然听到林陌桑叫他。

"干吗?"

"这套会考题你做一下。"林陌桑拍了拍自己身旁的位置,"不会的题目让卓景然给你讲。"

"凭啥?"卓景然简直窝火,他可不是来给夏凡做辅导的。

"夏凡拿不到毕业证,咱俩都要继续'陪读'。"林陌桑压低声音对卓景然说道,"长痛不如短痛,他早毕业咱们早解脱。"

卓景然闭眼消化了一下情绪,这才忍痛道:"好吧。"

夏凡见两人咬耳朵背着自己说悄悄话,心里一阵不悦。

"你,过来做题。"卓景然说道。

夏凡回头做了个鬼脸:"我屁股疼,做不了题。"

卓景然拍案而起:"你用屁股写字吗?"

夏凡不理卓景然,而是看了林陌桑一眼。林陌桑懂了他的意思,无奈道:"我明天给你买,你先来做题吧。"

夏凡这才大爷似的走了过来,挤在林陌桑与卓景然之间坐下。

夏凡捧着卷子看了一阵,忽然对卓景然露出一个灿烂的笑容,卓景然一阵恶寒。

"这上面的题我好像都不会做。"

"你……"

卓景然觉得,比起帮夏凡毕业,还是他自己转学能更早脱离苦海。

第二天,夏凡看到自行车后座上的软垫时,眼睛赫然亮了起来。林陌桑还在厨房

收拾早餐的碗筷,只有姜冬月将夏凡孩子般的笑容收入眼底。

"她其实挺喜欢我的吧。"夏凡拍了拍柔软的车后座,对一旁的姜冬月说道,"表面对我一脸嫌弃,其实是想引起我的注意。"

姜冬月冷笑了一声,略带同情地瞥了夏凡一眼。

"小心入戏太深,杀青时不可自拔。"姜冬月说道。

夏凡不屑地"喊"了一声,说道:"她可没那么大魅力,我只是觉得挺好玩的,就陪她玩玩。"

姜冬月叫的车到了,也懒得继续跟他闲扯,上车走了。

林陌桑锁好门,走到夏凡身边随口问了一句:"冬月走了?"

"嗯。"夏凡应了一声,又问道,"她也不去上学,整天早出晚归的,你也不担心?"

"担心什么?"林陌桑漫不经心地回道。

姜冬月身体越来越好,也不再整天沉迷游戏,虽然到课率不高,但一周至少三天会出现在学校,已经比过去好多了。况且她比自己还大了两岁,已经成年,怎么也轮不到林陌桑做她的监护人。

"她知道那么多有关家族的秘密,你就不担心……"

"除非宫已背叛了家族。"林陌桑打断夏凡的话,"只要宫已还是家族的人,姜冬月就不会做伤害家族的事情。"

"那你呢?"夏凡问道。

"我什么?"林陌桑不解。

"你是为了谁,甘愿为家族做事的?"夏凡观察着林陌桑变换的神色,"裴西林吗?"

见林陌桑忽然冷下了脸,夏凡意料之中地笑了笑:"他对你很好吗?"

林陌桑点了点头,裴西林几次将她从死亡边缘救回来。

"如果让你为了他杀人,你愿意吗?"夏凡笑嘻嘻地问道,仿佛"杀人"不过是一件再轻巧不过的事情。

"你呢?"林陌桑不答反问,"为了重要的人,你会去伤害其他人吗?"

夏凡目光闪烁了一下,犹豫地垂下了眼睑,自嘲地笑了一下:"我也想知道,自己会做到什么程度。"

林陌桑试图探寻夏凡话里的内涵,却被他的目光打断。夏凡抬手轻轻拍了拍林陌

第四章
赤月水母

桑的脸颊说道:"走吧,快迟到了。"

林陌桑最初只把夏凡当作钱毋庸丢给她的一个"宠物",出身金贵、娇生惯养,总之是个麻烦的物件。而此刻她忽然发觉这个"宠物"除了惹事,也是有自己的思想的。先前家族会议,夏凡都没参加,全权遵从钱毋庸的意见,好似钱毋庸的附属。

林陌桑一直以为,钱毋庸是让她看住夏凡,但现在反过来想,夏凡是钱毋庸派来看住她和姜冬月的也未尝没有可能。可是如今的她没了裴西林,又有什么好让他们紧张的呢?

林陌桑内心疑虑,却没在面上表现,一如既往地对待夏凡,以防引起他的疑心。

这一天放学,林陌桑依旧与王湾湾有约。夏凡好奇,也要跟着前往。

"我俩是去健身房,那里弥漫着汗臭味,随便一个地方就可能沾染陌生人的体液……"林陌桑故意恶心夏凡,"你确定?"

夏凡光想想就要吐了,于是掐灭了好奇心,说道:"我在水族商店等你。"

林陌桑骑车来到水族商店的时候,已经是晚上八点多,店家即将关门。橱窗前的玻璃缸底开了灯,将水中透明的水母照射出五彩斑斓的绚烂色彩。夏凡就站在萧瑟的夜风中,耷拉着肩膀站在橱窗前。巨大的蓝色背景将少年包裹在其间,他只是弱小而无助的一个黑影。

"走吧。"林陌桑上前叫夏凡。

夏凡转过头,在幽幽的蓝光中对着林陌桑笑了一下。

"看吧,我说的没错。"

夏凡站在明暗交界线之间,皮肤惨白,被鱼缸中透出的水光照得越发透明。

林陌桑不解地走过去:"什么没错?"

夏凡指了指眼前的橱窗:"它死了。"

林陌桑这才猛然回想起那天他说的话,于是慌忙趴在玻璃上辨认起来。因为灯光的影响,林陌桑无法从颜色去寻找那只粉红色的水母,只能试图找出其中个头最大的那只。

林陌桑见所有水母都差不多大小,猜测道:"也许是被人买走了。"

林陌桑说罢进了店里,询问老板那只粉色水母的去向。

夏凡不慌不忙,依旧站在原地,像是在欣赏着美景,又像是沉默的哀悼。林陌桑颓然走出商店,夏凡看到她的时候微微笑起来。

"被这群小家伙弄死了,是吧?"

林陌桑吞咽了一下口水点了点头。店家说，只有那只水母品种不同，而排除异己是生物的天性。

夏凡忽然大笑起来："都说了我每次预言不会有错的。"

夏凡虽然笑得捧腹流泪，但林陌桑却并不觉得他是在为自己的胜利喜悦，反而因为笑得过分夸张，听起来令人毛骨悚然。夏凡笑了一阵，忽然冷下了脸看向林陌桑。

"都是你的错。"

林陌桑不懂，怎么一切忽然怪到了她头上？

"一切都是你的错！"

夏凡一把扯下车后座的软垫，用力撕扯着，直到中间的海绵被撕裂，他才将破烂的垫子扔在地上踩了几脚。

"装什么好心人！"夏凡看着稀烂的软垫，冷笑了一声，"你又改变不了结局。"

这一天晚上，夏凡反常地没有坐林陌桑的车，而是一路走回了家。林陌桑不懂夏凡的暴怒，只能默默跟在他身后。第二天一早，林陌桑去叫夏凡起床的时候，发现他没有睡在床上，而是躺在放了半缸冷水的浴缸里。

此时已经是仲秋，夜晚的气温不到十摄氏度。这么睡了一夜的夏凡，果不其然感冒了，整个人烧得晕晕乎乎，话都说不出一句完整的。钱毋庸派了私人医生过来为他诊断，挂了半瓶水才有所好转。

姜冬月瞅着病恹恹的夏凡，对林陌桑说道："他昨天洗澡洗得睡着了？"

林陌桑摇了摇头，她今早看到夏凡的时候，夏凡是穿着衣服泡在水里，明显是故意这么睡的。

"他脑子有病吧。"姜冬月得出结论。

医生走出房间的时候，刚好听到姜冬月的话，点了点头，认同了她的说法。

医生姓沈，也是家族成员之一。沈医生虽然不是龙九子，但因为能力出众受雇于家族，受到家族的庇护，同时也帮助家族解决龙九子的健康问题。毕竟与常人有异的龙九子是不能公开就医的。

沈医生将药分门别类，一一写好注意事项，让林陌桑叮嘱他按时服用。

"他怎么样？"林陌桑问道。

"烧退了。"沈医生想了想又补充道，"只要自己不再作死，没什么大事，年轻孩子体力好。"

第四章

林陌桑赔笑，夏凡可不是自己作死嘛。

"不过他这种心理疾病，如果一直消极对待，只会越加严重，以后转变成抑郁症也说不定。"沈医生说道。

"心理疾病？"

林陌桑发问的同时，姜冬月在一旁感叹了一声："果然有病。"

"他来这里前，没有人跟你们交代过他的情况吗？"沈医生见两个女孩面面相觑，于是解释道，"他有重度失眠症，只有泡在水里或者睡在浴缸里才能缓解。这种失眠不是生理的，而是因为心理压力。"

"是因为艺人工作压力大吗？"林陌桑问道。

沈医生回头看了一眼紧闭的房门，将林陌桑和姜冬月带远了一些，才说道："他全家遭人杀害，是夏凡父母把他藏在浴缸里才逃过一劫。那时候他才十二岁，留下了很大的心理创伤，至今都没能痊愈。"

林陌桑看了姜冬月一眼，姜冬月忽然问道："他是不是在水里闭气，才没被发现？"

沈医生诧异："你知道？"

姜冬月突然醒悟一般挑了挑眉："难怪。"

林陌桑也恍然明白过来。难怪夏凡那天可以装死装得那么像，原来那不是演技，而是从小练就的生存技能。

"我主修的也不是心理学，这件事我帮不了他。可惜家族里没有一个心理医生，夏凡的事情又涉及太多家族的秘密，没办法对外就医。"

沈医生说着无奈地长叹了一声。

林陌桑想起刚刚沈医生说到，夏凡父母是在他十二岁时遇害，难道与龙九子的觉醒有关吗？赖远辰曾经提到过，他们并非天生异能，而是十二岁的时候在雨天产生变化，才意识到自己的身份。难道夏凡家的事故，也是由于他特殊的身份被发现导致的吗？

"能问一句，他父母是因为什么遭人杀害的吗？"

沈医生摇了摇头，说道："这件事我也不知道，你可能需要问钱毋庸或者大家长。"

姜冬月抱怀瞥了沈医生一眼："该不会是因为我在这里，你才不说吧？"

沈医生讳莫如深地笑了笑："当然姜小姐也可以去问宫巳，他应该清楚。在下区

区一个医生，知道太多就是越职了。"

沈医生走后，林陌桑按照嘱咐做了白粥给夏凡送了过去。林陌桑敲门进到房间，发现夏凡正光脚站在阳台上，靠着栏杆抽烟。此时林陌桑才恍然意识到，夏凡已经二十二岁了，是个比她大了五岁的成年人。因为一张童颜以及张扬的个性，她常常把他当作不谙世事的同龄人。可是正是这样一个人，已经在没有双亲的情况下独自度过了十年。

失去父亲一年的林陌桑，无法想象十年是如何漫长的时光。也没办法理解，睡在水中或者浴缸里才能安眠的恐惧。但是当她回想玻璃缸中那群水母的时候，忽然能够理解夏凡对她的愤怒。排除异己的生物法则是残酷的，所以作为异类被排斥、围剿、屠杀，是龙九子们无法逃脱的命运。林陌桑作为一个外人插足其中，能够给予这群人的不过是同情罢了。但也恰恰是这微不足道的同情，让当事人感到耻辱、愤怒甚至鄙夷。

可并非同类，就只能建立这种恶劣的关系吗？

林陌桑将手中的粥放在夏凡的床头柜上，默不作声地离开了房间。夏凡原以为林陌桑上学去了，却没想到下午的时候她又回来了，怀里还抱了一个鱼缸。

夏凡懒洋洋地趴在沙发上，拿手机翻阅着什么。林陌桑走过来，将鱼缸放在茶几上，说道："你看。"

鱼缸里，一只粉红色的水母正在水中漂。

"我今天去那家水族商店，老板说他记错了，之前有人想买它，于是老板就将它单独放在鱼缸里饲养了。"

夏凡趴在沙发上没动，一只手撑着脑袋，抬眼瞥向林陌桑。林陌桑半跪在茶几前，轻轻敲着玻璃缸壁，试图让水母游起来引来夏凡的注意。

夏凡无精打采地看了一眼那只粉红色的水母，蓦地笑了一下。

"你跑了多少家店才买到它的？"夏凡问道。

林陌桑不信夏凡能够一眼识破，强装镇定说道："就是学校巷口的那一家啊。"

夏凡从沙发上滑下来，跪在地上，两手撑着茶几，下巴搁在手背上看着水母。林陌桑以为夏凡信了，凑近他说道："你看，它活得好好的。"

夏凡透过透明的玻璃缸，直直看向林陌桑，吓了她一跳。

"林陌桑。"夏凡冷笑着说道，"你应该知道龙九子都有一种特殊的能力吧？"

林陌桑垂下眼没敢点头，夏凡笑意更浓。

第四章 赤月水母

"而我的能力，就是预知厄运。"

林陌桑再抬眼时，夏凡的笑意已经完全冷了下去。

"所以我看得到它是怎么死的。"夏凡指着鱼缸里的小不点，"更不会将它和那只已经死去的水母搞错。"

夏凡站起身来，居高临下地看向林陌桑。

"所以别做这些无意义的事情，把它送回去吧，反正活不了多久。"

林陌桑抬头回看夏凡，问道："那你看得到自己的厄运吗？"

夏凡挑了挑眉："当然。"

"那你就任其发生吗？"林陌桑质问道。

夏凡没有直接回答林陌桑的问题，而是说道："我从来没有错过。"

"所以你从不争取？"林陌桑追问道。

夏凡别过脸，说道："没有意义。"

林陌桑站起身，与夏凡相对而站。

"你父母费尽心思救了你，你就这么不想活下去？"

林陌桑的话惹恼了夏凡，他跨过茶几，一把掐住林陌桑的肩膀，将她向后推去。林陌桑避之不及，连着后退几步撞在身后的餐桌上。夏凡用另一只手掐住林陌桑的脖子，将她按倒在餐桌上，桌上的玻璃壶和水杯被撞到地上，发出碎裂的响声。

"你懂什么？"夏凡恶狠狠地说道，"你有什么资格教训我？"

听到响动的姜冬月走出房间，看到楼下的状况连忙冲了下来。

"夏凡你要干什么？"

姜冬月试图拉开夏凡却被他甩开。仰躺在餐桌上的林陌桑冲姜冬月摆了摆手，让她不要担心，自己并没有事。事实上，夏凡只是将林陌桑推倒，掐住她脖子的手并没有用力，只是钳制着她，不让她动弹。

"我不是教训你，但是我希望你可以问问自己，是不是想要活下去。"林陌桑扒着夏凡的手，艰难地说道，"我和你不一样，如果我知道厄运的走向，那我就一定要用尽全力去改变它。"

夏凡大口喘息着，沉默许久才平静下情绪，嘲笑道："天真……不，应该是愚蠢。"

林陌桑感觉到夏凡手劲放松，连忙挣脱开跳到了一边。

"天真也好，愚蠢也罢。"林陌桑指着茶几上的鱼缸，认真地承诺，"既然你说

它活不了多久，那我就让它活下去。只要比你预知的多一分多一秒，就可以证明厄运是可以改变的。"

夏凡瞥了一眼林陌桑，未置一词，就耷拉着肩膀向楼上走去。

林陌桑在夏凡身后，故意挑衅道："要打赌吗？"

夏凡上楼的步子顿了一下，头也不回地说道："随你的便。"

姜冬月看了一眼上楼的少年，又看了一眼犹如卸下重负的林陌桑，一时搞不清这战火究竟是如何燃起，又是怎样化作硝烟的。

姜冬月看着满地的碎玻璃，不禁懊丧，她为什么要为两个疯子紧张半天？

林陌桑冲姜冬月笑了笑："谢谢。"

姜冬月白了她一眼，说道："赶快把地上的玻璃扫了，别扎到我。"

林陌桑从来没有养过任何动物，包括金鱼。所以一上手就要搞定水母这么冷门的宠物，林陌桑感觉自己的学霸脑遇到了瓶颈。姜冬月见林陌桑一手拿着饲养手册，一手试着调和水与海盐比例，不禁嗤笑："你为了他为难自己干什么？"

林陌桑过去绝对算不上什么热心的人，她一贯独善其身，觉得只要做好自己就可以了。但是每个人都有陷入绝境的时候，因为明白被人拉一把的感受，所以她从此不想放弃每一个能够帮助的人。

林陌桑不答反问道："那你愿意来帮帮我吗？"

姜冬月皱了皱眉，别开脸说道："我不是关心你，我是来嘲笑你的。"

林陌桑故作恍然大悟，点了点头："好吧。"

见林陌桑不气不恼，继续埋头研究，姜冬月忽然有点儿失望，急说道："这种东西你交给专业的人搞定不就行了？"

"专业人士？"林陌桑想了想，总不能又跑去水族商店去找老板吧。且不说那里很远，到时候被夏凡发现，指不定要说她"光说不干假把式"。

姜冬月见林陌桑不开窍，恨铁不成钢："你忘记楼上那家伙是个海洋爱好者了？"

林陌桑愣了愣，为难道："能行？"

姜冬月叹了口气，说道："你忘记你手机里存着什么了？"

于是，林陌桑在姜冬月撑腰之下，将水母交付给了夏凡。夏凡一副病体，仍被气得上蹿下跳直跺脚，但最后还是在林陌桑的照片威胁以及姜冬月冷酷的淫威之下妥协

第四章
赤月水母

了。

林陌桑总算可以心无旁骛地去上学了。

夏凡虽然嘴上抱怨,但明眼人都看得出,他确实很喜欢那只水母,晚上睡觉的时候都会放在床头柜上。

夏凡以前没养过宠物,对他来说,在饲养第一天就看到对方死期,那么接下来每一分每一秒都是折磨。但现在不同的是,水母死活的责任在林陌桑身上,他只是屈于对方威胁,才被迫接受这无辜的生命。只要他哪天发现小东西死期将至,将它交还给林陌桑即可,他也不必为此纠结痛苦、难割难舍。

夏凡想了想,觉得这其实是笔划算的"胁迫",所以后来也就没再跟林陌桑计较了。

文艺会演这一天,夏凡虽然未能上台表演,但林陌桑给他占了一个前排的位置,于是难得踏踏实实地做了一回观众。学生级别的唱歌跳舞自然比不上专业的,夏凡坐在台下一个劲儿撇嘴:"啧啧,我唱得、跳得可比他们好多了。"

林陌桑无奈,只能点头应和:"是是是,所以您能当大明星。"

最后,卓景然带领篮球队表演的"花式篮球+说唱"获得了最高人气奖,每人得到了一张青柠音乐节的门票。队长罗越约不到姜冬月,只好成人之美,将自己的票给了卓景然,让他去约林陌桑。

于是散场的时候,卓景然拍完集体合照,就从舞台上跳了下去,拦住了要走的林陌桑。

"跟我一起去吧?"卓景然拿着两张门票邀请道。

周围人起哄,叫好声一片,唯有一旁还没离开的夏凡冷脸看着卓景然。

林陌桑还没来得及拒绝,夏凡抢先说道:"这么好的事情,堂弟只想着女同学,不关心、孝敬一下堂哥吗?"

卓景然面上不好发作,只能腹诽:"哪儿都有你!"

林陌桑知道两个人不对付,以免小事闹大,连忙抢过卓景然手上的票:"行,我去,你赶快去后台换衣服吧,我们先走了。"

林陌桑说罢,就连忙拽着夏凡离开了。

第五章 来自未来的敌意

　　自文艺会演之后，夏凡没有什么表示，反而是卓景然战战兢兢，一直担心夏凡伺机报复从中作梗。然而直到他与林陌桑出发前往音乐节，夏凡都没有什么反应，卓景然才确定是自己想多了。

　　青柠音乐节是Q城最火的大型活动。林陌桑与卓景然坐了一个多小时高铁才到达Q城。与F城不同，Q城是一座沿海山城。频繁的上下坡，让人很难一眼看到远处的景象，于是嗅着空气中腥咸的味道，寻找大海的方向，成了漫步在Q城街头的一大乐趣——你永远不知道爬上这一段上坡路，是不是会在顶峰看到海。

　　青柠音乐节在城东的滨海沿岸沙滩举行，于是林陌桑预订了一家距离最近的青年旅社。多人间上下铺，林陌桑住女生间，卓景然住男生间。这里的老板也是音乐狂热粉，旅社客厅里随处可见欧美乐队经典专辑的海报，书架上还摆着黑胶唱片。住在这里的很多人都是来看音乐节表演的，有的奇装异服染着头发，反倒是一身学生气的林陌桑与卓景然显得格格不入。

　　不过一旦聊起天来，格格不入的就只剩下林陌桑了。她从不知道，原来卓景然对中国摇滚和民谣歌手这么了解，他们说的歌曲林陌桑一首都没听过，只有鲜少的几位后来出名成为流行歌手的人，她还有些印象。林陌桑坐在客厅里，看着卓景然跟其他人聊得热火朝天，自己却完全插不进去话，忽然有些迷茫自己到底来这里干什么。

　　青柠音乐节一共举行三天，每一天表演的乐队、歌手都不同，原本重量级的人都是第三天才来，但因为这次传出第一天会有彩蛋嘉宾，于是很多观众早早就到了。第一天的节目晚上七点开始，林陌桑和卓景然随青旅大部队，五点多就出发去吃海鲜。

　　林陌桑对海鲜并不感兴趣，于是早早吃完就去旁边的特产市场溜达。市场由一个个小摊子组成，一半卖的是小鱼、扇贝等干货，一半是海底水晶、贝壳、珊瑚等做的珠串。在甜甜的海鲜干货的味道中，林陌桑在珠串摊子之间闲逛，忽然听到有人叫她的名字。

　　林陌桑闻声回头，就看到戴着大檐帽的王湾湾跑了过来。

　　"你怎么在这儿？"林陌桑惊讶地问道。

　　"当然是音乐节啊。"王湾湾笑了笑，"我每年都来的。"

　　"你既然要来，之前怎么不跟我说啊？"林陌桑略带埋怨地说道，"我们可以一起来的啊。"

　　"当时票不好买嘛，我也不确定就没跟你说。"王湾湾摸了摸鼻子，掩饰着说谎的心虚说道，"而且我也有其他朋友一起，你不认识的，怕你尴尬。"

第五章
来自未来的敌意

　　文艺会演那天，王湾湾也是去看了的，所以她知道卓景然用自己赢得的票邀请了林陌桑，两个人一定会来青柠音乐节。只是当初看电影那件事，让卓景然不愉快，王湾湾不想再扫他的兴，于是就一直没有说。但是既然都会来到同一个地方，总是会碰到的，她不主动跟林陌桑打招呼，反而有些欲盖弥彰的意思。

　　"那你都不跟我一起吗？"林陌桑有些失望地说道，"我一个人好无聊啊。"

　　"卓大神不是跟你一起来的吗？"王湾湾奇怪道，"你怎么一个人在这儿逛？"

　　林陌桑耸了耸肩，卓景然自己玩"嗨"了哪儿还记得她啊。她拉起王湾湾，说道："我带你去找他，你们应该聊得来。"

　　王湾湾连忙拖住林陌桑："算了吧，我跟卓大神不熟，不需要特意去打招呼的。"

　　"多见几次不就熟了？"林陌桑觉得王湾湾别扭得可爱，"而且你知道龙九子这件事，从这一点来说，你就跟其他那些悄悄送他礼物的人不一样。"

　　王湾湾一时间有些蒙，搞不清楚林陌桑话里的意思，就在她迟疑的时候，林陌桑已经将她拽走了。

　　卓景然见到王湾湾的时候，只是愣愣地"嗨"了一声，再无后话。王湾湾看不出他的情绪，除了惊讶之外还有什么，索性也就不再深究，尽可能地保持"隐形"。

　　林陌桑有了王湾湾陪伴，缓解了先前插不进话的尴尬。王湾湾是那种可爱型的长相，笑起来两颗门牙白锃锃的，特别像仓鼠，亲和无害。而且她对乐队、歌手的了解比林陌桑多，所以很快就融进了群体。与卓景然这个中二少年不一样，王湾湾很照顾林陌桑，见她听不明白就转换她知道的话题来搭话。

　　王湾湾的表哥也是乐队发烧友，从小耳濡目染，比卓景然这个为了酷、帅才特别关注的"假粉"更资深，所以很快，一群音乐发烧友的重心就从卓景然转移到了王湾湾和林陌桑这边。卓景然"失宠"，才关注起王湾湾来。卓景然对王湾湾的印象还停留在以前那个为了抢汉堡而被大高个子男生们挤得飘摇不定的"小可怜"，如今看她自信地侃侃而谈，反而有些不适应。

　　其实撇开她和林陌桑的关系以及个人心中的偏见，王湾湾也不过就是个性格开朗的普通女孩。

　　卓景然为自己的顿悟生出一阵懊恼，再看向王湾湾的时候，竟然莫名紧张起来，不知道如何面对她了。

　　到达滨海沿岸时，天还没有全黑，音乐节会场已经聚集了很多人，舞台上正在试

音响,时不时传来躁动人心的电吉他、键盘、架子鼓的声音。

夜幕降临,华灯初上,一曲炸裂的乐队演奏为音乐节拉开了帷幕,台下摩肩接踵,人越来越多,也越来越躁动。青旅的乐迷们让朋友占了最靠近舞台的位置,后来的人群如海浪一般向前涌动,卓景然怕林陌桑和王湾湾被撞到,特意让两人站在自己身前的位置。观众席最前面有一排隔离墩,以防观众冲上舞台,林陌桑和王湾湾就这么尴尬地卡在隔离墩后。

林陌桑一下子被拉到最前面,舞台上的灯光晃得睁不开眼。就在这个时候,林陌桑感到身旁身后传来一阵女生的尖叫。王湾湾在一旁推着林陌桑,她错愕地看过去,只见王湾湾一脸惊恐地指着舞台上。

"有请我的好哥们儿夏凡!"

林陌桑猛地抬头,目光正好与夏凡的相撞,那邪恶的笑意蔓延在眼底,林陌桑只觉得毛骨悚然。当夏凡提出要请粉丝上台合唱的时候,林陌桑几乎是扭头就扒开人群往外逃,但最终还是没能逃过夏凡的魔掌,将她一把拽了上去。

闪光灯"咔嚓咔嚓"闪个不停,林陌桑从热情的人群中脱离,终于感觉到夜晚海风的寒意。她抬头看到远方厚重的云层向舞台缓慢飘移。

卓景然在台下大叫着:"夏凡!"无奈安保拦着他,不让他上前。一旁的王湾湾见卓景然气急败坏,就要爆发,连忙拉住他,将他即将出口的咒骂堵了回去。

"周围好多人都是夏凡的粉丝,你要是这么明目张胆地跟他对着干,会被围攻的!"王湾湾贴近卓景然耳边说道,"夏凡现在是公众人物,这么多双眼看着呢,不会对林陌桑做什么极端的事情的,先看看他的意图,再'救人'也不迟。"

卓景然觉得王湾湾说得有理,这才冷静下来。等他压下躁动的情绪,才发现王湾湾竟然拉着他的手臂,本能地一把将人甩开了。王湾湾愣了愣,忙说了句"对不起",于是相同的话堵在卓景然喉头,硬是说不出来了。

正如王湾湾的推测,夏凡并没有对林陌桑做什么过分的举动,反倒是林陌桑搞得夏凡尴尬得不知如何收场。夏凡想让林陌桑一起唱自己的歌,结果一问三不知,差点被台下的人当作黑粉。最后实在没办法,夏凡为了不让林陌桑逃下台,只好让她选歌,林陌桑选了《两只老虎》。

夏凡骑虎难下,不得不同圈中好友的乐队一起唱了《两只老虎》。在夏凡和乐队的伴唱和改编之下,原本单调的儿歌变成了一场狂欢大合唱。以至于林陌桑最后都忘记自己唱的是什么,索性跟着音乐的律动一起"嗨"了起来。台上的人"嗨"过了

第五章
来自未来的敌意

头,只顾着摇摆,直到看到台下的观众目光离开,纷纷仰头朝天空看去,这才察觉出一丝不对。

"哎,下雨了?"

最先反应过来的是卓景然,当雨滴砸在他脸庞的时候,他一把拉住了身旁的王湾湾。

主办方担心雷电引起舞台安全隐患,于是暂停了表演,组织表演者去后台休息,待雨停之后再继续。

"唉,Q城这地方就是说下雨就下雨,说晴天就晴天。"

眼看雨越落越大,同卓景然一同来的年轻人招呼他和王湾湾去不远处避雨。

"那边卖水的地方有棚子,我们过去避避雨吧,应该一会儿就过去了。"

王湾湾感觉到卓景然抓着自己的手在渐渐僵硬,忙抬头去叫林陌桑。林陌桑也显然注意到了卓景然的状态,想都没想就跳下了台向两人跑去。

林陌桑与王湾湾搀扶着卓景然往场外走,但是卓景然已经迈不动步子了,整个人都昏昏沉沉的。王湾湾着实被吓了一跳,林陌桑跟她解释了缘由,称龙九子在雨天都会有不同程度的"不良反应"。

"那他身上这些痕迹,也是因为下雨吗?"王湾湾指着卓景然裸露在外的脸、脖子、手臂。

林陌桑这才发现卓景然的皮肤上竟然渗出了红色的印记,她原以为是毛细血管,那印记的排列却是断裂开来的。印记随着落雨越来越明显,林陌桑这才发觉这并不是普通的血痕,而是文字!柳叶一般相互交错,她无法辨认含义,但隐约觉得在哪里见过。

"卓景然,你之前出现过这种状况吗?"林陌桑焦急地问道。

卓景然已经失去五感,只能感觉到林陌桑在跟他说话,却不知道在说些什么。林陌桑觉得这样问不出结果,当务之急是先把卓景然送到一个安全的地方。

"先回旅社。"林陌桑将外套脱下来盖在卓景然的头上,遮盖越来越明显的字迹,然后对王湾湾交代道,"我去打车,你帮我看着他。"

林陌桑将卓景然送上了车,刚坐上前座告知了司机地址,就听王湾湾犹豫地问道:"夏凡……也是吧?他一个人没问题吗?"

王湾湾在司机面前避开了关键词,但林陌桑听懂了,她赫然惊醒,刚才只顾着卓景然,竟然把夏凡忘了!夏凡来这边演出,有经纪人跟着吗?林陌桑越想越焦心,索

性将房卡交给王湾湾，自己下了车。

"我回去看一下，有事电话联系！"

不等王湾湾答应，林陌桑已经向会场跑去。

舞台上没有，后台休息区也不见夏凡的踪影，这下林陌桑有些慌神了。是被熟识的人带走了，还是情况紧急所以躲了起来？

林陌桑给钱毋庸的秘书打了电话，对方联络了夏凡的经纪人，称这次演出，夏凡并没有向经纪人申报。

"那夏凡下雨天会怎么样，您知道吗？"

秘书称自己只管理家族对外的事务，这些事情他都不清楚。

林陌桑没带伞，也没来得及买雨披，在雨中跑了几圈已经湿透了，头发湿漉漉地贴在头顶、脸上，她冷得发抖，觉得此刻分秒难熬。是回去换衣服避雨，还是继续找？也许夏凡不过是像钟纤霖那般变成个醉鬼？况且这么多年作为公众人物，也许早已有了自处之法？

林陌桑左思右想，却还是无法说服自己。即便知道了夏凡装死以假乱真，她就真的可以对没有呼吸的夏凡置之不理吗？

最后林陌桑没了办法，只好向宫巳求助。

"他的状况……"宫巳在电话那端斟酌了一下措辞，解释道，"可以称作返祖吧。"

"返祖？"

当林陌桑在舞台下方，装音响的运输箱里找到夏凡时，才明白了宫巳所说的意思。

"你知道生物进化论吧？你们学习的知识中，达尔文提出了人类是由猿猴进化来的，通常意义上的返祖是指出现猿猴的特征，如牙齿数量、体毛浓密程度……可猿猴作为一种哺乳动物，追本溯源，其实来自海洋。"

林陌桑看着夏凡的鱼尾，有一种自己在做梦的错觉。

"也就是鱼。"

是的，夏凡在雨天出现鱼类的特征——腮、鳞片以及童话故事里一般由双腿变成的鱼尾。

夏凡耳下的腮随着呼吸开合，但明显吸氧困难，说不出一句话来，只能饱含怨气地盯着林陌桑。舞台下方不过一米五高，没有灯。台上来来往往，难免台下有东西掉

第五章
来自未来的敌意

落,所以很少人会进来。这里堆放着各种装器械的箱子、搭建舞台的备用钢架等杂物,刚刚好隐藏了夏凡的身影。

想必是过去无数次经验,让夏凡在第一时间找到了这个藏身之所。

"我要怎么帮你?"林陌桑紧张地问道。

叫经纪人现在过来处理,显然远水救不了近火,夏凡深知这一点,也就没有拒绝林陌桑。他抬手指着舞台遥遥相对的大海,有气无力地发出了一个音节:"水。"

林陌桑瞬间明白了夏凡的意思,他希望自己能把他送到海里去。

可是两个人的体重悬殊,林陌桑根本背不动他,又不能请人帮忙,更不能叫车来这里。夏凡见林陌桑迟钝,气急败坏地敲了敲箱子,林陌桑这才发现这个箱底竟然有轮子。夏凡从自己衣服里拿了一张工作证丢给林陌桑。林陌桑会意,合上盖子就推着箱子出发了。

沙滩、卵石地都没办法滑行,林陌桑只能将箱子推上了最近的柏油路,绕远将夏凡从沿海公路送下去。在雨水和夜色的掩护下,一路上并没有人注意到林陌桑。待到一个距离海面不到两米的陡坡时,林陌桑见附近无车无人,连忙打开了箱子。

"到了。"林陌桑气喘吁吁地说道。

夏凡瞥了林陌桑一眼,身体微微用力,箱子向一侧倾倒。林陌桑吓了一跳,忙接住了他跌出的半个身子。夏凡愣了愣,想要嗤笑她战战兢兢的模样,但看清她被雨水冻得双唇发紫,竟又有些笑不出来。

"你现在想起我了?"夏凡阴森森地说道。

雨声太大,林陌桑没有听清,于是将耳朵凑近夏凡。

"你说什么?"

夏凡忽然伸出两臂,揽住了林陌桑的脖子和肩膀,将她整个人扣在自己怀里。

"我说,我要惩罚你。"

紧接着,夏凡一个鱼挺,就带着林陌桑滚进了大海之中。

夏凡下潜得太快,林陌桑都来不及挣扎,冰冷的海水就包裹住全身,腥咸的味道涌入口鼻,肺部被一阵火辣辣的窒息感折磨之后,林陌桑最终失去了意识。

林陌桑醒来的时候,发现自己置身于礁石洞穴之中。洞穴内部很暗,只有外面雷鸣电闪的天光偶尔会照出洞内的情景。林陌桑身下的礁石上长满了牡蛎,坚硬的外壳硌得她周身疼痛。林陌桑的双手被海草一类的东西绑在身后,整个人动弹不得。

"夏凡？"

林陌桑叫了几声，只有不断拍击洞口的海浪声与雨声回应着她。海风吹得她整个人发抖，忽然一个大浪扑了她满脸的海水，紧接着软滑的小鱼扑腾着身体，像雨一样落了下来。

林陌桑看不清来者何物，着实被吓了一跳，惊呼出声。

紧接着，她就听到了夏凡的笑声。

林陌桑艰难地移动身体，才看到洞穴边的夏凡。夏凡两臂交叠平放在礁石上，大半身体沉入海中，从林陌桑的角度只能看到他的小半个上身。

"你把我带到这里干什么？"林陌桑问道。

"你觉得呢？"夏凡一手撑着头，轻巧地说道。

碰到海水的夏凡已经完全恢复了元气，即便外面还下着小雨，但完全不影响他生龙活虎的状态，时不时拍击着鱼尾扬起浪花泼林陌桑一脸水，见她狼狈呛水便哈哈大笑。

前几次"意外"，林陌桑还能装作不明白夏凡的意图，但现在她不得不面对现实。

"你想让我死。"林陌桑并不感到惊讶，只感到疑惑，"为什么？"

她之前秘密联系过曾默，也问过宫已，他们一致认为家族现在不会要她的性命。况且就算钱毋庸有意，赖远辰如今扮演着大家长，掌控着家族内部的生杀大权，钱毋庸不可能无视他一意孤行。

除非，有人私自违背家族的意愿……

"你是家族的'奸细'？"

听到林陌桑的话，夏凡不可思议地大笑起来，说道："你这么认为也可以吧。毕竟先前寄给你青砖将你引去实验室的陷阱以及那个半路失踪的司机，都是我做的。"

林陌桑哑然，记忆的碎片此刻终于连接成了真相。

当初她收到以夏淑芳名义寄来的青砖，于是前往父亲生前的实验室一探究竟，却不料被困在当中并遭遇火灾，幸亏裴西林赶到，及时将她救了出来，否则她大概已经遇难。原来从那个时候起，夏凡就知道她，并试图秘密置她于死地。

实验室的"意外"没能让她丧命，夏凡干脆收买了萧甯的司机，将林陌桑丢在前往盐湖的路上。那里是野兽出没的无人区，倘若不是黄毛出现，林陌桑大概早已人不知鬼不觉地暴尸荒野。

第五章
来自未来的敌意

林陌桑冷静回想。夏凡为什么第一眼就能认出自己的身份，为什么知道自己不会游泳，从来不参与家族会议却清楚她与裴西林的关系。

其实过往的太多细节，都无不暴露出夏凡的"不同寻常"。

"那赖远辰家里遇害，萧甯被人诬陷入狱，都是你？"林陌桑问道。

夏凡不悦地撇了撇嘴，说道："他们关我什么事，我从头到尾只针对的是你。"

"总有原因吧？我做错了什么？"林陌桑问心无愧，没伤天没害理，怎么就招来了夏凡的敌意？

夏凡侧过身体，坐在洞穴边缘，望着晦暗不清的天与海，说道："你现在或许没做错，但以后会。"

林陌桑明白了，厄运。

"你看到了我以后的厄运？"林陌桑问道。

"不是你。"

夜色中的夏凡，只有眼底盛着莹莹的光。他略显无力地看向林陌桑，随着时间消解的震惊、愤怒与无望，瞬间又回到了他的心底。

"是龙九子的厄运。"夏凡咬牙说道，"因为你。"

林陌桑消化了一阵夏凡的话，忽然理解了他先前的反常。因为预知从未出错，他才在得知水母被围剿而亡后崩溃，毁坏了她为他买的单车后座的垫子。

"所以你认为除掉我，就能改变你们的厄运？"林陌桑镇静地问道。

夏凡没有回答。这也正是他犹犹豫豫，屡次在关键时刻手软的原因。他明知厄运不可改变，又如何通过除掉林陌桑来改变一切？

"这是你自己说的，总要试试才知道厄运是否能够改变。"夏凡笑得有些讽刺，但内心惶恐，无法让这份强装的自信继续支撑下去，于是嘴角不由自主地颤抖起来。

在林陌桑捕捉夏凡的神情前，他迅速别过了脸。

"如果最后证明错了呢？"林陌桑探寻着夏凡的情绪，试探着问道，"你手上沾了我的血，后半生会过得安宁吗？就像你明知道父母会死，却未能阻止……"

"你闭嘴！"夏凡猛地吼道。

林陌桑能感觉到夏凡内心的挣扎与矛盾，否则他不会以这种蹩脚的方式来害她。连着三次，夏凡都是将林陌桑拖入水中，可最终也不过如此，没有给她致命一击。

"你其实不想我死吧。"林陌桑说道。

"可笑。"夏凡故作嘲讽地说道，"我不想你死，把你带到这里做什么？"

"你想我陪陪你。"林陌桑轻叹了一口气,"就像那只孤独的水母一样,想找个同伴罢了。"

"胡说!"夏凡一跃而起,"陪我?不需要,我现在就把你丢在这儿,看你怎么办!"

夏凡游出两米,忽然像是忘记什么,回头提醒道:"涨潮之后,这里很快就会被淹没,你要是想活就自己游出去吧。"

林陌桑感觉浪潮越来越大,知道夏凡所言非虚。

"啊,我差点忘了。"夏凡皮相在笑,却了无生气,如同宣判死期的魔神,"你不会游泳。"

是的,夏凡对林陌桑了如指掌。不只知道她不会游泳,还有她擅长料理,头脑聪明,最拿手的科目是数学和物理。除此以外,夏凡还清楚她过去遭遇的一切。她那不靠谱的父母,从未过多操心她的生活与学业,她从小学开始就已经学会了独立。成绩优异却不善言谈,所以在学校鲜少有朋友,虽然受到老师的喜欢,却不知道如何讨得长辈欢心——一直僵硬、迟钝地活着。

直到她得到那枚十面骰子,并以自己为赌注,救下了那只关在地下室的黑麒麟。

夏凡一直以为林陌桑同他一样,是独善其身不问世事的人,却不料她会对一个"异类"出手相助,甚至最后还为了他加入了家族。

而所有的厄运,也是从林陌桑救出裴西林开始浮现在他眼前的。

贺南归衰老而死,钱毋庸倾尽家财,曾默绝境惨死,萧甯身陷囹圄,赖远辰家破人亡……而他,也因为林陌桑停止呼吸,再没醒来。

早知罪魁祸首,又如何无动于衷坐以待毙?

所以夏凡取来了林雨声留在实验室的青砖,以林陌桑母亲的名义寄给了她,诱她来到早已布置好的陷阱。他却没想到,半路杀出的裴西林破坏了他即将成功的计划。

后来,他又收买了萧甯派遣的司机,让他在送林陌桑去见母亲的途中,将她丢在荒无人烟、野兽出没的无人区。然而这个女孩的运气太好了,竟然遇到了龙九子的老七黄毛,又再一次逃过了一劫。

两次失败,夏凡决定亲自动手。借着读书深造的契机,他向钱毋庸申请来到连城中学,并住到了先前关押黑麒麟的别墅。

经纪人、助理甚至家政阿姨都被他放了假,偏偏让钱毋庸差使林陌桑由他使唤。

第五章
来自未来的敌意

初见时，夏凡将林陌桑按在浴缸里，给了她下马威。第二次，他让林陌桑清洗泳池，却悄悄开启了水闸，结果未想到林陌桑靠自己的机敏脱险。第三次……

其实早在音乐节之前，夏凡也曾有无数次机会可以置她于死地。可是如果林陌桑死了，谁来陪他玩儿呢？那个不近人情的姜冬月，还是半句话就爆炸的卓景然？都不好，还是林陌桑好揉捏好欺负，更懂得配合他的表演。

再后来，林陌桑送了他一只赤月水母。

对了，那只水母。

夏凡跃出水面，看着渐渐放晴的夜空，无星无月，天海也模糊了界限。他忽然感到一阵不知所措。

如果林陌桑死了，他到时候要把那只水母丢给谁呢？没有了林陌桑，他岂不是要看着那只水母一步步迈向死亡？

那样太糟糕了。

夏凡这样想着，身体已经动作，向来时的方向回游。其实早死晚死区别不大，就暂且让她多活几天吧。

对，不是他心软，不是他入戏太深，他掐着林陌桑命脉，根本无须介意留她几天。

夏凡想通这一点，忽然变得急切了起来。他还没想让林陌桑现在死，那她就必须好好活着。然而当夏凡游回当初海崖壁上的礁石洞穴时，发现入口已经完全被海水淹没了。

"林陌桑！"

夏凡大叫着林陌桑的名字。风声雨声都没有了，只剩下"哗哗"的海浪声，仿佛从黑暗深处传来，那幽深的恐惧显得世界安静极了。夏凡的腮和鱼尾都开始退化，渐渐变回了人类的模样。他被海水冲击得摇摇晃晃，却还是强忍着不适，闭气潜入了海中。夏凡从小练就了闭气的本事，他可以超过普通人类的极限，不呼吸超过二十分钟。

然而在这二十分钟里，夏凡强忍着缺氧的灼烧与无力，在海中搜寻林陌桑，却没有发现任何形似她的存在。难道是溺水所以沉入了海底？又或者失去知觉被海浪冲到了岸边？

夏凡未曾看到过林陌桑的厄运，所以他不知道林陌桑究竟会以怎样的方式迎来死亡。这反而更让他惶恐，也许她的死期就正是这一次呢？

世事本就如此无常，大多数普通人正是在这种无常中接受着生离死别。

一阵迷茫的无措感压在夏凡的心头，他忽然不知该拍手庆祝，还是该低头默哀。人类可真脆弱啊，就像那只水母一样，竟然这么轻易就死了。

夏凡颓丧地游回音乐节会场的海岸，一步步爬上了沙滩。他身上还穿着今天演出的衣服，湿淋淋地拖着他的步伐。其实不该从这边上岸的，雨停了，会场都是歌迷粉丝。他这般没有遮掩地出现，必然会引起轩然大波。

果不其然，发现夏凡的人涌了上来。因为夏凡的模样看起来狼狈，身边又没人保护，大多人不敢靠得太近，怕生事端，有的举着手机对他拍，有的向他索要签名，有的就小心翼翼地跟在他旁边。夏凡只觉得周围叽叽喳喳很吵，他一句话也没听进去。他低头看着自己渐渐变浅的脚印，好无趣啊，现在只想回酒店睡觉。

很快，经纪人带着保安赶了过来，人群被隔离在两米之外。经纪人为夏凡披上外套，问他有没有受伤，夏凡摇了摇头。

"本家让你过来的？"夏凡问道。

"有个叫林陌桑的小姑娘通过钱老板联系到了我。"经纪人解释道。

哦，林陌桑。夏凡的心猛地跳了一下。

"真的该谢谢她，不然你这样一个人可太危险了。"经纪人感叹道。

可惜，晚了，她已经死了。夏凡长舒了一口气。

就在这时，夏凡忽然感觉到身旁一阵躁动，保安正架着一个女孩，将她往人群外驱赶。

"夏凡，夏凡！林陌桑呢？你看到林陌桑了吗？"王湾湾见夏凡抬起头，忙大喊道，"她去找你了，你见到她了吗？"

夏凡知道王湾湾，她替自己传过好几次话。

夏凡让保安放开了王湾湾，让她靠近自己说话。王湾湾揉着被保安拧痛的胳膊，焦急地询问道："林陌桑冒着雨去找你，到现在了还没回来，你看到她了吗？"

"等等再说，我们先离开这里。"经纪人说道。

经纪人将夏凡和王湾湾带到附近一处高档酒店外的沙滩。酒店正对着大海，站在沙滩上还能看到那座被海水淹没了大半的海崖。海崖只剩下上翘的头部，夏凡觉得就像是一座海上墓碑。

王湾湾这才解释起林陌桑离开之后的事情："卓景然雨停了之后也没有好转，已经被你们那个家族派来的人接走了。可是我一直联系不上林陌桑，也没办法告诉她这

第五章
来自未来的敌意

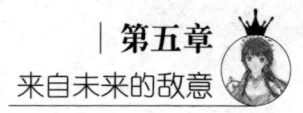

件事。"

"钱毋庸派来的人,是吗?"一旁的经纪人问道。经纪人也是家族的人,因为要时常应对夏凡雨天的突发状况,对龙九子还算了解。

王湾湾点了点头,对方还有他和林陌桑的电话往来,称是钱毋庸的秘书。于是王湾湾就将卓景然交给了他。

"那林陌桑呢?"王湾湾追问道,"你们见到她了吗?"

夏凡漠然地看着她,没有第一时间回答。

经纪人扯了扯夏凡的袖子,夏凡才面无表情地答道:"见到了。"

王湾湾瞪大了眼,抓住夏凡的胳膊:"那她人呢?为什么打电话也不接?"

"死了。"

说出这两个字的时候,夏凡忽然感觉到一阵难受。就像是闭气久了,有什么滞郁在心头,带着丝丝的疼痛。虽然难受,他却依旧可以保持司空见惯的漠然。

王湾湾呆愣在原地,反应了一阵,才一把推开夏凡:"你胡说!"

夏凡从未见过这个女孩对人发狠的样子。王湾湾怒气冲冲地瞪着夏凡,像是要把他生吞活剥一般:"你没见到她,说谎骗人的,对吧?"

夏凡缓缓地摇了摇头,省去了细节,如实说道:"你应该知道我像卓景然一样,下雨就不太对劲吧?林陌桑找到了我,救了我,不过最后落海,淹死了。"

王湾湾难以置信,频频摇头,拒绝接受夏凡所说的一切。

"毕竟她不会游泳。"

夏凡说完最后一句话,像是用完了全身的力气,低头微颓着背脊,伸手拨开挡在面前的王湾湾,犹如行尸走肉一般向停车场走去。

"她不可能死的。"王湾湾忽然在夏凡身后喊道,"她会游泳的。"

夏凡顿了一下。呵,笑话,他早就调查清楚了,上一次被困游泳池已经证明了一切。

"她肯定没事。"王湾湾一边说着一边拿出手机,"我要报警,要救她,她肯定在哪里等着我们救她!"

夏凡忽然回头,打掉了王湾湾的手机。

"我说不会就是不会!你比我还了解她吗?"夏凡气愤地说道,"她不可能次次都靠运气活下来的,一个普通人罢了……"

夏凡忽然反常,吓坏了王湾湾。她大气不敢喘,眼泪不敢流,直到落在地上的手

机响起,她才敢进行下一个动作。

王湾湾见是个陌生号码,惊恐地喘息了许久,才颤颤巍巍地接了电话:"喂?"

电话那端先是一个陌生男人的声音,听到王湾湾接听,才将电话转交给了旁边的人。

"喂,王湾湾吗?"

最先反应过来的不是王湾湾,而是在一旁听到听筒余音的夏凡。夏凡一把抢过王湾湾的手机,震惊地听着电话那端的响动。

许久,夏凡才从牙缝之间挤出几个字:"你没死?"

电话那端传来一阵短促的气音,是林陌桑在笑。

"我忘记告诉你,我跟王湾湾学了游泳。"

第六章 不一样的裴西林

夏凡见到林陌桑的时候，林陌桑正在距离音乐节会场不远的诊所吊葡萄糖。

昨晚没有吃多少东西，又落海求生折腾一整夜，凌晨时分已经到了林陌桑的极限。所以她刚爬上岸边，就向海岸的救援志愿者求助，将自己送到了这里。林陌桑渐渐恢复气力，才请诊所的护士给王湾湾打了一个电话报平安。

小护士看到夏凡本人"大驾光临"，整个人都吓蒙了。王湾湾先于夏凡一步，冲到林陌桑面前，急促地喘息了半响，差点儿哭出来。林陌桑忙安抚王湾湾，称自己没事。林陌桑能获救，也多亏了王湾湾的游泳教学。

"所以，你们两个一放学去健身房，就是为了这个？"

夏凡反应过来时，竟然觉得有些好笑，好笑的是他还以为自己完全掌控了林陌桑的命脉，却不料竟是被她蒙在鼓里。

"你从什么时候开始发现的？"

王湾湾、护士在场，夏凡隐去了关键词，但林陌桑可以听懂他的问题。他在问，她什么时候发现他想要害她，所以才有所防备。

"第一次见面吧。"林陌桑答道。

那时候，她被夏凡按在水中，强烈的求生欲引起了曾默的注意。无须开口，两人就可以互通暗语。虽然远水救不了近火，但曾默知道夏凡的身份，笃定他不可能光明正大地陷害林陌桑，只不过借这一步给林陌桑一个下马威罢了。事实证明，曾默的猜测没错。

第二次在泳池时，林陌桑也早料到多半是夏凡动的手脚，所以她一直观察着夏凡房间的动静，才会在警报灯亮起时与夏凡四目相对，并在夏凡故作无辜时配合他演戏。事后，林陌桑背着夏凡给宫巳打过一通电话，问他钱毋庸是否有意派夏凡监视或者谋害她。宫巳否定了林陌桑的想法，因为夏凡从不听命于钱毋庸，反而是钱毋庸对夏凡有所忌惮。

那么，夏凡为什么要针对她？

虽然林陌桑不得其解，但还是决定要防患于未然。她从不吃夏凡给的食物，谨慎地对待所有日常饮食。尽量不与夏凡单独相处，也尽可能地远离龙湖别墅，住在宿舍里。以及瞒着夏凡，通过王湾湾找教练学习了游泳。

而这一次，刚好让林陌桑撞对了，夏凡再次出手了。

如果林陌桑早在那个时候就有所预料，夏凡就更加无法理解。

"为什么忍我这么久？"夏凡心里抱着一丝不可能的幻想，但问出口的那一刻又

第六章 不一样的裴西林

很快回归了现实,"啊,当然是为了裴西林。"

最初接受夏凡这个麻烦,林陌桑的确是为了裴西林能在家族过得顺利安好。但是时间久了,她觉得并不完全是为了裴西林。那么她以德报怨,是为了感化夏凡,让他弃暗投明?她当然没有那么伟大。只是她从小接受的教育,是坚信人性本善,并且坚持正义与信仰。

"我只是想告诉你,排除异己或许是自然法则,但并不是人类的第一原则。"

林陌桑说罢,夏凡便嗤笑了一声,就连在场的王湾湾都听得出其间讽刺的意味。可林陌桑不同,见夏凡笑,她也笑,咧开嘴露出两排白牙。

"你知道吗?动物是没有'笑'这种东西的,它们咧开嘴露出牙齿,是为了威吓对方。但是,到了人类的世界,这个动作却代表友好。"

这一下,夏凡笑不出来了。

"知道得再多,也一样过得凄惨。"

夏凡这话说给林陌桑听,也同样戳到了自己的软肋。他从十二岁开始能够看到厄运,就比其他人过得更幸福了吗?

没有。

"不至于惨,至少我活着。"林陌桑笑了笑,"对了,你刚才不是很意外吗?看吧,你也不一定都对。"

夏凡在电话里表现出的意外,林陌桑一字不差地听了出来。夏凡无处隐藏,只能恼羞成怒,气急败坏地转头走了。

"你就这么让他走了?"

王湾湾见状要去抓罪魁祸首,却被林陌桑拽住。

"他这是杀人未遂!"

林陌桑摇了摇头,说道:"他连绑我手脚的海草都系的是活扣。"

如果夏凡真想让她死,他有太多机会了。这个人张牙舞爪,虚张声势,可终究不过是一个惜命又心软的人。倘若他真如此决绝,不求己不爱世,又怎么会选择成为一个偶像?他孤傲倔强,从不说他有多么渴求别人的爱。渴求到无论多少人爱他,他都感到孤单害怕,只能在浴缸里安眠。

夏凡在连城中学就读的事情曝光了。

林陌桑也是回到学校之后才知道,音乐节那天有人拍了她与夏凡同台的照片。粉

丝扒她的身份时,连带着证明了那个在学校里跟在她身边的郑凡,正是这位当红偶像的"伪装"。

所以夏凡回到F城之后,就再没来过学校。

唯一的"亲戚"卓景然请了假,林陌桑就成了最热门的"当事人"。

林陌桑的手机来电自早晨起就没断过,全都是陌生号码,最后她索性关了机。不过一个上午,不同年级上百号人陆续来到(3)班,围着林陌桑问东问西,林陌桑不答,就在她旁边的位置上签名或者合影。

因为事情闹得太大,扰乱了学校的正常教学秩序。班主任为了林陌桑的安全着想,不得不让她暂时停课,等风头过了再回学校。林陌桑也不想让学校为难,于是去办公室领回自己的习题册和作业本回家自学。

办公室内,夏凡的经纪人正在为他办理转校手续。林陌桑记得夏凡说过,倘若连城待不下去,他就只能去国外读书了。这也就意味着,夏凡要搬离F城,并且远离林陌桑了。

林陌桑提着书包回到龙湖的住所,在门外就听到姜冬月在咒骂夏凡。大概是夏凡"叮叮咣咣"收拾一上午东西也没收拾完,扰了她的清梦。

"你自理能力不行,不会请人来帮你收拾吗?"姜冬月对着一边往箱子里塞一边往箱子外丢的夏凡骂道,"你是不是准备收拾一天,再住一晚才走?"

"你管我,我爱什么时候走就什么时候走!"

林陌桑开门进来的时候,夏凡正站在门口与二楼的姜冬月对骂。听到开门声,夏凡错愕地回头,瞬间收了声。

"你怎么回来了?"楼上的姜冬月也看到林陌桑,开口问道,"学霸不上学,不符合设定啊。"

"托偶像洪福,我被停课了,以防扰乱教学秩序。"林陌桑平淡地向姜冬月解释道。

夏凡见两人你来我往,完全没把他当个活人,脸色有些难看。他这还没走,林陌桑就已经当他走了。

夏凡清了清嗓咙,故意插话道:"既然我都要走了,那些照片你不许留着!"

林陌桑漫不经心地答道:"你放心,我早就删了。"

夏凡愣了愣,早就删了?

"你骗我。"夏凡自以为是地说道,"你一定是想留着卖钱。"

第六章
不一样的裴西林

林陌桑摇了摇头，说道："就像你说的，既然你都要走了，我们就该两清了。"

姜冬月从楼上走了下来，看着错愕的夏凡，蓦地笑出了声。

"我早就提醒过你，不要入戏太深。"姜冬月瞥着夏凡说道，"现在女主角宣布'杀青'了，而你还没从戏里出来，好可怜。"

夏凡装作没有听懂，低头去捡他刚刚扔在地上拖延时间的衣服。

为什么要用这种蹩脚的方式拖延时间呢？他心里明白，他在等一个人，等曾扮演他朋友的人的告别。

林陌桑看到桌子上放着的玻璃缸，那只红色的水母还健康地活着，在水中畅快地游动。林陌桑上前要将玻璃缸抱到楼上，却被夏凡拦下。

"你拿哪儿去？"不等林陌桑回答，夏凡就说道，"我已经联系了专业托运。"

"这是我买的。"林陌桑说道。

"多少钱？"夏凡去摸衣服口袋，又改口道，"你要多少钱？"

林陌桑故作无赖地笑着说道："无价。"

夏凡现在反应过来了，林陌桑是故意跟他对着干。

"你要什么才肯把这个给我？"夏凡也不再拐弯抹角，摊牌交易，"你说吧。"

"对你来说，什么东西最重要？"林陌桑想了想，又说道，"你没有家庭，没有朋友，好像也只拥有偶像事业这一件东西。不过也没那么重要吧，不然你也不会在如日中天的时候急流勇退。"

林陌桑见夏凡的脸色越来越冷，不禁笑着解释道："你放心，我没说要你拿这个换。"

"你到底想说什么？"夏凡问道。

"我只是觉得，如果你能找个重要的人守护，就不会那么忌惮厄运了。厄运再糟糕，也不过只在未来发生。而你还拥有很长很长的'现在'，足够你与重要的人幸福快乐。"

夏凡看着林陌桑，心里竟生出一股怨气：哪有你说的那么简单？而且，为什么自己要走了才说这些？

这个时候，经纪人带着宠物托运的人来了。

林陌桑知道离别在即，也不再耽搁，打量了夏凡一圈，然后指着他手腕上的链子说道："就这个吧。"

那是一条红色的珠串。林陌桑也不知道那是什么石头，只觉得通体绯红晶莹剔

透，有点儿像那只赤月水母。她先前并未见夏凡戴过，想必也不是多重要的链子。

"就拿这个换我的水母吧。"林陌桑摊开手掌，丝毫没有客气的意思。

一旁的经纪人见林陌桑要的是夏凡那条链子，刚想开口阻拦，就见夏凡对他摇了摇头。夏凡脱下手腕上的珠串，放在林陌桑手中，然后接过了她怀里的玻璃缸。

林陌桑看着手中的珠串，每一颗珠子都圆润有光，越看越是喜欢，不禁扬起嘴角。

夏凡看到她那表情，心里使计讨要回来的小算盘像是落了灰，忽然拨不起来了。

算了，就让她拿着吧。她如果搞坏了，再回来教训她。

经纪人拖着夏凡的行李，放到了后车厢中。夏凡磨磨蹭蹭又看了一圈，确定这个家再没他的东西，才有些不甘心地出了门。

林陌桑没有出来送他，只站在门口。

夏凡一个人走得有些难受，心里不禁埋怨起林陌桑来：都不送一下的吗？

"哎！夏凡！"林陌桑忽然在夏凡身后唤道。

夏凡整理了一下表情，才回头看向她。

"拜拜！"林陌桑向他招了招手，"有空来玩啊。"

就这么轻浮地道别吗？

"快走吧！"林陌桑催促道，"别误了飞机。"

夏凡有些郁闷地扭过头，朝经纪人走去。走着走着，他忽然觉得脚步慢慢轻盈了起来，好像突然理解了林陌桑的"轻浮"。

人与人是有羁绊的，并非每一次离别都是再也不见啊。况且，就算不是朋友，做"对手"也不错。

夏凡回头，笑了一下，说道："下次你可没那么容易逃跑了。"

林陌桑不屑地耸了耸肩，一把关上了大门。

"你……"

夏凡觉得林陌桑真的有气死他的超能力。

林陌桑停课第二天，就接到了来自家族的消息，让她回本家一趟。夏凡曝光是他自己任性妄为，林陌桑算不上过错，所以这次召回多半是因为卓景然。反正她也在停课中，索性回本家去看看裴西林，多待几天也不错。

当然这只是林陌桑的一厢情愿。

第六章
不一样的裴西林

她给裴西林带来的东西，都交由眉管家送进了"莘子园"，她却不被允许踏入一步。

"当初裴西林与大家长约定，学成之前不与您见面。"眉管家面露为难，"我一个管家无权做主，除非大家长或二当家首肯，对莘子们下达了命令，我才敢带您进去。莘子园这个地方虽然是孩子们生活学习的地方，但大家长素来任由他们自己做主，所以莘子园有自己的规则。不光是您，就算是我们这些'老人家'也不敢擅自闯进去，否则中了他们那些新奇的陷阱，可要被折腾一番。"

本家的孩子非同寻常，个个身怀异能，林陌桑倒不疑眉管家夸大其词，只能暂且顺从，等晚些时候向赖远辰请求见裴西林一面。

算到如今，林陌桑也有三个月未见裴西林。虽然宫巳称他一切如常，但林陌桑从未听裴西林亲口说过安好。两个人之间的暗语，自林陌桑离开S城之后，就再没见效过。让她都不禁怀疑，当时自己离开时与裴西林短暂的对话，不过是她的错觉。

林陌桑送完了东西，就随眉管家去了康寿堂。卓景然已经在那里躺了三天，但五感失常的状态仍旧没有好转。

沈医生断定卓景然没有性命危险，只是这么躺着与植物人无异。因为耳眼失聪，旁人又无法劝慰他，只怕继续这样下去，卓景然会被折磨出心病。在大家长的属意下，沈医生每天都会为卓景然注射少量镇定与安眠药剂，让他更多地在睡梦中度过痛苦的时间。

堂内是现代医院的陈设，卓景然躺在床上，挂着身体所需的营养液。脸上和身上的字迹已经全都消了，卓景然就那样安安静静的，仿佛睡着了一般。林陌桑上前握了握他的手，对方却毫无反应，她心里忽然又慌张又难过。

"他会好转吗？"林陌桑问沈医生。

沈医生没有正面回答，只是说道："之前我们从来没有遇到过这种状况。"

林陌桑无能为力，帮不到卓景然，只能在他床前坐下，向他讲述后来发生的事情。仿佛只要像平常那样待他，就可以让他快点儿好转。

"因为夏凡的事情闹得太大，我被学校停课了，刚好来这边陪你说话。"

"你被停课了？"

林陌桑闻声回头，才发现大家长竟然站在她身后不远处。她看了看左右，确认沈医生不在，只有他们两人，才小声问了一句："赖老师？"

孩童模样的赖远辰在唇边竖起手指，让林陌桑不要再说。林陌桑会意，忙叫了一

声:"大家长。"

"这次卓景然出事,你是第一个发现的,对吧?"赖远辰公事公办地问道。

林陌桑觉得提起王湾湾反而麻烦,于是就顺着他的话点了点头。

"当时有什么奇怪的事情发生吗?"赖远辰为林陌桑提供了一些思路,"比如之前吃了什么特殊的东西?遇到了奇怪的人?"

那天卓景然跟青旅的人一起吃的海鲜,林陌桑也吃了,就是寻常的小吃罢了。而且她与卓景然之前一起吃过海鲜自助,确认他对海鲜没什么过敏现象。那一天,除了晚餐后短暂的分离,她几乎全天都跟卓景然待在一起,并没有遇到什么奇怪的人。

"如果说特别奇怪的,应该是卓景然本身。"林陌桑指着卓景然裸露在外的脸颊、脖颈,"当时他不仅五感失灵,身体变沉,身上还出现了一些字。他被送来的时候,你们看到了吗?"

赖远辰摇了摇头:"他被送来的时候,雨已经停了。秘书和司机也没有提起这件事情。"

其实林陌桑也不确定那些字究竟出现了多久,毕竟她为了去找夏凡,后来就将人交给了王湾湾,之后再见到卓景然就是现在了。

林陌桑解释道:"刚落雨的时候,卓景然身上出现了一些红色的,类似文字的东西。"

"'类似文字'的意思是……"赖远辰问道。

"比起图画,那些图案过于简洁单一了些。我爸做古建筑研究,碑帖一类的也包含在内,所以我见过不少古文字范本。那些图案给我的感觉,就像是'古文字',但又不是我见过的甲骨文或者篆体文,自然意思就更不明白了。"

赖远辰略略思索了一下,问道:"你确认从来没有见过?"

这一问让林陌桑心里不禁打鼓,说实话她觉得自己是见过的,但是这个结论让她很惊恐。毕竟她关于古文字的认识都来源于父亲,如果说她见过这些文字,岂不是意味着林雨声的研究其实与龙九子有关?

"我不知道。"林陌桑犹豫了许久才低头说道。

赖远辰见林陌桑愁眉苦脸,蓦地笑了起来,说道:"别紧张,又不是你的错。如果你有过目不忘的本事,莘子园大概要把你收为弟子了。"

林陌桑知道赖远辰在为她宽心,可是她知道自己愧疚的并不是记忆。

"对了,你刚才说你被停课了,停了几天?"赖远辰接着刚才的话题问道。

第六章
不一样的裴西林

林陌桑错愕地抬头，没想到这么轻易地就结束了刚才的问题。

"学校说等风头过，大概要一周吧，班主任会通知我。"

"那就在这边多住几天吧。"赖远辰笑了笑说道，"遇到不会的问题可以问我。"

林陌桑忙点了点头，见赖远辰和颜悦色，才大着胆子请求道："那我可以见见裴西林吗？"

似乎是早预料到林陌桑的请求，赖远辰并没有显露太多惊异之色，只是略略迟疑了一下解释道："如果你要以现在的身份见裴西林，还需要钱毋庸的许可。他那个人'日理万机'，究竟何时回复你的申请，就不得而知了。所以……"

赖远辰笑了一下，然后靠近林陌桑，压低声音说："你愿意换个身份，名正言顺地进入莘子园去找他吗？"

后来林陌桑才知道，家族不光收留龙九子的后代，只要是不同寻常、无家可归的孩子，都可以经过认定之后进入莘子园学习生活。而大家长是核准的最后一道关卡，这也正是裴西林当初只求了他，就可以进入莘子园的重要原因。

所以想要瞒着钱毋庸见到裴西林，最好的方法就是，赖远辰帮林陌桑"作弊"，让她暂时成为莘子园的一员。

"可是我真的就是普普通通，什么都不会啊。"林陌桑自觉演技也比不上夏凡，让她装也早晚会露馅的，"而且我年纪也太大了吧，我看他们都是十一二岁……"

赖远辰听罢笑出声来，虽然是孩子的面容，但笑起来还是有着成年人的内敛。即便如此，依旧把林陌桑笑得有些不好意思。

"你个子不高，跟裴西林差不多，看起来就是个小姑娘。"赖远辰笑着揶揄道，"只不过做事瞻前顾后，又总是喜欢照顾人，性格有些老成罢了。"

赖远辰处处戳中林陌桑的软肋，她也没话可说，只能亦步亦趋地跟他去了一个叫作西瑶阁的地方。

西瑶阁有三层，阁内仿佛迷宫，一眼看不到边界，也不知一层究竟有多大。林陌桑随赖远辰上到了第二层，二层一扇窗前摆着一副茶座，窗外正对山景。

"你在这里等一下吧，我上去拿件东西。"

赖远辰让林陌桑坐下等他，自己上了三层。

林陌桑没有想到，本家还有这么高的建筑，从阁内向外望去，只能看到薄云浮

动,青山犹如巨龙盘卧大地之上。只是林陌桑记得本家所在的青龙山不过是一座很小的山,比起五岳群山,它称作丘都不为过。况且青龙山脚下不过数里就是山城,此处却看不到一点城镇街景。那么这窗外看到的辽阔之境,究竟是何处?

不一会儿,赖远辰从三层走了下来,并拿了一个小箱子。箱子的外形与之前林陌桑被罚受伤时,他为她注射药剂的那个医药箱类似。

赖远辰给自己和林陌桑倒了两杯茶,林陌桑见状愣了愣,说道:"你不是不爱喝茶吗?"

在她的记忆里,赖远辰因为受西方家庭影响,比起中国的茶,更爱咖啡。

赖远辰开箱的动作顿了一下,解释道:"贺南归喜欢。"

林陌桑没有多想,看着赖远辰手中的箱子,问道:"那是什么?"

赖远辰笑了笑,故意吊她的胃口:"你的'作弊器'。"

林陌桑看着箱子当中,有先前见过的粉色药剂,一套简易的手术工具,还有两枚耳钉大小、有着金属质感的小珠子。

"我需要给你做个小手术,将这两颗珠子放进你的身体里。"赖远辰开门见山解释道,"你相信我吗?"

林陌桑自然相信赖远辰并不会害她,于是点了点头。

说是小手术,其实创口不过维持了三十秒就复原了。赖远辰在为林陌桑后颈两侧切开小口之前,就将那管加速复原的药剂注射到了她体内。整场手术总共不过一分钟,林陌桑连痛感都没有感觉到,只能摸到后颈两侧有两道米粒大小的凸起——是伤口愈合后留下的痕迹,很快就会消失。

"你现在集中精神,将注意力都放在双手上,感觉一下有没有什么不同。"

在赖远辰的指导下,林陌桑尝试了一下,感觉左右两手相对的时候,似乎有什么看不见的东西在两手之间,像是气球在两掌之间,软软的,不好控制。两手动作的频率过快时,林陌桑还能感觉到有静电在两臂乱窜,让她汗毛都立了起来。

"这……这是什么东西?"林陌桑对这新奇的感受,感到又激动又惧怕。

"一种能够最大限度放大你的生物电,并且左右分隔正负电离子等……"赖远辰想了想,说道,"还有很多未知功能,你可以多多尝试。"

林陌桑都听呆了。虽然生物课学过生物电,物理课学过正负电离子,但是换到实际运用中,她就有些晕了。

如果按照理论来说,自由电子会产生电流,有序移动还能产生磁场,还有许多化

第六章
不一样的裴西林

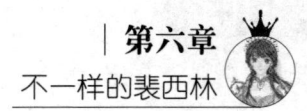

学反应都与正负电离子有关……"

"天哪,她岂不是成了'电母'?"

赖远辰见林陌桑表情变了又变,大概以为自己可以拯救世界了,忙笑着打断她飘远的思绪:"生物电取决于你的大脑强度,像是一般人只使用大脑的百分之十不到,所以根本不会产生你想象的那么巨大的能量。"

"哦。"林陌桑愣愣地点了点头,但也还是很厉害啊。

"这个东西是所有研究里危险性最低的,我相信凭借你的知识,可以运用得很好。"

听赖远辰这么说,林陌桑不禁问道:"这些东西都是谁研究发明的啊?"从她拿到那个高端的导航仪开始,林陌桑就不禁感叹了,龙子家族拥有的科技的先进程度,真的超出她认知范围的好多倍。

"具体是谁我也不清楚。这些都是根据家族留存的记录资料,经过多次尝试制成的实验品。"赖远辰解释道,"就好像是武侠小说里写的武功秘籍,追本溯源起来就只剩下传说罢了。"

可是武功秘籍不正是因为出自高人手笔,才成为传世之作吗?林陌桑心里清楚,却没有追问。她一直被教导,知道得越多越危险,现在也该学聪明一些了。

这一天傍晚,林陌桑练好了她的"魔术",就跟着赖远辰去了莘子园。

莘子园只接收十三岁到十七岁的孩子。其他年纪更小的由大家长亲自教导学习,专业的育儿师照料生活。能从莘子园毕业的少年,无论男女、成年与否,都可以凭借自己意志选择未来发展,如考大学或者进入社会工作。

莘子园为这些孩子提供最好的教育、高质的生活,但并非滋养寄生虫的安乐窝。且不说每个月严格的考核,单是孩子小群体之间的"法则",就容不得谁在这个园子里偷懒懈怠。

所以林陌桑即便得到了大家长的"核准",也要经过这群孩子的"许可",才能真正入住莘子园。赖远辰让她在做自我介绍的时候,就最好能展示出自己的"能力"。

"因为越是窝着藏着,这群孩子就越好奇,也会想越多的法子折腾你,看看你的'大招'。"赖远辰嘱咐道,"所以一亮相,就要吓到他们,吓得他们不敢招惹你。"

林陌桑为此费了不少脑筋。她私下尝试了几次，发现短时间内的高度集中能够产生相对有效的力量，但一旦时间变长力量就会无限减弱，所以她只能借助一些其他小手段，来一场一击即中的"表演"。

晚饭时间将至，于是赖远辰就将孩子们聚集在了饭堂。其中许多孩子都是大家长亲自教导长大，所以对大家长非常尊敬，接到消息就自发组织了大家过来。当然也有一些不服管教的刺头，并没有第一时间出现在饭堂。

让林陌桑意外的是，裴西林竟然也没有来。

据赖远辰说，莘子园如今在读的孩子有十七个，但实际在册的有二十二个。未出席的五人，有的因为犯错被禁足思过，有的因为疾病缠身在外休养，还有一些能力过于特殊的则要为家族做一些"分内事"。

究竟什么是"分内事"，林陌桑没有过多追问，但多半能够明白物尽其用的道理。

"我叫林……"看了赖远辰一眼，才说道，"树。"

先前赖远辰就提醒过她，未免钱毋庸那边刁难，她最好化名加入莘子园。起名这件事，林陌桑不太在行。既然"陌桑"本就是树，她就当回归本真吧。

"从今天起，林树就是你们的新伙伴，接下来大家要跟她友好相处。"

在场的少男少女打量着林陌桑，交头接耳。赖远辰并没有阻止他们窃窃私语。因为即便是大家长，也不能过多干涉莘子园的事。赖远辰拍了拍林陌桑的肩膀，在她耳边说道："接下来就看你自己了。"

大家长走后，有个双马尾的女孩忽然起了头："你是哪个'树'啊？"

林陌桑指了指饭堂窗外的楹花树，女孩明白了，蓦地笑出来："真傻的名字。"

女孩长相出众，周围围着几个男孩，明显是众星捧月的"小公主"。有了她起头，其他人也就跟着肆无忌惮起来。

林陌桑原本以为"试探"要从晚饭开始，没想到大家长才走了没几步，他们就迫不及待了。

林陌桑深吸了一口气，然后强装淡定地走向女孩。

赖远辰担心林陌桑受伤，于是来之前给她介绍过几个"问题少年"，其中就有这个名叫车麓的女孩。林陌桑记得车麓体液有毒素，少量碰触就可以让人麻痹，多则心脏骤停身亡。所以车麓最不担心的就是近身攻击，倘若她受伤对手必身死，所以林陌桑慢慢靠近她的时候，不仅车麓有恃无恐，连身边知晓她能力的男孩们也未有什么动

第六章
不一样的裴西林

作。

林陌桑在车麓身前站定,然后抬手轻抚了一下她的长发。林陌桑的动作缓而柔,似乎完全没有敌意,只是出于好奇,所以摸了摸她的长发。

然而,林陌桑捋至发尾的时候,忽然打了个响指。紧接着,车麓的头发就烧了起来,迅速升起了一股白烟。

"啊!着火了!"

车麓惊叫出声,一旁的男孩拿起桌上的茶壶对她泼去。

车麓抹掉脸上的茶叶,发现被林陌桑摸过的马尾竟然烧得只剩下一个兔尾,瞬间暴怒拍案而起,冲着林陌桑大叫:"你干什么?"

林陌桑抬起手,手上的火焰刚刚熄灭,仿佛下一秒又能复燃。

"没看清,还想再来一次吗?"

身边几个男孩忙拉住车麓,劝她不要再招惹林陌桑。

"她跟辛留一样能控火,还是离她远一点儿吧,太危险了。之前辛留把人烧得都毁容了,结果只被关在小黑屋里,大家长都不敢惹他。"

林陌桑深知自己作伪的能力有限,为了达成赖远辰所说的"下马威",她只能借助其他的外力。

林陌桑在手心里藏了指甲盖大小的低浓度酒精包。在摸车麓头发的时候,将酒精包挤破抹在了她头发上,然后再借助电流产生火星点燃了她的头发。因为酒精含水,所以火会在她手上短暂燃烧,但并不会灼伤她的皮肤。而头发本就是可燃物,在助燃物的帮助下会愈演愈烈。

当然,这个把戏被拆穿的可能性很大,但倘若有人具备与林陌桑"相同的能力",那么她只需要让所有人联想起那人的可怕,就可以达成目的。毕竟,林陌桑要的是立威,而不是炫技。

她借助的那个人,正是他们口中的"辛留",也是赖远辰再三叮嘱要她远离的人。

车麓在旁人的劝说下,嘴上说着"暂且放你一马",却也没再多靠近林陌桑一步,乖乖地跟其他几人寻了个宽敞的位置坐下,等待派饭。

赖远辰说,莘子园这一顿"新生礼"林陌桑是一定要吃的,能安安稳稳吃完这顿饭,才能算作莘子园的人。而她,完成了第一步。

而此时,也到了派饭时间。饭堂后门开启,一辆餐车被推了进来。

"开饭了。"

林陌桑原本背对着餐车,听到熟悉的声音时,心间猛然一跳,迅速回过头来。而这个时候,推着餐车的裴西林也恰好抬眼,与林陌桑的目光撞上。

林陌桑几乎是发自本能地冲裴西林笑了起来,但裴西林并没有第一时间回应她的笑容。

这个时候,有个抱着餐盘的女孩从侧门急匆匆地跑了出来,没想到转弯时脚下打滑,差点儿将怀里的餐盘扔出去,幸亏裴西林眼疾手快拉了她一把。

自这以后,裴西林再没看林陌桑一眼,忙着叮嘱一旁的女孩小心脚下。

女孩给每一个人发餐盘的时候,林陌桑才看清她的脸。赖远辰给她的花名册里,也有这个女孩,叫裴沉安。大概是能力微不足道,林陌桑并没有太深的印象。

"你们是轮着值日吗?"

裴沉安走过来的时候,林陌桑问了她一句。

"值日?"

裴沉安没反应过来,那边的车麓却听明白了,说道:"这里可没什么值日,谁最弱谁就做苦力活儿,说不定明天就是你了。"

林陌桑没理车麓,犹豫地看了裴西林一眼。她才不觉得裴西林会弱,可是他为什么任劳任怨地在做这些事?

裴西林推着餐车走到林陌桑身前,拿着大勺为她派菜。林陌桑忽然觉得有趣,以前裴西林吃饭都要她喂,现在不过三个月就反过来给她盛饭。

林陌桑见周围人都已经开吃,她是最后一个,于是对低着头的裴西林说道:"你坐下来跟我一起吃吧?"

裴西林匆匆看了她一眼,就收回目光摇了摇头,然后推着餐车向侧门走去。裴西林站在门口,叫来裴沉安,两人才一起回到了厨房。

林陌桑吃了几口,想着刚刚那一幕觉得食不知味。从见面开始,他竟然话都没对自己说一句。这是又装失忆,要她去哄吗?

林陌桑心里气不过,于是加快了吃饭的速度,见餐盘见底,忙端起空盘向侧门的厨房走去。林陌桑刚走出两步,一个坐在距离她不远位置上的男孩忽然开口说道:"吃完将餐盘放桌子上就好了,会有人收的。"

林陌桑看了看周围已经吃完离席的空桌,真如男孩所言,就餐者是不需要亲自收拾的。少年鹿一般的眼睛对着林陌桑眨呀眨,似乎在努力证明他没在骗她。林陌桑点

第六章
不一样的裴西林

了点头,说道:"谢谢。"却没有放下餐盘,径直向厨房走去。

灶台前,裴西林正与裴沉安相对坐在一张小桌旁,有说有笑地吃着饭。林陌桑闯入得理直气壮,将餐盘丢进水池里,惹来两个人的注意。

"我让你留在这里,不是让你受委屈,更不是让你来……"林陌桑看了裴西林对面的女孩一眼,咬牙说道,"早恋。"

林陌桑觉得自己失言了。

她究竟是怎样气急败坏,才会冲动地下了"早恋"这样的定论。当初裴西林与姜冬月实际上要比他和裴沉安更加亲密,哪怕姜冬月要天上的月亮,那时的裴西林也会摘给她,更何况欺骗林陌桑,让她剪去珍视的头发。

可是这一次林陌桑感觉到有些不同了。过去她因为心怀愧疚,所以见裴西林对姜冬月言听计从,也未置一词。即便裴西林对她做再过分的事,她都知道那并非出自裴西林的本心。可是这一次,他却是凭借自己的意愿,关心关注着裴沉安,而无视她、拒绝她,甚至埋怨她。

"你不该来这里。"

这是裴西林自见到林陌桑以来,对她说的第一句话。林陌桑想象过许多版本的重逢,曾以为再糟也不过像上一次,他对她记忆全无。

"你又不记得我了?"林陌桑怨气横生,明知他记得,却忍不住刺他。

裴沉安错愕地看着裴西林与林陌桑,筷子戳在唇边,半天没敢再动。裴西林安抚她,让她先吃饭,称自己去去就回。

裴西林拉着林陌桑出了厨房后门,见四下没人才说道:"你怎么会在这儿?"

初见面就该问起的话,却遭了那么多不该有的波折。林陌桑过去有多期待看他欣喜的表情,现在就有多沮丧多扫兴。

裴西林见林陌桑不答,也不介意,握起她的手翻来覆去看:"那个火,你怎么做的?"

林陌桑要抽回手,却被裴西林扯住,拉到鼻下嗅了嗅。即便是浓度再低的乙醇,仍然逃不过裴西林狗一样的鼻子。

"你吓唬她的啊。"裴西林恍然大悟,又有一丝不解,"你哪儿来的火星?"

这还是第一次,裴西林絮絮叨叨不停,而林陌桑从头至尾没说一句。林陌桑扬手打了个响指,两指之间冒出了转瞬即逝的电光。

裴西林惊喜地捧着林陌桑的手,像是发现了新奇的玩具,笑着说道:"真厉害。"

当初让龙九子忌惮的存在,如今到了莘子园,怎么就成了这般落魄的模样?

林陌桑心里疑惑,却没来得及问出口,就被裴西林催促着离开。

"天快黑了。"裴西林看了看下沉的太阳,"你赶快回房间吧,晚上不要出来。"

第七章 日出告白

裴西林推着林陌桑走了两步，林陌桑还一句话都没说，他就转身跑回了厨房。对啊，她差点忘了，裴西林那边还有个"去去就回"的约定啊。

林陌桑憋着一口气，转身向宿舍区走去。

莘子园的宿舍是单人间，男女混住在南苑北苑。雕梁画栋，古色古香，与本家整体风格一致。如同古代书院一般，一个苑内相对两排厢房，正对大门的屋子是公共休闲区域，不光有投影设备、VR游戏机，还有零食茶饮常备。林陌桑并不想跟其他人过多接触，所以并没有到处闲逛，直接回了自己的房间。

宿舍是提前分配好的，门外都有名牌。林陌桑住在南苑靠里的一间。门没有上锁，林陌桑开门进去看了一圈，才发现房间内洗漱用品、生活用具齐全，入住的人基本不需要带什么行李，这才松了一口气。这次她是临时决意留下，所以没有带太多东西。赖远辰考虑周到，让人为她准备了新衣新鞋方便换洗。

说来也奇怪，大多同龄少年少女一到晚上就生龙活虎，不放过一分一秒玩乐时光。莘子园的人却非常奇怪，现在才不过晚上八点，不仅娱乐区没人光顾，甚至院子里都鲜少有动静，好像所有人都回了房间休息。

林陌桑这次没有带课本和作业来，看了看电视仍觉得百无聊赖，于是夜晚也变得异常漫长。最让她烦闷的，还是裴西林的态度。她暂且当他是为自己考虑，以防身份拆穿所以不能有过多接触，现在夜深人静总能来找她了吧？

林陌桑心里生出一阵委屈，她千辛万苦进莘子园，就是为了来看裴西林。结果对方却将她抛之脑后，她来或不来都一样，甚至好像突然到访还打扰了他的生活。林陌桑看着时钟"嘀嗒嘀嗒"地走，越想越气，越想越不甘心。

就在这时，原本安静的屋外传来一丝响动。声音似乎来自房顶，像是谁在房顶上走动。林陌桑心中一动，想起裴西林过去飞檐走壁的天性，认定是他来了，于是匆匆起身开门跑了出去。

院子里没有灯，其他房间也都没有光，只有林陌桑的房间透出些光线。仿佛空荡荡的院落，只有林陌桑这里还有生气，看起来着实诡异。

难道所有人这么早就睡了吗？莘子园该不会像古代人一样，日出而作日落而息吧？

林陌桑顾不上细想，就四处寻找着裴西林的身影。就在这个时候，忽然有人从房顶上跳了下来，将林陌桑按倒在地。

那人速度太快，林陌桑都没来得及看清对方的脸，就在她试图挣扎起身时，感觉到脖颈处有一阵湿润的凉意，紧接着她就觉得两眼发晕，四肢没了知觉。

"你不是很厉害吗？再给我点个火看看啊？"

女孩带着笑意的声音在林陌桑耳畔响起，她即便不回头，也知道是谁了。况且能够一招就让她全身麻痹，除了车麓也没有第二个人了。

只是，她今天晚上表演的把戏，这么快就被拆穿了吗？

车麓给她用的毒量应该不大，虽然不能动弹，却没有呼吸困难的症状，即便舌根发麻，她仍然能开口说话。

"你想怎样？"

林陌桑不信车麓敢对她下毒手，但这么明目张胆地报复，总要在她身上得到点什么。

"新生入园，就由我来给你上第一课吧。"

车麓起身，扯下林陌桑挂在屋外的名牌。

"在这里，白天大家相安无事好好学习，夜里看谁不爽单挑群殴都可以。胜负以你住的房间的归属权来定，现在我拿到了你的名牌，就有权让你滚出这个房间或者留下。除非你靠自己或者帮手抢回来，否则你就只能做个丧家之犬，任人欺负凌辱。"

"这就是莘子园最有趣的游戏……"车麓在林陌桑眼前晃了晃她的名牌，"夺标。"

车麓绕着动弹不得的林陌桑走了一圈，啧啧感叹道："不过看你现在这副模样，应该也无能为力了吧？或者你学狗汪汪两声，我开心了，也许还能给你张床睡。"

林陌桑的冷笑惹恼了车麓。

"不知好歹！"

车麓上前将林陌桑的房门锁了，然后转身跳上房顶不见了踪影。

林陌桑趴在冰冷的地上，四肢僵硬了好一阵才从麻痹中苏醒。她慢慢爬起身，拍掉身上沾染的泥土，然后上前拽了拽房门外的锁，确定凭一己之力打不开后，无奈地坐在了地上。

她此刻忧虑的并不是自己的处境，而是裴西林。

若真如车麓所说，莘子园每晚都有这样的"游戏"，那裴西林白天任劳任怨，是因为晚上输掉了吗？裴西林的实力林陌桑是知道的，他都能跟曾默过招，更何况近战经验比曾默差远了的同龄人。

第七章
日出告白

还是裴西林有什么难言之隐？难道钱毋庸在私下为难他吗？

林陌桑越想越担心，先前的怨气早已烟消云散，迫不及待地向北苑裴西林的居所跑去。然而让林陌桑意外的是，她找了一圈竟然没找到挂着裴西林名牌的房间。所以真如她猜测，裴西林也被"夺标"了吗？

就在林陌桑没了主意时，她忽然发现有人将房门开了一条小缝。裴西林正站在门缝间，对林陌桑招手。林陌桑跑过去，看到门外"裴沉安"的名牌时愣了一下，紧接着就被裴西林拉了进去。

房间开着一盏光线微弱的小灯，因为窗上挂着厚重的帘子，所以从屋外根本看不到这里有光线。裴西林将灯盏挪近林陌桑，趁着灯光反反复复打量她的眉眼，渐渐扬起嘴角。林陌桑被他看得有些窘迫，不禁别开脸，刚好看到了在床上安睡的裴沉安。

林陌桑心里不太舒服，又不知从何问起。她隐约感觉到，裴西林如此束手束脚、隐忍低调，应该与那个叫裴沉安的女孩有关。

裴西林早就看出林陌桑脸上有灰，必然遭了人暗算，也不多问，只是说道："你跟我来。"

裴西林没有点灯，拉着林陌桑的手，紧贴着屋檐下的阴影走向一间没有名牌的房间。他拿出一把钥匙，打开了门上的锁，确认屋内没有危险才让林陌桑进去。

裴西林拉上窗帘，才开启了顶灯。林陌桑看了看屋里的陈设，几乎可以断定这是裴西林的房间无疑了。

"你暂时睡在这里吧。"

裴西林将林陌桑拉到单人床旁，让她坐下。

"那你呢？"林陌桑坐在床边，有些气闷地问道，"你一直跟那个裴沉安住在一起？"

裴西林并没有否认，点了点头。

"你应该知道，你是男生，她是女生……"林陌桑说不下去了，况且现在也不是纠结这个的时候，"你锁了自己的屋子，就是为了帮她吧？保护她不被别人夺标？所以你也不争不抢甘心当个输家？"

"算是。"裴西林想了想又说道，"我不能丢下她一个人。"

料事如神素来是个褒义词，但如今落到林陌桑身上，她却怎么都高兴不起来。

"为什么？她救了你，对你有恩，还是……"

裴西林摇了摇头，解释道："她姓裴，我也姓裴。"

林陌桑明白了,裴西林将裴沉安当作了同姓亲人。这理由荒诞得可笑,且不说"裴"姓并非他原本的姓氏,就算是,那天下同姓的人也不一定就有血缘关系。

更重要的是……

"我连一个姓氏都比不上。"

裴西林处处照顾维护裴沉安,而她刚刚被人按在地上却无人问津。林陌桑也安慰过自己,也许裴西林没听见、没发现呢?可是他一句不问,就让她来自己的房间休息,摆明了他什么都知道。

裴西林错愕地看着林陌桑,不知道她说这话究竟是什么意思。

"不过才三个月,我就不认识你了。"林陌桑一阵沮丧,"现在你都会照顾别人了。"

裴西林忙说道:"我也可以照顾你。"

林陌桑两手撑着床边站起身,深吸了一口气说道:"不用了。"

不等裴西林阻拦,林陌桑已经打开门朝南苑走去。她在路上捡了一块石头,对着自己门外的锁头一顿乱砸,惊扰了左邻右舍。住在隔壁的男生拉开窗户,对着林陌桑低声说道:"算了吧,明天天亮车麓就会打开的,你不要再招惹她了。"

说话的男生是晚饭时提醒林陌桑放餐盘的那位,林陌桑瞥了一眼他屋外的名牌——洪明,暗暗记下却没有与对方搭话,依旧继续着手上的动作。不一会儿车麓出现了,不屑地看着林陌桑,说道:"喂,你是记吃不记打吗?"

"这房间本就是大家长给我的,你没添过一块砖加过一块瓦,有什么权利决定使用权?"林陌桑一边砸锁一边说道,"况且我来到莘子园,与你们同吃同住同学,就算难以找到气味相投的朋友,也不想再多树一个敌人。毕竟这座宅子外面,想置我们于死地的'敌人'还不够多吗?"

"嘀,你一来就烧了我的头发,现在说想跟我做朋友?"车麓笑得刺耳,"你当我蠢,还是你太傻啊?"

"一开始我的确想要试着接受你们的'规则',但是我现在觉得,这个'规则'之下只会诞生恃强凌弱、冷血无情的怪物!"

林陌桑不想裴西林在这样的环境中成长,无论他将屈居人下,还是胜者为王。任何一个方向,都不是她让他留在这里的初衷。她并不希望他做一个无敌的强者,也不希望他做一个不容于世的弱者,她只想让他接受自己、了解人情,做一个普通人。

林陌桑最后用力一击,砸断了锁头上的搭扣,这才转头看向车麓。

第七章
日出告白

"如果你想光明正大地比试,我也绝不会退缩,只是比试不只有暴力一种方式。当然,如果你想要一报还一报,我不介意你现在烧了我的头发,你烧多少根我赔你多少根。"

车麓原本站在高处,只有月光洒在她脸上,最初阴森的笑意完全冷却了下来,沉浸在夜色里,连林陌桑也判断不出她的情绪。

"好,再好不过了。"车麓说着一脚踹开了洪明的房门,"借个火。"

洪明半天没有动作,想开口劝说,又惧怕车麓。车麓哪里给他犹豫的时间,拿过他桌上的薰香烛台,点燃了洪明练毛笔字用过的宣纸,又扯下了窗帘助燃,不一会儿就在院中升起一个火堆。

遮光窗帘的材质特殊,烧起来有股呛人的味道,并升起股股黑烟,看着极为骇人,洪明被吓得不敢再说一句话。

"林树,过来啊。"车麓向林陌桑勾勾手,"别躲,这不是你说的一报还一报吗?"

林陌桑没想到车麓竟然如此极端,硬逼着她靠近火源,她奋力挣扎却敌不过车麓的力气。林陌桑被浓烟呛得咳嗽,流出生理性的泪水。车麓见状哈哈大笑,手上却没有停下动作。

眼看火苗越逼越近,林陌桑转身扑向车麓,两人一同摔倒在地上。车麓气急,开口向林陌桑咬去,就在她要碰到林陌桑的瞬间,忽然被一阵扑面而来的粉末冲撞得无从招架,连忙掩面别过头去。

火堆熄灭,裴西林将灭火器扔到了一边,发出咣当的声响。见火光熄灭,屋里的人纷纷扒在窗缝、门缝向外看去,只见裴西林手上提着车麓的名牌。

"你输了。"

裴西林将名牌扔在车麓脸上,然后弯下身子扶起林陌桑,为她拍了拍身上沾染的灭火器干粉。

车麓拿起名牌反复检查,确认不是作假,才惊诧地看向裴西林。就在这个时候,为车麓驻守"阵地"的几个男生匆匆跑来,见裴西林在场,脚下迟疑,绕了个大圈才来到车麓身旁。

车麓见几人脸上挂彩,知道裴西林是实打实地夺了自己的标。

"你之前为什么一直在装?"

裴西林刚来的时候,车麓不是没有挑衅过他,但他都没有反抗。

裴西林没有回答车麓,而是问林陌桑:"你有受伤吗?"

林陌桑摇了摇头却不敢看他,比惊喜欣慰更多的是惭愧自责。不久前她还在埋怨裴西林对自己视而不见,嘴硬不需要他的"照顾",到头来还是靠他才躲过一劫。好像她说那些话做这些事,是在逼着他出手,仿佛只有这样才能证明裴西林是在乎她的。

林陌桑第一次感觉到自己被失控的情绪逼红了眼,如今幡然醒悟,才发现自己丑恶、狭隘、自私的一面。

"跟我回去?"裴西林见林陌桑郁郁寡欢,小心地询问道。

林陌桑点了点头。她像是丧失了思考能力,只想找个地方一头扎进去,把混乱的思绪捋个清楚。

裴西林挽起林陌桑的手,带着她向北苑走去。车麓被无视,气得跳脚,大声叫着裴西林的名字,让他回答自己的问题。

裴西林微微回头,只说道:"以后不要动她。"

林陌桑又被裴西林带到了自己屋中。这一次她也没再矫情,听话地躺在了房间中唯一的单人床上。她脸对墙侧躺着,背朝着裴西林。裴西林不知道她是不是还在生气,于是问道:"你怎么了?"

"没事,你去休息吧。"林陌桑没有转身,声音闷闷的。

裴西林也没再追问,将床边的桌椅杂物挪开,空出一人大小的地方,然后枕着自己的手臂躺了下来。

林陌桑以为裴西林又要去找裴沉安,但迟迟没有听到开关门的动静,才错愕地转过身来,刚好看到躺在地上的裴西林。

"你躺在这里做什么?"

林陌桑坐起身的同时,裴西林也睁开了眼。

"睡觉。"

林陌桑看着光秃秃,什么也没有铺的地面,不可置信:"在地上睡?"

"以前在地下室也都是这样睡的。"裴西林躺着没有起身,仿佛林陌桑的问题才不可理解,"都一样。"

不一样的。这四个字却卡在林陌桑喉间说不出口。

她原先最不想裴西林回到地下室时的状态,她希望他像个普通人一样睡在床上,

第七章
日出告白

暖衣饱食。哪怕没有自己，他也能够适应新的环境，结交新的朋友，拥有新的生活。

事实上，如今的裴西林在莘子园做到了这一点。此刻的裴西林，即便不依赖林陌桑，也能够靠自己活得很好。

可是林陌桑讨厌极了现在这种感觉。

曾经"我姓氏有你，你名中有我"的羁绊，此刻好像不那么重要了。过去她对三契缘尽并无实感，现在却清晰地感觉到，没了这份契约，裴西林总有一天会离她越来越远。

"你怎么不去裴沉安的房间？"林陌桑问道。

"她现在没什么危险。"裴西林解释道，"没人会找她麻烦。"

林陌桑左思右想，还是艰难地问出了口："你是不是不希望我来打扰你的生活？"

裴西林原本微眯的眼忽然睁大了，像是被吓到了一般，连忙坐起身来。

"你在想什么？"裴西林焦急地说道，"我听不到，你告诉我，别让我猜。"

林陌桑捂住自己的眼睛，摇了摇头，她也不知道自己究竟在想什么，就是很难过，很无助。

"我很害怕。"

裴西林凑到床边，拉住林陌桑的手，安慰道："今晚应该不会再有人来了，你不用怕。"

林陌桑并不是怕那些好事之徒，她怕的是眼前这个人，从此再也不需要她了，而她好像还没有学会如何真正放手。

林陌桑顺着裴西林的话问道："那明天呢？"

"明天我陪着你。"

"裴沉安怎么办？你不再管她了？"

裴西林抬眼看了看林陌桑，又犹豫地低下头，说道："我会想办法的。"

林陌桑动了一下喉咙："你不用为难了，我明天天亮就离开。"

"这么快？"裴西林猛地抬起头，"那我下次什么时候才能见到你？"

林陌桑移开眼神，不经心地说道："大家长不是说，你通过考核从莘子园毕业就可以离开吗？离开之后，你想去见谁都可以。"

"我是问你。"裴西林强调道，"不是'谁'。"

林陌桑试图说服自己接受现实，感叹道："也许到时候你就可以完全忘记我了。"

"你为什么这么说?"裴西林拽着自己的衣襟,瘪着嘴看着林陌桑,"你让我很难受。"

"我让你难受,你就去找其他不让你难受的人吧。"林陌桑推了裴西林一把,"不要睡在地上,就算睡也别让我看到。"

林陌桑拽起被子,翻过身躺下,背对着裴西林,再没跟他说过一句话。

不久,林陌桑听到开关门的声音,这一下更睡不着了。

林陌桑感觉到外面天光亮起的时候,就再也躺不住了。她起身开门,决定去找赖远辰辞行,然后回F市去。即便停课在家,她自学也好,去上补习班也罢,总比待在这里舒心。

然而林陌桑刚刚打开门,裴西林就迅速从屋顶蹿了下来,站在她面前。

"你要走了?"裴西林问道。

林陌桑抬头看了看他来的方向,问道:"你昨晚在屋顶上睡的?"

"没睡。"裴西林解释道,"怕你半夜走。"

林陌桑听到这话,一下子就心软了,她好不容易见到裴西林,开开心心地不好吗?为什么一定要生他的气,结果反而让自己难过?

"我吃过早饭再走。"林陌桑说道。

裴西林为延后的离别露出了笑容,说道:"那你还要等等,早饭七点半才开始,现在才六点。"

林陌桑点了点头,那现在……

"去看日出吗?"裴西林指了指天,"太阳快出来了。"

见林陌桑没反对,裴西林就拉着她走了。莘子园最高的建筑,是位于后庭院中心的藏书阁。裴西林带着林陌桑穿过漱泉榭、听兰轩,到了藏书阁才发现大门上着锁。

裴西林与林陌桑四目相对,沉默了一阵,裴西林才解释道:"我平时都不走里面的楼梯,直接爬上去。"

林陌桑自然没有飞檐走壁的功夫,她看了看六层楼高的书阁,对着裴西林尴尬地笑了笑。

裴西林忽然蹲下身,背对着林陌桑:"我背你上去。"

林陌桑有些不好意思,裴西林以前因为营养不良苍白瘦弱,整个人看起来比她小一圈,虽然经过她的"喂养",现在已经如正常男孩子一般强壮起来,但身高也不过

第七章 日出告白

才与她差不多高。林陌桑怎么都觉得，让他背像是在欺凌弱小。

"不……不太好吧。"林陌桑小声嘟囔道。

裴西林当作没听到，催促道："快点儿呀，太阳快升起来了。"

林陌桑迟迟没有动作，裴西林向后退了一步，拉住她的腿弯。林陌桑被拉得措手不及，向裴西林摔去，而后者早就算好距离，刚好将人接住。林陌桑惊慌失措，刚刚搂紧裴西林的脖子，就感觉到一阵疾风，眼前的景色迅速变化，在一阵震荡当中，她已经置身楼顶。

林陌桑被裴西林从背上放下时，吓得连抓了他几把，直到拉住对方的手，才放下心来。脚下的瓦片紧实，倒也算踩得踏实，但房顶向下倾斜，边缘又没有防护，林陌桑觉得自己仿佛多迈一步就能跌下去。

"别看下面。"裴西林轻轻碰了碰林陌桑的下巴，让她抬头，"看远处。"

林陌桑抬头看到远方金色的云霞，才长舒了一口气。仲秋的太阳只有小小一粒，在山与云之间，像是天幕凿开一个小洞，才有炽热的光线迸射而出。耀眼而不刺眼，将剔透的露水稀释，淡薄的云雾弥散，连清晨丝丝入骨的凉意也被这阳光融化，只觉得周身被温暖包裹。

林陌桑在看日出，而裴西林在看她。阳光给林陌桑柔和的面庞敷了一层细腻的金粉，头发如琉璃炫彩，眉眼如镀金镶嵌。

只可惜晨光熹微，朝阳短暂，待天光满溢，林陌桑反而觉得旁边的目光更加热烈起来，不禁转过头来："怎么了？"

"其实我昨天晚上去找过沉安。"裴西林认错一般低下了头。

"哦。"林陌桑扭过脸，像是不太想继续这个话题。

"我以前不明白，现在有点儿懂了。"裴西林转头盯着林陌桑的侧脸，问道，"你其实喜欢我吧？"

林陌桑愣神了一阵，发现自己没听错，才错愕地看向裴西林："你说什么？"

"我说，你喜欢我。"裴西林既不羞怯也不慌张，极为坦荡笃定地说道，"想要永远在一起的那种'喜欢'。"

林陌桑觉得，不是自己幻听，就是裴西林疯了。不然，裴西林怎么会忽然跟她聊起这个话题？

"我看够了，我想下去。"林陌桑说道。

"你还没回答我啊。"裴西林满眼真诚，两手撑在身前，凑近林陌桑，"回答了

我，我再放你走。"

林陌桑向后退了退，发现无处可躲，才正面问道："为什么忽然问起这个？"

裴西林坐回原位，解释道："我昨天觉得难受，就去问沉安你在想什么。"

"她怎么会知道我在想什么。"林陌桑无奈道，"难道她会读心术吗？"

"她不会。"裴西林认真地答道，"但是她说她有喜欢的人，所以能明白你为什么对我生气。你不开心我跟别的女孩要好，你吃醋你嫉妒，才会生气。"

林陌桑没有回应，往日聪慧如她，现在也不知该说点儿什么。

"后来我想了想，我也不喜欢你跟别人好，男生女生都不可以。你给我的东西，如果不是独一无二的，我也会生气。"

裴西林回想着过去，好像从他扔掉那不单单属于自己的汉堡开始，就已经有了这种心思。

"你来看我，我很高兴，你说要走，我很难过。如果不是没办法，我希望永远跟你待在一起。"裴西林看着可以一目望尽的莘子园——这个如同牢笼的地方，"我留在这里，也是为了以后能跟你一直在一起。不惹你生气，不给你找麻烦，能帮你，能救你，能保护你。"

林陌桑从未感觉自己像此刻这样僵硬、紧张、矛盾过。她张了张口，打开黏着的喉咙，半响才吐出一句："你来这儿以后，话变多了。"

"我对其他人也不说这么多的，只对你说得多。"裴西林澄清道，"我攒了好多话，还没跟你说，你就要走。"

见林陌桑再次陷入沉默，裴西林有些着急了："你不喜欢我话多吗？"

"不喜欢。"林陌桑不假思索地答道，因为这样会让她显得很被动，很无措。

"那你还喜欢我吗？"裴西林追问道。

答不上来，说不出口。林陌桑失控地抓起了头发，裴西林吓得忙去拽她的手，"我不问了，你别这样。"裴沉安说一定要堵着林陌桑问，他才能问出答案，可是裴西林见不得林陌桑苦恼。不喜欢也没事，他一直喜欢她就够了。

裴西林拉下林陌桑的手："我带你下去吧。"

两人到了地面，林陌桑就一秒也不迟疑地向饭堂走去。

她也懊恼自己这般不干不脆的样子。过去她倾慕赖远辰，是与不是果断得清白如水，但后来渐渐意识到那不过是错觉。她贪恋温柔以待，敬重迷途明灯，错把崇拜和依赖当作了爱慕。她曾为自己不如花宇懊恼过，但从未有过取而代之的念头。到如

第七章
日出告白

今,她依旧信任、依赖赖老师,但早已不是过去的情感。

卓景然也曾误会自己对他属意,但那时她可以干脆、果决地否认,到现在偏偏犹豫不决。

林陌桑扭头瞥了一眼跟在她身后亦步亦趋的裴西林,又迅速回过头来看向地面。身后的阳光打斜两人的身影,她看到脚下裴西林的影子那么长,她像是走在他的庇护之下。

她以前一直觉得,自己比裴西林年长,所以一直在照顾他。而现在反过来想,有哪一次不是九死一生之间,裴西林站在她前面保护她?

虽然裴西林只问了一个问题,林陌桑心头却一团乱麻。她不喜欢这种混乱失控的感觉,索性抛之脑后,去关注其他事情转移注意力。

而第一眼看到的,就是悬挂在莘子园中庭的巨大榜单。

昨天她跟着赖远辰入园时,只看到有人将这卷轴撤下,并没有注意到上面写的什么。如今她才发现,上面是莘子园所有学生的名字,右边还有他们的排名。

"这是什么,你们的月考排名?"林陌桑仔细一看,又立刻否定了她的想法,"这究竟是什么东西?"

她看到裴西林的名字排在第四的位置,而"林树"的名字紧挨着他,在第五名的位置。林陌桑昨天才入园,根本没有经过什么考核,哪里来的排名?

林陌桑继续往下看,发现自己的名字之下是"车麓"。她联系昨晚发生的事情,才隐约察觉出这榜单的含义……

"这是'夺标'的排名?"林陌桑推测道。

裴西林没有否认,解释道:"谁厉害谁就排前面——夺标赢了也好,或者得到厉害的帮手、武器也算。"

如果将"夺标"视为一场比赛,林陌桑昨晚在裴西林的帮助下赢了车麓,所以车麓在她之下,而裴西林是真正的"赢家",所以又在她之上。

"你原先排多少名?"林陌桑问道。

裴西林没有回答,林陌桑顺着榜单向下看去,在最后看到了裴沉安的名字。如果裴西林一直护着她的话,那他过去不是垫底就是倒数第二。而现在,倒数第二的人成了洪明。

洪明似乎已经预料到了结果,所以林陌桑走进饭堂的时候,就看到他代替了裴西林的位置,正在推着餐车为学员派餐。

裴西林见裴沉安正吃力地搬着整箱盒装牛奶，忙过去帮忙，却被一旁等着绊人的车麓拦下。

车麓将烧焦的头发剪掉，索性梳起了短发。她长着一张娃娃脸，短发更显亲和无害，但说起话来就不那么温驯了："西林哥哥，您要是亲自做这些差事，还怎么让排在后面的我安心吃饭呀？"

裴西林没回应车麓的挑衅，而是踢了一下她伸长的腿："把你的脚收回去。"

倘若裴西林不来，恐怕裴沉安现在就已经被车麓绊倒在地上了。

"你护的人未免太多了吧？"车麓收回脚，却没收住嘴，"辛留定下的'一保一'规矩，你是忘了？还是连他也不放在眼里？"

林陌桑回想了一下刚刚的榜单，辛留刚好排在裴西林之上，位列第三。而排名一、二的名字林陌桑没有印象。赖远辰只给了她在园学生的名单，而这一二名可能并不在莘子园，甚至不在本家内。

林陌桑猜测车麓敢这么说，多半是因为那张榜单蕴含了一条潜规则：排名在后的人，必须尊重"前辈"定下的规则。

"不过你也不用着急，很快你们就能一较高下了。"车麓笑了笑，"昨天大家长准了辛留出关，我已经迫不及待，希望太阳快点落山了。"

"谁说要等到太阳落山？"

男声响起的时候，饭堂内的人明明还没看到人，就不约而同地停下了动作，露出一脸惊惧之色。

林陌桑正站在门口，闻声转身，刚好撞在一个人身上。她匆忙退开两步，发现撞到的人是一个皮肤黝黑的高个儿少年。他穿着一身深蓝色的工装连体服，两手插在口袋里，不急不缓地走进了饭堂。

饭堂里没人敢作声，甚至不敢直视这个说话的人。

"我上面两位说白天不许动手，但他们都不在这园子里，还不就是我说了算吗？"辛留巡视了一圈，最后将目光落在裴西林身上，"还是有人不服气，想跟我比画一下？"

林陌桑担忧地看向裴西林，现在才恍然意识到，自己似乎给他惹了麻烦。

"对了，在这之前，我还有一个人要认识一下。"辛留眯起眼，似乎在找人，"被关了这么久，好像很多人都不认识了啊。这样吧，林树是谁，自己举手给我看看。"

第七章
日出告白

辛留提起"林树"的同时,裴西林就冲了过来,一把拉开林陌桑,将她护在自己身后。辛留看着裴西林与他身后眉头深锁的女孩,恍然大悟。

"啊,原来就是你啊。"辛留打量了林陌桑两眼,说道,"听说你和我的能力一样?"

裴西林将林陌桑护在身后,一边向侧门的方向后退,一边紧盯着辛留的动作。辛留一眼就看出了裴西林的打算,于是先攻击了碗筷消毒柜虚张声势。

消毒柜忽然起火,发出白烟与巨响,正在消毒的碗筷餐盘炸了出来。一旁的裴沉安抱头惊叫的同时,裴西林已经冲了过去,将她抱离最危险的地方。

就在这时,辛留忽然点燃了林陌桑身后的门框。

火苗迅速蹿起,像是有意识一般对着林陌桑攻击,烧着了她近几个月才续起的长发。她一边拍打着身上的火星,一边跳跃闪躲,却无法阻止火势蔓延。就在这时,原本在厨房的洪明穿过火圈一般的侧门,拿着浸湿的围裙扑在了林陌桑身上,这才阻止了上蹿的火焰。

辛留见半路杀出个程咬金,准备再次发起攻击的时候,裴西林猛地扑向了他,将他按倒在地。裴西林连着几拳砸在辛留脸上,才让对方消停下来。

洪明扶起林陌桑,见她只被燎了头发,并未被烧伤,才松了一口气。

"辛留!"

听到洪明的声音,裴西林才停手。辛留一把推开裴西林,微眯着眼看去,才发现刚才冲出厨房的竟然是洪明。

"洪明?"

辛留连忙收了火焰,嚷着"不打了",然后推开裴西林,起身向洪明走去。

一贯弱气的洪明,面对辛留却强势许多,语气犹如长辈一般训斥道:"你是不是还想被关回去?"

辛留一脸歉意,上上下下打量洪明:"刚才没伤到你吧?"

辛留伸手去碰洪明衣服上被火星烧出的破洞,洪明却不接受他的好意,扭了一下肩膀甩开了他的手。却不料辛留没来得及松手,反而把洪明的衣服扯出了一个大口子。

"你搞什么?"洪明吓得忙去拉衣服。

林陌桑站在洪明身后,刚好看到他破损的衣服间露出的囚牛样式的印记,不禁愣了半晌。赖远辰曾跟林陌桑提过,龙九子无论变成什么形态,独有的龙子印记不会消失。所以他为了扮演贺南归,特别贴了一块假皮肤在身上掩盖狻猊,并文了大家长的囚牛印记。

倘若贺南归是囚牛,那么洪明身上的这个又是什么?难道她认错了?

林陌桑刚想走近一探究竟,洪明就神色紧张地按住肩头的囚牛纹路,向大门走

第八章
莘子园的秘密

去，走时还不忘回头警告辛留："别跟着我！"

饭堂里大多学生都在冲突时跑了，就连车麓也在辛留离开后，跟着一起走了。最后空旷的食堂里只剩下残羹冷炙，以及裴西林、林陌桑和裴沉安。

裴西林先跑到林陌桑身边，摸了摸她被烧掉的头发："你受伤了吗？"

林陌桑摇了摇头："我没事。"

刚才辛留确实没有要伤她的意思，大概是为了给车麓报仇，才专盯着她的头发烧。

"你去看看裴沉安吧。"林陌桑看刚才裴沉安被放下后，就躺在地上一动未动过。

裴西林叫了裴沉安几声，对方却没有反应。虽然看起来只有皮外擦伤，但刚才爆炸的时候她没能躲开，不知道究竟情况如何。

"你把她带去康寿堂，给沈医生看看吧。"林陌桑看了看自己被火星燎得发黑的衣服，"我先回去换身衣服。"

"换完衣服你就走了吗？"裴西林追问道。

林陌桑想了想说道："晚一点儿吧。走时一定会告诉你的。"

裴西林听林陌桑这么说才放下心来，然后抱起裴沉安向康寿堂走去。

林陌桑换完衣服，并没有第一时间去找裴西林，而是敲响了洪明的房门。

洪明或许是听到了隔壁的响动，又或许预料到了林陌桑的到访，林陌桑没有自报家门，洪明就开了门。洪明四下看了看，确认没有人才让林陌桑进来。

林陌桑找了张椅子坐下，打量着洪明房间里的陈设。东西很少，但很有特点，熏香、紫砂壶、笔墨纸砚，似乎有别于其他同龄人的爱好。

"你不用特别来谢我，换作谁遇到这种事，都会出手帮忙的。"洪明一边说一边整理桌台，并不看林陌桑，似乎有意回避她的目光。

林陌桑笑着说道："可是昨晚情况相同，你却没有救我。"

洪明一时语塞，解释道："辛留他人不坏，和车麓不一样。"

"你之前跟辛留认识？"林陌桑问道。

"嗯，来到莘子园前我俩就认识了。光长个子不长脑子！"洪明想起辛留有些生气，恨铁不成钢地说道，"不过他先来的这里，我后来才来……"

"那他知道你肩头那块文身是什么吗？"

　　林陌桑漫不经心地提起,却紧盯着洪明的表情。洪明最初露出一丝紧张,紧接着又像释怀了一般,悄悄松了一口气。

　　"那你能告诉我你来莘子园的目的吗,林、陌、桑?"

　　林陌桑没有想到,洪明竟然会知道她的身份。在莘子园,只有裴西林知道林陌桑的身份,而裴西林跟洪明几乎零交流,所以应该不是他透露的。

　　当初林陌桑对洪明没印象,也是因为赖远辰未曾过多强调。一般这种被忽略的存在,不是能力微弱不值一提,就是入园不久还不够了解。倘若是后者,洪明初来乍到又怎么会知道她的名字?

　　"你是贺南归?"林陌桑大胆猜测道。

　　洪明摇了摇头,似乎不明白林陌桑在说什么,他怎么会是大家长?

　　"如果你问的是,我为什么会知道你不叫林树,是因为我见过你的照片。应该比现在小一些,但是模样没什么变化。照片后面有你的名字,好像是跟你合照的父亲写的,上面提到了'女儿'……"

　　洪明还没说完,林陌桑就猛地站起身拽住他:"你在哪儿看到的?"

　　洪明被吓了一跳,声音有些发抖,说道:"就是这里。"

　　"这里?"林陌桑没明白,"莘子园?"

　　洪明点了点头说:"莘子园藏书阁地下,有一个看起来像实验室的地方……"

　　不等洪明说完,林陌桑就打开了门,拽起他。

　　"带我去!"

　　林陌桑没有想到,父亲生前的实验室竟然被原封不动地搬到了藏书阁的地下室。

　　当初她收到夏凡寄来的青砖,被引向了霸龙区的实验室。她那时虽然发现实验室内部大变样,但并没有细想,还以为是她太久没来,父亲自己做了整改。

　　那么这个实验室是什么时候被搬到这里来的?

　　更重要的是,实验室似乎也不是光明正大地被迁移过来的。地下室位置隐蔽,入口藏在地板砖之下。倘若不是洪明引路,林陌桑就算知道有这样一个地下室,也找不到入口在哪里。

　　林陌桑对照着自己的回忆,确认实验室中的陈设。林陌桑在办公桌第二个抽屉里,找到了她亲手给父亲织的水杯套。这杯套是她小学五年级手工课上织的,也是她最后一次来实验室的时间。那一年她十岁,也是从这个时候开始,林雨声开始频繁地

第八章
莘子园的秘密

出差，林陌桑开始自己照顾自己。

林陌桑百感交集，问洪明："你怎么发现这里的？"

"我见宫巳进来过。"洪明说道。

"宫巳？"林陌桑意外道，"你认识宫巳？"

"我其实是宫巳带回家族的。"洪明摸了摸自己肩头的囚牛印记，"大概几个月前，我的肩上出现了这个东西。没过多久，宫巳就找到了我，将我带到了这里。"

林陌桑猛然惊醒，试探着问道："你今年十二岁？"

洪明诧异地点了点头。

林陌桑感觉一个巨大的秘密如同洪钟一般，在她头顶发出震耳欲聋的撞击声，撞得她几分晕眩几分清明。她强迫自己冷静下来，一点点分析洪明带给她的信息。

如果洪明身上的囚牛印记是真的，结合赖远辰之前告诉她的，龙九子每一只每一代只有一个人的话……那么意味着，贺南归已经死了！

林陌桑安抚着狂跳的心脏，深吸了一口气才问洪明："你还记得这个印记是几月出现的吗？"

"是夏天，我去游泳的时候发现的，可能是七月或者八月。"

林陌桑是在八月回本家时，发现赖远辰在扮演贺南归的，也就是说那时候贺南归已经死了？那赖远辰为什么不告诉她？

那么贺南归是自然死亡，还是被杀？赖远辰在这场偷天换日的迷案里，除了扮演替身的角色，是否也扮演了刽子手的角色？

林陌桑不敢想，或者说她不愿想。对她来说，温柔的赖老师是永远不可能双手沾染鲜血的。

那么宫巳呢？

宫巳知道洪明的存在，并把他带回本家，也就是说，他也知道贺南归已经死亡了。那么宫巳也一定清楚，现在的贺南归是假的。所以宫巳与赖远辰是串通好了，来了这么一出偷梁换柱的篡权大戏？

这一切，林陌桑只有猜测，暂且搁置，毕竟与她切身利益暂无关系。

她最关心的还是林雨声死亡的真相。

当初荒废的实验室已经爆炸烧毁，如今却出现在莘子园之下，这一切与宫巳有什么联系？

林陌桑记得，姜冬月说当年是她的父亲导致宫巳被白泽关押。宫巳自己却说，他

进入白泽是自愿，虽然不恨林雨声，但也不会原谅他。

那么宫巳与父亲究竟是朋友还是敌人？

林陌桑理不清头绪，觉得与其这样猜来猜去，不如直接去向宫巳求证。

"你怎么了？"洪明见林陌桑眉头紧锁，似乎在思考很棘手的事情，"难道你知道这个印记是什么吗？"

究竟要不要告诉洪明，这是龙九子的标记呢？

"我先问你一个问题，为什么你离开饭堂的时候，要捂着这个印记不让人看到？"林陌桑问道。

"宫巳让我这么做的。"洪明解释道，"他说如果有人发现，会悄悄害我的。"

听洪明这么说，林陌桑大概能够明白宫巳的打算——他应该是想把洪明藏在莘子园。莘子园的关系圈基本上是独立出家族的。这群学生由大家长直接管理，不假人手，自然其他龙子也不会发现洪明身上的秘密。洪明年纪小、性格弱、能力弱，宫巳只需要几句话就能将他唬住。

这么想来，年纪大一些，性格强势的辛留之所以会被关小黑屋，应该不只是他伤了人那么简单吧？不然为什么过去不禁闭，洪明来了才这么做呢？

这样的目的只有一个，孤立洪明，让洪明只能依靠宫巳。

"我发现你肩膀印记的这件事，你也要对外保密。"林陌桑弯下身，按着洪明的肩膀说道，"我与宫巳是朋友，所以你应该明白我不会害你。这个印记代表了你特殊的身份，所以不告诉别人，可以防止他人利用你，这是对你最好的保护。"

"果然是这样，我当初看到你的照片就觉得你应该跟宫巳很熟。"洪明点头应允林陌桑的请求，又问道，"那你来这里是要做什么？"

林陌桑觉得将裴西林牵扯在内反而不好，于是清了清喉咙，谎称道："我被委派来了解你们真实的学习生活情况。"

"哦……这样啊。"洪明觉得自己白期待了半天，还以为有什么大事。

洪明还是天真单纯，林陌桑轻易就将他糊弄过去了。如果他这个个性卷入龙九子的矛盾之中，恐怕被人卖了还替人家数钱呢。林陌不禁觉得还是藏着好，少一个无辜的受害者。

林陌桑与洪明离开藏书阁的实验室，两人约定保守秘密之后就分道扬镳。林陌桑去了康寿堂找裴西林，让他帮忙联系一下宫巳，她打不通宫巳的电话。

第八章
莘子园的秘密

裴西林称宫巳今天不在本家，要明天才回来。见林陌桑犹豫，裴西林忙问道："所以你再留一天？"

林陌桑点了点头，疑惑未除只能等待。

对于裴西林来说，虽然林陌桑是为了宫巳才留下，不是为了他，但只要能多见她一天，他就开心，也不计较那么多了。

中午的时候，裴西林去食堂打饭，林陌桑留在康寿堂帮忙看护裴沉安。裴沉安醒来时只看到林陌桑，吓得匆忙闭上了眼睛，哆哆嗦嗦攥紧了被角。

"为什么这么怕我？"林陌桑在裴沉安床边坐下，"我除了靠微弱的电流打个火星外，什么能耐也没有，你怕什么？"

裴沉安微微睁开眼，摇了摇头，却依旧不敢看林陌桑。

"我以为你把我的秘密告诉车麓，她至少会护着你。没想到她跟辛留告状的时候，可完全没想着你啊。"

林陌桑翻着搁在床头柜上的病历，为裴沉安啧啧叹惋。见裴沉安迟迟没有动静，林陌桑才抬起眼看向她，笑着说道："怎么了，应该没冤枉你吧？那天裴西林将我从厨房拉出去，你不是也跟上来了吗？"

裴沉安的脸变成了青灰色，大眼睛看看林陌桑又看看地面，像是下一秒就要哭出来。

"你就算哭，裴西林回来也不会觉得是我欺负了你。别耍这些小心思，对我不满就正面说，我不喜欢藏着掖着。"林陌桑将手中的病例放下，轻叹了一口气，问道，"你喜欢裴西林吧？"

早晨裴西林提起，说裴沉安有喜欢的人时，林陌桑第一时间就反应过来了。大概只有迟钝如裴西林没有意识到，他把裴沉安当作妹妹、亲人，裴沉安却不这么想。

"你应该知道我在莘子园待不了多久。等我走后，裴西林依旧会守着你，你对我还有什么不满意的？"

林陌桑原本以为裴沉安出卖她，不过是想找车麓当靠山，如今看来，裴沉安用她的秘密换来的只有自己爽罢了。

裴沉安吞咽了一下口水，才挤出几个字："因为你不够好，你不珍惜他。"

女孩声音微弱，还带着病态的喘息，可是这几个字偏偏如重锤一般，砸在林陌桑头上。砸得她心血上涌，化作一股愤怒喷涌而出："我再不好，也是我和他的事，轮不到你插手！"

面对林陌桑的强势，裴沉安毫无反抗之力，眼神闪烁，呼吸急促，不知如何安置激动的情绪。

林陌桑冷静下来，忽然有些懊悔，倘若她不心虚，怎么会被裴沉安一击即中？

"你知道他那么厉害，为什么不去夺标，不去争榜首吗？"裴沉安见林陌桑沉默，才大着胆子说道，"因为他怕他太出风头，会给你惹麻烦。"

林陌桑原以为，裴西林是为了护着裴沉安才忍气吞声，原来是为了她吗？

"可是你呢？每一次都是救回他就抛下他，找回他又再次把他推开……你从来不把他当作你未来的一部分。"

不得不承认，裴沉安说的没错。林陌桑的确没有想过，她的未来规划里，裴西林要扮演什么样的角色。因为裴西林的身份特殊，连正常的高中都无法就读，更别说林陌桑梦寐以求的大学。她虽然对未来也并不完全明晰，但大概知道心里最想的还是读书，或许会一路读到博士，以后成为像父亲一样的老师。那个时候裴西林在做什么？她想不到，或者说她也没试图去想过。

"那你呢？"林陌桑反问裴沉安，"你怎么想的？"

裴沉安用尽了自己最大的勇气，才开口说道："我们可以永远在一起。"

"不可能的。"林陌桑直言道，"我不允许。"

裴沉安气愤地瞪着林陌桑，仿佛受了天大的委屈一般："你凭什么霸占着他？"

凭什么？凭她救了他？可是裴西林救过她不止一次了。如果真要明算账，他们两个之间早就扯清了。所以这似乎这并不能成为足够有说服力的理由。

"不知道，等我想到再告诉你。"

林陌桑离开康寿堂的时候，碰到了带着中餐回来的裴西林。

"你去哪里，不吃饭了吗？"裴西林追问道。

林陌桑见裴西林手上拿着三人份的餐，却还是故意装作没注意，说道："裴沉安醒了，你给她拿过去，我等你一起去食堂吃。"

裴西林愣了愣，也没多问就点了点头，然后加快了步子向病房走去。林陌桑看着裴西林走远的背影，不禁自嘲，她现在竟然连与裴西林独处的机会都霸占着不想给别人。

早上时辛留猝不及防的攻击，给裴西林留下了阴影，于是整天都跟着林陌桑寸步不离。林陌桑同莘子园的学生一起去上了课，发现除了初高中的常识课程外，还会由

第八章
莘子园的秘密

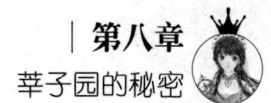

赖远辰亲自教授他们如何控制自身的能力。

林陌桑的能力本身就是作假，所以课上讲的那些东西，她也没有实感，犹如天书，于是听着听着就走了神。她看着扮演贺南归的赖远辰，面若孩童却流露着威严的气质，早已不是当初她认识的那个，笑起来温和如水，有时又有些调皮的赖老师。

是面貌形象会改变一个人的气质，还是权力地位？

其实很多事情，林陌桑若问赖远辰，一样可以得到答案。但她不想问，仿佛问了他们就再也回不到以前的关系了。

赖远辰见林陌桑一直盯着他，走近敲了敲她的桌子让她回神。林陌桑尴尬地笑了笑，这才发现身旁的裴西林一直在看她。下课后，林陌桑才问起裴西林，为什么一直看她。

"你也发现大家长不太对吗？"裴西林问道。

林陌桑被裴西林吓了一跳，忙把他拉到一边，才说道："为什么这么说？"

"你一直盯着他看。"裴西林解释道。

林陌桑无奈，说道："你还一直盯着我看呢。"

"你好看啊。"裴西林理所当然地说道，"所以我才看啊。"

正因为裴西林说得毫无报色，林陌桑才听得面红耳赤，知道眼前的人丝毫没有调笑她的意思，她就更不知道怎么回应了。

许久，林陌桑才平复心情解释道："我只是刚才听走神罢了。"

裴西林应了一声，然后若有所思地看了大家长一眼。当时的林陌桑并没有意识到裴西林的顾虑，这成了她事后最懊悔的一件事。

这天晚上，林陌桑刚刚回房间躺下，就听到房顶有窸窸窣窣的响动。原本以为又是不甘寂寞的夺标游戏，但林陌桑侧耳听了许久，都没有听到对方下一步动作。她思索了一阵，想到了一个让她哭笑不得的可能，于是从后窗外的安全梯爬上了屋顶。

裴西林没想到上来的人是林陌桑，刚做好准备要出脚，看清人才忙收回动作。不料用力太猛，反而让自己跌坐回去，仰躺在屋顶上，手下压碎了几个瓦片。

林陌桑看着裴西林狼狈的模样忍俊不禁，上前将他拉坐起来，然后在他身旁坐下。

两人分开前，林陌桑就跟他强调过，不要再待在屋顶上守着她。结果裴西林还是没听，自以为林陌桑不会发现，如今却被抓了现行，羞愧到连头都不敢抬了。

林陌桑看着裴西林抱膝而坐的样子，忽然觉得他其实没变。只是她被复杂的情绪

蒙蔽了双眼，怕裴西林拥有了更大的世界，就再也容不下自己。

林陌桑看清了自己的心，才开口问道："你在这里过得还好吗？"

裴西林诧异地看了看身旁的人，不知道怎么总结，就说道："每天有吃有喝，还有自己的房间。"

听起来不错，林陌桑却感到一阵心酸。

"你打不过辛留或车麓吗？"林陌桑问道。

裴西林想了想，没有直接回答林陌桑的问题，说道："不跟他们计较。"

林陌桑听懂了裴西林的潜台词，不是打不过，是不理会他们的挑衅侮辱罢了。

"为了不给我惹麻烦？"

林陌桑见裴西林沉默，心里已经有了答案，果然和裴沉安说的一样，原来真的都是为了她。

她在这座园子外，为了裴西林能过得好，宁可对夏凡忍气吞声。而他在这座园子里，为了林陌桑能过得好，甘愿低调处事委曲求全。

林陌桑抬手摸了摸裴西林的后颈："我都没发现你长大了。"

裴西林被揉乱了头发，有些不好意思地拉下她的手："我本来就很大了。"

的确，是林陌桑一直固执地将他当作不容于世、过刚易折的幼兽。她撑着下巴，趁着月色观察着裴西林，自从剪掉了邋遢的长发，少年的整个眉眼都显露了出来。高耸的眉骨、鼻梁，以及纤长的睫毛与星辰一般的眼。明朗清俊，是少年时最好的模样。

"难怪冬月会说你长得帅。"林陌桑笑着戳着裴西林鼓起的脸颊，"我好像都没有好好看过你。"

裴西林轻哼了一声，一脸"你才发现"的怨气，故作生气别过脸不给林陌桑戳。林陌桑笑了一阵，越觉得时光可贵越难去想接下来的事情。她移开眼，像是在讲述一个无关自己的故事："如果有一天，我和宫巳可能会成为敌人，你怎么办？"

当初发现宫巳可能与贺南归的死有关，这个问题就一直萦绕在林陌桑的心头。她曾畏惧与宫巳为敌，那时是怕他缜密莫测的心思。而到了真正可能对立的这一刻，她发现自己反而不怕对方的强大，而是怕自己最亲最爱的人会因此离她而去。

裴西林与宫巳同为麒麟，比起有名无实的林陌桑，宫巳其实才是真正意义上救了他的人生导师。

裴西林拧着眉看向林陌桑，不知道她怎么会莫名其妙地问起这样不着边际的问题。

第八章
苹子园的秘密

林陌桑以为裴西林没有听懂，于是换了个说法问道："我是说，我们都需要你的帮助的话，你会帮谁？"

裴西林想也不想，答道："帮你。"在裴西林心里，宫巳比他强大，而林陌桑是他要保护的人，所以二选一，他只会选择林陌桑。

林陌桑赫然松了一口气，然后微笑着点了点头："我知道了。"只要裴西林还站在她这边，她就有勇气去面对真相。

第二天，林陌桑一个人去找了宫巳。

宫巳正在居所的院子里浇花，一副怡然自得的样子。林陌桑偏不应景，颇带讽刺意味地问道："你最近很忙？"

林陌桑昨天留了个心，晚上从饭堂出来后去找了眉管家，问他宫巳何时回来。眉管家称宫巳根本就没离开这栋宅子。林陌桑没告诉裴西林，在她搞清楚一切前，她不想将裴西林卷进来。既然宫巳不想昨天见面，那她就顺着他的意，今天再来看看他究竟搞什么名堂。

宫巳听罢笑了笑，说道："没有你忙。不过才来了两天，先是赢了车麓，对上辛留，最后竟然把我藏在苹子园的秘密也给挖了出来。"

宫巳全知道。

虽然林陌桑有所预料，但还是免不了内心生出一阵惶恐。宫巳知道她发现了洪明，还摸到了实验室，却不阻止，说明一切并非他的疏漏，而是有意为之。

"你到底想干什么？"林陌桑也不再拐弯抹角，直接问道，"实验室是你搬到这里来的吗？"

宫巳放下手中的花洒壶，瞥了林陌桑一眼，仿佛在埋怨她急什么。宫巳抹净了一张石椅让林陌桑坐下，为她拿了一瓶可乐，而自己沏了一杯茶。

"我不喝可乐。"林陌桑将饮料推了回去。

宫巳愣了愣，笑道："我记得冬月喜欢，以为你们小孩子都喜欢。"

林陌桑瞬间升起一股怒火，瞪着宫巳，亏他还记得冬月。

宫巳装作没看出她的情绪，笑盈盈地给她倒了杯白水，才坐下来说起了刚才的话题："实验室算不上是我搬来的，但现在可以说是独属于我，就算有人要进去也需要我的许可，比如你和洪明。"

林陌桑捋了捋思绪，听宫巳的意思，实验室应该是很早以前就在这里了。那么是

什么时候？究竟是父亲出事之前，还是出事之后？如果是出事之后，那迁移实验室的人很可能与谋害父亲的真凶有关；如果是出事之前，那她的爸爸林雨声难道一直在为家族服务？

林陌桑颔首深思，一会儿犹豫一会儿惊诧，看得宫巳笑出了声，说道："我知道你在想什么，林雨声以前的确暗中为家族做过一些事情。他可能跟上一代或者上上一代龙九子有关，所以就算是大家长，也不知道他的身份。"

"那你呢？"林陌桑咬着宫巳追问道，"你跟我爸又是什么关系？"

"按辈分来算，你是没资格质问我这些的。"宫巳单手撑起额角，懒洋洋地笑着，"不过我今天心情好，就告诉你吧。我还有一个名字，叫林空色。"

"林？"林陌桑马上意识到了关键。

"对，你爷爷奶奶给我起的。名义上，我算你的叔叔。因为你爸一直一厢情愿地把我当他弟弟。"宫巳想起过去，仿佛一场荒唐，让人发笑也让人留念，"其实我的年纪比你爸大多了，只不过那时候为了隐藏身份，就变成了小孩子的模样。于是他就这么被我骗了很多年。当然，那个时候还没有你。"

林陌桑打心底不信，但又觉得宫巳没必要拿这种事骗她，犹疑道："我从来没听我爸提起过，也没见过你的照片……"

"因为那时候有很多人要杀我，所以我不能留下任何信息。否则林家，包括你，都可能招来杀身之祸。"

宫巳说着忽然顿了一下。其实那个时候他是不在乎林家人的死活的。林家收留了他，他无时无刻不在怀疑他们的意图。他和林雨声之间更是磕磕绊绊，在无数次信任崩溃的边缘又把对方拽了回来。只可惜，等他发现这个人是真的待他好的时候，一切已经晚了。

"至于林雨声为什么对你隐瞒，我想他是希望你能彻底跟龙九子撇清关系，做个普通人吧。"

这是林雨声没能在宫巳身上实现的愿望，所以他希望能在女儿身上实现。即便林雨声没对宫巳说过，他也能懂。正因为能懂，他才会对林陌桑感到愤怒，并一步步让她接触更多的秘密。

从这一点上来说，他和姜冬月是一样的——因为得不到，所以不如把无辜的人都拖入泥潭，一损俱损。宫巳觉得自己仅剩的一丝善心，可能都用在了姜冬月身上，唯独用尽办法将她推远。

第八章
莘子园的秘密

"林空色……"

林陌桑心中默念着这个名字。虽然父亲从未提起宫巳,她却总觉得哪里见过这个名字。林陌桑细细回忆,猛然想起这个名字正是在她之前加入家族的人。

"所以你现在也是家族的人?"

宫巳觉得林陌桑问了个傻问题,毫不留情地嘲笑道:"不然呢,傻侄女?"

林陌桑一直以为宫巳不过是与贺南归有利益合作才留在这里。

"你是为了找那个实验室才来这里的吗?"林陌桑猜测道。

"那只是意外所得。"宫巳自与林雨声在白泽分道扬镳之后,就再无他的消息,"我离开白泽之后,曾去霸龙那个实验室看过。那时候里面已经被搬空了。我不知道是林雨声自己做的,还是凶手做的。不过,我知道白泽一直对林雨声的研究有所图,所以我在那里留下了陷阱,倘若有人找到这里,企图翻找林雨声的研究,就会被封锁直至烧死。"

林陌桑苦笑:"所以你差点儿害死我。"当初夏凡寄给林陌桑青砖,只是将她引到实验室。但是她看到的红色鳞片,明显是属于火麒麟的。也许是夏凡发现了那里的陷阱,才故意引她前往,试图借刀杀人。

"哦,是吗?"宫巳故作无辜地笑了笑,"看来瞎猫还是没碰对死耗子呀。"

林陌桑气结,直接问道:"所以你最后发现凶手是谁了?贺南归吗?"

听到贺南归的名字,宫巳的笑意渐渐冷却,沉默了一阵才说道:"不是他,但他不得不死。"

所以,这是变相承认,他杀害了贺南归吗?林陌桑不敢问,因为接下来的问题就是,宫巳是否知道假冒的大家长是谁,而他为什么又要纵容这个假贺南归的存在。

不过至少现在,林陌桑可以确认,宫巳不是杀她父亲的人。那么即便他们目的不同,林陌桑也可以将他摆在敌对的位置,避免正面冲突。

"所以,你留在这里到底想要干什么?"

宫巳没有直接回答林陌桑的问题,而是说道:"昆仑之丘,或上倍之,是谓凉风之山,登之而不死;或上倍之,是谓悬圃,登之乃灵,能使风雨;或上倍之,乃维上天,登之乃神,是谓太帝之居。"(《淮南子·地形训》)

宫巳看向林陌桑:"你知道昆仑在哪里吗?"

"你说的那是传说。"林陌桑在地理课上曾学过,"硬要古今对照的话,过去的昆仑山可能是现在的祁连山。"

宫巳摇了摇头，笑着说道："它就在你脚下。"

林陌桑越听越糊涂："我脚下？这里不是青龙山吗？"

"昆仑不一定是一座山啊，傻侄女。"宫巳长叹了一声，"在昆仑都找不到的答案，还能去哪里找呢？所以我必须要留在这里啊。"

宫巳像在说一个谜语，林陌桑每一个字都听得懂，却不明白其中的关联。她脚下不就是家族所在的青龙山吗？宫巳说昆仑不是一座山，那是什么？难不成是……这栋宅子？

太荒谬了。林陌桑都不禁嗤笑自己的猜测。

就在林陌桑拧眉深思的时候，忽然听到一阵躁动。屋顶的瓦片似乎被一阵疾风吹开，她扬手躲避随之掉落的尘滓时，忽然被人拉住了手腕。

"我们要赶快离开这里！"

忽然出现的裴西林只说了这一句话，就抱起林陌桑蹿上了屋顶。

"怎么了？"

林陌桑紧紧攀着裴西林的脖颈，话刚问出口，就感觉一张网从天而降，将两人紧紧包裹住。裴西林抱着林陌桑，两手无法动作，在被网住的那一刻失去平衡，紧紧抱着林陌桑跌下了屋顶。

这个网，林陌桑太熟悉了，她忙抓住裴西林："不要挣扎，有电！"

说话的瞬间，裴西林已经被一阵电流刺痛。

"抓住了。"林陌桑听到钱毋庸的声音在头顶响起，"杀害大家长的凶手。"

第九章 钱家有女初长成

林陌桑与裴西林被锁在同一张网中。裴西林不敢挣扎，怕触发网上的电击装置，只能任由钱毋庸带来的人，将两人拖去了无有堂。

路上，林陌桑才从裴西林那里得知事情的来龙去脉。大家长让裴西林下课后去他居所一趟，没想到当裴西林到达时，就看到贺南归胸口中刀，紧接着就有人说他杀人。一群人来追他，他只能逃来宫巳这里。

这一切发生得过于巧合与突然，就像是提前设好的局。林陌桑相信裴西林不会骗她，那么是谁有意诬陷裴西林？

"大家长让你去找他这件事，你告诉宫巳了吗？"

裴西林摇了摇头，这种小事他往往并不会跟宫巳一五一十地说明。

林陌桑心情沉重地闭了闭眼，这反而是她最不想要的答案，因为这样，一切的矛头就都指向了另外一个人——扮演大家长的赖远辰。

两人刚被拖进无有堂的大门，林陌桑脑中就响起一声叹息。她抬头看去，果然看到了一脸恨铁不成钢的曾默。

"怎么这小子没跑成，你也被抓回来了？"曾默用暗语说道。

林陌桑看向曾默，回道："到底怎么回事？"

不等曾默回答，钱毋庸就先开口了："你这办事效率越来越差了，抓个孩子还要我这边的人出马？"

曾默故意装作没听见，直到钱毋庸直呼他的名字，他才解释道："我们这边办案追捕都方法古旧，速度不及二当家的高科技。"

林陌桑知道曾默跟钱毋庸一直不对付……哦不，曾默一直跟所有人不对付，从来都是阳奉阴违，按照自己的想法做事。听他的语气，是不想抓裴西林的，甚至有意让他逃跑，只是最终没能跑过钱毋庸的网。

那么钱毋庸呢？

"你有什么证据认定裴西林是杀害大家长的凶手？"林陌桑将裴西林护在身后，与钱毋庸对峙道，"我刚才听裴西林说，他见到大家长的时候，大家长已经死了。"

钱毋庸没说话，等宫巳、钟纤霖到了，才将装着凶器的透明塑料袋丢在林陌桑和裴西林面前。

"你还有什么可说的？"钱毋庸问裴西林，"上面可是有你的指纹的。"

裴西林沉默了一阵，才说道："这是我的刀。"

林陌桑不可思议地看向裴西林，焦急地说道："你认清楚了？"

第九章
钱家有女初长成

"不过它丢了很久了。"裴西林解释道。

林陌桑紧接着裴西林的话说道:"一定是有人故意陷害,偷了裴西林的刀,将他诬陷为凶手!"

"是不是诬陷,就交给专业人士来审问吧。"钱毋庸面无表情地看了一眼曾默,然后退开了位置:"请吧,曾队长。"

曾默不情不愿地上前,对钱毋庸强调道:"前队长。"

钱毋庸木着脸没有回应。

曾默看了看与裴西林跪在一起的林陌桑,暗自头疼,放软语气与钱毋庸商量道:"你要不先把这姑娘放了?"

"共犯。"钱毋庸言简意赅地拒绝,"也许。"

裴西林听到钱毋庸的话,猛地抬起头来,说道:"跟她没关系!"

"你别说话!"林陌桑一把拉下激动的裴西林,"跟你也没关系!"

裴西林有些犹豫地看了林陌桑一眼,咬牙闭了嘴。

"现在尸体在康寿堂检查,致死原因是否是这把刀,还不一定。"曾默为林陌桑稍作解释,稳定了她的情绪,才对裴西林说道:"我只问你一个问题,你判断出他已经死亡后,为什么没有第一时间叫人?反而要等到别人发现,你再仓皇逃窜?"

刚刚林陌桑听裴西林叙述事发经过时,并没觉得有什么问题。毕竟如果真的是设局诬陷,当然每一步都是算好了,待裴西林走到尸体旁边,就来一个人赃并获。但也确实如曾默所说,有一点解释不通,如果裴西林是清白的,他为什么不叫人,反而要逃?

见裴西林低着头默不作声,曾默只好说道:"或者你告诉我你从大家长身上拿走了什么?把你手里握着的东西给我看看。"

裴西林一抖,迅速将手背到了身后。这时钱毋庸已经命人去夺,裴西林挣扎间触动电网,连累林陌桑被电流刺痛,他才迫不得已松了手。

东西被交到曾默手上,他打量了一阵才奇怪道:"发卡?"

林陌桑闻声看了过去,只见曾默手中捏着一个樱桃发卡——正是她帮赖远辰给花宇挑的生日礼物。那时候赖远辰为了答谢她,还送了一枚一模一样的卡子。

那一瞬间林陌桑恍然明白了,她不可思议地看向裴西林:"你以为……"

林陌桑欲言又止。她猜测,裴西林可能是在尸体上发现了这枚发卡,才会误以为这件事与她有关。为了让她撇清关系,于是暗中拿了发卡,却不料被人撞见。于是只

能突出重围，冒险带着她一起逃走。

所以裴西林不是去找宫巳，而是特别去找她的。

林陌桑心中感动，拉住了裴西林被掰红的手。裴西林只见她戴过那枚发卡，并不知道花宇也有同样的一枚，所以才会担心一切是林陌桑所为，又或有人诬陷她，宁可一个字不说，将罪名默认到自己头上，也不希望林陌桑牵扯其中。

"不是我。"林陌桑压低声音对裴西林说道，"你放心。"裴西林微微松了一口气。

事实上林陌桑的发卡早就丢了，倘若这不是巧合，那现在曾默手中这枚发卡只可能是属于花宇的那枚。而临死仍旧握着这枚发卡，念念不忘的人……

"死的人……"林陌桑吞咽了一下喉咙，艰难地开口问道，"确定是贺南归吗？"

贺南归早就失踪了，此刻的大家长是赖远辰扮演的啊。世上也只有赖远辰会将那枚发卡当作念想带在身上。

曾默紧盯着林陌桑，没有说话，而是通过暗语问道："你什么意思？"

林陌桑答应过赖远辰，不追问，也不将秘密告诉任何人。所以她该对曾默说明吗？

"那个发卡……"一旁的钟纤霖忽然起身走向曾默。

"你认识？"曾默转而看向钟纤霖。

钟纤霖犹豫了一下才说道："我姐姐有一枚一模一样的。"

林陌桑恍然意识到，钟纤霖那里的信息其实刚好与裴西林相反，他并没注意到赖远辰当初也送了自己一枚相同的发卡。

曾默大概知道钟纤霖家里的事情，她姐姐花宇已经不在人世，当然不可能出现在这里。但是花宇是赖远辰的未婚妻，赖远辰带着这枚发卡出现在本家合情合理。

但是赖远辰明明已经退出家族，他什么时候回来过？

就在这个时候，康寿堂派人送来了尸检报告。曾默仔细阅览着，林陌桑在一旁焦急地等待着他的结论。

"是贺南归本人？"林陌桑用暗语追问道。

"DNA检测结果是他本人。"曾默用暗语回道，想了想又问道，"你是不是见过赖远辰？"

林陌桑愣了一下，错愕地看向曾默，他猜到了什么？

第九章
钱家有女初长成

见林陌桑并没有正面回答他的意思，曾默才对在场的人说道："死亡时间和致死原因，与裴西林到达时间及凶器都对得上。"

钱毋庸刚想开口结案，就听曾默大喘气说了声"不过"。

"不过贺南归非常特殊……"曾默看着报告最后一页说道，"大家都知道他在雨天可以'逆生长'。所以不排除，他死亡之后细胞衰败速度慢于常人的可能。"

"什么意思？"钱毋庸问道。

"也就是说，真实死亡时间不确定。"曾默解释完，拿起手中的发卡，"刚才钟纤霖说这枚发卡可能是她姐姐的，不过她姐姐不可能出现在本家，那么只有一个人……"

"赖远辰。"

钱毋庸说罢就让人去查赖远辰进出本家的记录，却被曾默暗自嘲笑。

"所以在找到赖远辰之前，这个案子我没办法下结论。"

成功甩掉包袱的曾默松了一口气，却感觉到林陌桑焦虑而苦恼的情绪。

林陌桑脑中一团乱麻。如果死的确实是贺南归，那么杀他的是谁？她抬眼看向宫巳，宫巳仿佛事不关己，坐在一旁悠悠然喝茶。如果是赖远辰动的手，想要将一切嫁祸给他人，为什么会大意到将那枚发卡留下？

最重要的是，可以证明身份信息的东西太多了，为什么偏偏是那枚发卡？它误导裴西林背了黑锅，又将矛头引到了赖远辰身上，让两人都成了嫌疑人，却没有干脆利落地解决其中任何一个。操控这盘棋的人，最终目的到底是什么？

林陌桑想不清楚，究竟是赖远辰的失误，还是他人另有所谋。但是当务之急，是如何让绝对清白的裴西林脱身。

"那现在是不是可以放了我们了？"林陌桑对钱毋庸说道。

钱毋庸不答，却动了动手上的遥控器。林陌桑感觉身上轻了，刚准备回头去拉裴西林，却见裴西林手脚被赫然收起的网捆在了一起，躺在地上动弹不得。

林陌桑跪在裴西林身边，想要为他解开束缚，却被裴西林阻止。

"别动，有电。"

林陌桑愤怒地回头质问钱毋庸："你什么意思？"

"我暂且当作此事与你无关。"钱毋庸平淡地解释道，"但在找到真凶之前，裴西林还是嫌疑人，没有放的理由。"

"你这样是对待嫌疑人吗？"林陌桑起身指着裴西林，与钱毋庸对峙，"你这是

对待犯人,不把他当人!"

"你没有资格对我指摘。"钱毋庸完全不把林陌桑放在眼里,继续说道,"现在大家长罹难,由我暂时代理家族事务,我做的决定,家族成员无权反驳。"

林陌桑义愤填膺,指着钱毋庸头顶的牌匾质问道:"无有堂让大家聚在这里,为的就是公平民主地做决定,你现在如此独断专权,有什么资格代理大家长的位置!"

不等钱毋庸反驳,一旁的宫巳先笑了。

"哎,小陌桑不说,我还没想起来。"宫巳忽然起身踱步到林陌桑身旁,按着她的肩膀对钱毋庸说道,"我记得,'大家长'好像不是世袭吧?"

宫巳说着叫了门外的眉管家进来。

"眉管家在家族六十年,光是祠堂的先辈他就见过不止半数。"宫巳故作疑惑,向眉管家请教道,"当初家族如何立的规矩,还望眉管家帮忙回忆一下。"

"上一任大家长若突然离世,没有特别说明由谁继任,那么一家之长当民主选出。"眉管家解释道,"家族任何成员都可以参选,由龙九子及三大家族代表投票决定出任下一任大家长的人选。"

待眉管家说完,宫巳笑了笑,然后对钱毋庸说道:"不知道二当家记起来了吗?"

自宫巳打断他起,钱毋庸就没再说话,只是紧盯着宫巳。

曾默在一旁抱怀看着,隐约察觉出了宫巳的目的,逼宫吗?

"我记得。"钱毋庸的神色比往常更冷了一分,"但是你不可以。"

宫巳挑眉笑道:"高处不胜寒,我不喜欢那种拘束的感觉。就算不是当初答应你不干权,我也不打算做这些劳什子的事。"

宫巳说着,抓紧了林陌桑的肩膀。

"我只是在提醒各位,不要浪费了自己手中的权利。"

林陌桑醍醐灌顶,感觉冷汗从后背冒了出来,她又被宫巳算计了!

如今裴西林成为杀害大家长的嫌疑犯,倘若宫巳不出手救他,那么钱毋庸当权之后必然会找理由除掉他。毕竟龙十子的预言还没有结果,钱毋庸更不是那种坐以待毙的人。如果借这个机会能够防患于未然,他就绝不会心慈手软。

所以,现在宫巳在提醒她,除了她没人能救裴西林。

如果她不坐上大家长的位置,那么裴西林必死无疑。你坐还是不坐?

林陌桑深吸了一口气,问道:"那么我可以吗?"

第九章
钱家有女初长成

钱毋庸冰封的神情出现了一丝裂痕，拧眉问道："你可以什么？"

"我可以竞选大家长吗？"林陌桑换了个说法，"我要竞选大家长。"

听清林陌桑的话后，钱毋庸陷入了沉默，曾默暗自骂了句脏话，一旁的钟纤霖瞪大了眼，不可置信地看着林陌桑："你知道你在说什么吗？"

"看您的意思，就是默认我可以了。"

宫巳忽然松开了林陌桑的肩膀，轻轻抚平了她肩头衣服的褶皱，表达了他的满意。

钱毋庸沉默许久，才说道："不止你。"

钱毋庸说罢，叫眉管家向家族每一个成员发布家长竞选通知。眉管家错愕间点了点头，就照钱毋庸的意思去办了。

"你知道家族有多少人吗？"钱毋庸问道。

林陌桑知道钱毋庸这么做，无非就是想打压她。倘若她不提，钱毋庸可能不会如此兴师动众。钱毋庸就是想用这种方式，让林陌桑看清楚她在家族才算几斤几两。

林陌桑笑着摊了摊手："随便吧。"

林陌桑说完，笑容却逐渐冷了下去。她回头看了一眼地上的裴西林，心中顿感沉重。并不是她又因裴西林牵扯其中，而是身后的宫巳总在利用裴西林，一步步将她推向他设的局之中。

林陌桑咬牙看向身后的宫巳。这个人依旧笑盈盈的，自信而强大。她一而再，再而三地输给他，输到不得不把自己赌上。

宫巳拍了拍林陌桑的肩膀，似乎在安抚她。

林陌桑当然清楚，宫巳会帮她。因为这就是宫巳的最终目的，假以人手借刀杀人。林陌桑闭上眼将来龙去脉梳理一遍，有了一丝清明，但又陷入了更大的困惑。

她几乎可以断定，樱桃发卡是宫巳的计谋，为的就是让裴西林既不被定罪又无法脱身，最终逼她去争取大家长的位置。那么如此珍贵的发卡，赖远辰又如何会交给宫巳？有两种可能，一种就是宫巳杀害了赖远辰，于是得到了发卡，另一种就是宫巳与赖远辰为了共同的目的选择了合作，赖远辰亲自将发卡给了宫巳。

两个结论都让林陌桑感到沮丧和惶恐。

"除了大家长竞选，是不是还有一件更重要的事？"曾默忽然说道，"新一代的囚牛应该出现了吧。"

林陌桑的心猛然一跳，想起洪明的脸，慌乱地看向宫巳。宫巳笑着，故意将惶恐

当成疑惑，向林陌桑解释道："每一代龙九子死去之后，都会有新的诞生，你不知道这件事吗？"

林陌桑瞬间领会了宫巳的意思，只能在他的预设下，沉默地摇了摇头。

另一边的钱毋庸并没有多想，对在场的人解释道："这件事我会亲力亲为，一定把囚牛安全地带回家族。"

当然钱毋庸如此，并非他对家族幼子心存善念。而是竞选大家长，要获得龙九子的认可，与其拉拢各怀心思的现任兄弟，倒不如先把这个不谙世事的新囚牛纳入麾下。

毕竟钱毋庸若真做到了这一步，不仅得到了一票，还会给其他龙子和金、贾、钱三家留下好印象。可以说，得囚牛者得人心。

但这一切的前提是，没有人先找到囚牛，并把他藏了起来。

宫巳已经赢了第一步。

林陌桑暗自握了握拳头，应该说她已经赢得了第一步。

裴西林由在场的人商讨决定，暂时关押在刑堂下设的慎行监。莘子园犯错的孩子，也会关在那里闭门思过，对于杀害一家之长的嫌犯来说，已经是非常宽容的决定了。况且刑堂是曾默负责，林陌桑相信有他把关，钱毋庸也没办法对裴西林滥用私刑。

林陌桑去看过慎行监，虽然名字是沿用旧式，里面的设施却是现代化的。到处藏有监控摄像及红外防御装置，即便没有人工看管，进入这里的人也依旧插翅难逃。

林陌桑也劝裴西林不要逃，毕竟他是被诬陷的，倘若逃了反而坐实罪名。

"又给你惹麻烦了。"裴西林愧疚地低下了头。

林陌桑捧起他的脸，让他正对着自己："你没有错，不是你的错。"

"你真的要做'大家长'吗？"裴西林问道。

林陌桑内心也有犹豫。除了救裴西林，她对大家长这个身份全无概念。家族是多么大的一个组织，而一家之长又要肩负什么样的责任？她才十七岁，高中都还没毕业，这一切对她来说太遥远而庞大了。

可是当初她既然救了裴西林，那么现在也只能赢不能输。至于之后要面对怎样的困难，那等赢了再去想吧。

林陌桑笑着点了点头，为裴西林宽心："这样我们以后就都不用为寄人篱下担惊受怕了。"

第九章
钱家有女初长成

裴西林却红了眼眶，为什么他成长得这么慢，还是总要林陌桑保护他？

"我是不是太贪心了？"裴西林在心里想着：想方设法跟你赖在一起，希望永远不分开，是不是太贪心了？

林陌桑不懂裴西林的问题，只是安慰道："人有无法满足的'贪心'，才会有活下去的动力——你只是想活下去。"

除却贪心，人还有一种叫作"求真"的执念——探寻真相，追根究底。如果不是发现了藏书阁下的实验室，林陌桑或许还没有如此坚定的决心，要去争这个大家长的位置。

与其等着别人去告诉她真相，不如深入秘密最核心的地方，自己去一探究竟。

当然林陌桑这一点心理，也被宫巳掌控着，否则他不会让洪明带她去实验室。

既然她已经完全被宫巳看透，又何必一再回绝他的帮助，不做俎上鱼肉，难道就能摆脱任人宰割的命运吗？所以当林陌桑再次见到宫巳时，豁然开朗。

"你当初说让我拜师，还算数吗？"林陌桑问宫巳。

宫巳笑了笑，说道："当然。"

"我要给你磕头、敬茶吗？"林陌桑认真地问道。

"按旧规矩是要的，但是我不在意这个。"

即便宫巳这么说，林陌桑还是对他鞠了一躬，当作完成了这个拜师仪式。

"那么我们现在不需要找囚牛，第一步要做的是什么？"林陌桑开门见山。

宫巳知道林陌桑的拜师绝不是心血来潮，想必是做好了背水一战的准备。

"龙九子中赖远辰、卓景然几乎等于丧失了投票权，除去必定要竞选的钱毋庸，也不过是剩下曾默、夏凡、钟纤霖还活跃在本家……你有信心让他们选你吗？"

林陌桑摇了摇头。虽然她与曾默因契约互通暗语，但对方似乎不太看得上她。至于夏凡，他俩没有打起来就算不错了。而钟纤霖，自赖远辰离开之后，她也不确定他在想什么。

宫巳意料之中地点了点头，继续说道："另外还有两个没消息的。"

林陌桑知道，其中一个指的是失散后就再无音讯的黄毛。提起黄毛，林陌桑就不禁想起母亲夏淑芳，已经过去快四个月了，仍没有得到对方的确切音讯。

还有一个，林陌桑想了想，才诧异道："我'干妈'不是在监狱里待着吗？"

"不久前出来了。"宫巳轻叹了一口气，"下落不明。"

林陌桑听到这个字眼,忽然想笑,问道:"真有你不知道的'下落不明'吗?"

除了为姜冬月求救,宫巳似乎从未遇到过困难和困惑。所有的信息,只有他想不想说清楚、愿不愿意告诉你,没有他探听不到或者猜不出的。

宫巳故作认真地想了想,答道:"没有。"

林陌桑看着宫巳嬉皮笑脸的样子只想打人。

"但是不重要。"宫巳并不想过多解释,"忽略他们两个就好了。"

"你从来都这么自信,就没有怕过自己会失误,会万劫不复吗?"林陌桑忍不住问道。

宫巳笑着回应道:"我没有软肋——既不贪生也不怕死,也没有值得惦念的人。还有什么好怕的?"或许过去有过吧,不过那人已经死了。

林陌桑说不上心里的感觉,她既羡慕宫巳的强大,又觉得这强大孤独得可怜。

宫巳看着林陌桑略带同情的目光,忽然感到一阵愤怒与悲戚,不想继续这个话题,于是说道:"总之我们现在只需要把目光放在贾、金、钱三家上。"

林陌桑对三大家族不甚了解,是这一次竞选她才知道家族竟然还有三条分支,分别是钱家、金家和贾家。宫巳称这三家与龙九子并没有非常密切的关系,只是单纯的利益合作。但是家族能够延续至今,离不开这三家在经济、政治及文化上的支持。

"那先从谁下手?"林陌桑问道。

"钱家。"宫巳调皮地眨了眨眼,"毕竟钱毋庸被我们骗出去'亲力亲为'了,我们不趁机攻克他的后方,岂不是浪费了这大好机会?"

"钱家是……钱毋庸的家?"

"确切地说,是收养钱毋庸的家。"

林陌桑这才知道,高冷总裁钱毋庸在十二岁时遭父母遗弃,辗转被钱家收养。后来钱毋庸能当上二当家,也多亏了钱家在背后扶持。

林陌桑越听越觉得不靠谱,钱家对钱毋庸如此支持,肯定把他当成大宝贝,她一个外人怎么能撬动人家的墙脚?

"你这个思维也太直线了吧。"宫巳嘲笑林陌桑道,"钱家财大气粗,怎么就偏偏收养了龙九子貔貅?你就没想过这一点吗?因为钱家要跟家族合作,必然要有钱毋庸这样一个角色搭桥。先有蛋还是先有鸡都不重要,重要的是他们靠的不是情感支撑,而是利益。"

林陌桑虽然不喜欢宫巳的分析,但不得不承认他说得有道理。

136

第九章
钱家有女初长成

"因利益而成的关系，自然也可以因利益而破。"宫巳见林陌桑不解，点破道，"所以我们不是要获得对方的信任，而是要破坏他们对钱毋庸的信任。"

"怎么做？"

林陌桑见宫巳笑而不语，以为他有什么高级策略，没想到他竟然变成钱毋庸的模样，笑着问林陌桑："像不像？"

钱家人又不傻，一个冒牌货去挑拨离间，怎么可能不被拆穿？

"不像！"林陌桑气结，"钱毋庸怎么可能会笑？"

"也对，我太爱笑了。"宫巳故作苦恼地感叹了一声，变回原来的样子，"所以只能靠你啦。"

"啥？"

钱家作为江南大户，往前数几代都是读书人。自宋代发家，姓钱的历史名人多半都能跟这家攀上关系。过去书香门第，唯有钱吾省改行从商。染了铜臭，也因此独立了出来，所以钱吾省不在原本的谱系之上，这也是他最大的遗憾。

钱吾省已近八十岁高龄，既然无根可溯，就期待后辈能把家族产业发扬光大，自成一派。然而最有生意才能的钱毋庸迟迟不结婚，也就没有子嗣。也正因如此，钱吾省其他儿子并不把钱毋庸放在眼里，毕竟钱吾省也不太待见他，兄弟姐妹也就默认他对家产没有威胁。

直到钱毋庸将莫名其妙出现的女儿寄养在钱家。

这个"女儿"正是被赶鸭子上架的林陌桑，而"钱毋庸"则是宫巳扮演的冒牌货。

如今钱吾省患上了老年痴呆，时而清醒，时而糊涂。林陌桑不知道宫巳是如何糊弄的老人家，总之就是说服了他让自己待在钱家尽孝。而宫巳则大言不惭，称他要去为争取大家长之位"奋斗"，就这样把林陌桑一个人推进了火坑，然后他笑眯眯地拍拍屁股走人。

钱毋庸来去合情合理，没人看出问题。只要钱毋庸没人识破，那么假冒这道难关就算过了。因为即便林陌桑是假的也无所谓，毕竟钱家人在乎的不是林陌桑与钱毋庸的血缘关系，而是钱毋庸的企图心。

钱家上下都知道，钱吾省身患癌症时日无多。钱毋庸忽然送回家一个"女儿"替自己尽孝，对于钱吾省来说是养子开窍念及恩情，但对于其他虎视眈眈盯着钱家遗产

的亲生儿女来说，就不是字面意义那么单纯了。

所以自林陌桑住进钱家起，就没有过过一天安生日子。她像是限时展览的珍稀动物，无论钱家人定居在哪里，都会不辞辛苦回到钱老爷子这里看她一眼。

林陌桑起初还不明白缘由，直到一个名叫钱坤的男生直言道："小叔伯怎么可能跟女人生孩子，你是克隆的吧？"

林陌桑无言以对，不得不承认钱坤说得在理。她也无法想象钱毋庸那个"机器人"如何跟异性谈恋爱、结婚生子。

"反正我没见过我妈。"

钱坤点了点头，合理了。

钱坤自我介绍，称他是钱吾省的曾孙子，钱家二儿子的长孙。按辈分来算，他要叫林陌桑一声姑姑。不过年纪上来说，钱坤与林陌桑同岁，正在读高中。不过钱坤身体不好，一直在休学当中。父母索性将他送到老爷子这里来，凸显存在感，以备日后传家产的时候能想起钱老二来。

钱家儿女如今分布四方做生意，唯有钱吾省还留在当初发家的地方。这是一处名人故居，后被钱家买下，钱吾省自做生意开始就一直住在这里。独门独户的宅院邻水而建，背山面江。外部白墙黛瓦、飞檐翘角，依旧保持着过去的原貌。而院内建筑已经改为现代化的三层小楼，为了方便钱吾省的轮椅，还设置了无障碍电梯。

住在这里的除了钱吾省，以及照顾他的管家、阿姨外，就只剩下林陌桑与钱坤。两个闲人，可以说是抬头不见低头见。对于钱坤来说，好不容易来了个"新人"，他自然要做好前辈的典范。林陌桑起床、吃饭、院子里逛逛，都会被钱坤紧盯着。倘若林陌桑想去看看钱吾省，钱坤就如临大敌，冲在前面挡住她的去路。

"女生迟早是要嫁出去的，所以你不可能将钱家发扬光大，就别对家产动歪门邪道的心思了，懂了吗？"

林陌桑原本没想暴露自己的目的，但钱坤假想敌树得如此明显，她也没必要遮遮掩掩了。

"你拦我有什么用？爷爷知道你是谁吗？"

钱坤的脸色变得很难看，其实他也早就发现了，钱老爷子时而真痴，时而装傻，根本没把他放进眼里。倘若曾祖父不知道他的身份，父母将他留在这里的意义又是什么呢？其实他知道的，他不过是被放养在这里罢了。

一阵颓丧感涌上心头，钱坤低下头，为林陌桑让开了道，耷拉着肩膀向自己的房

第九章
钱家有女初长成

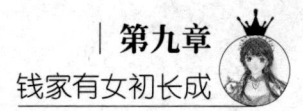

间走去。

林陌桑先前随宫巳来的时候,曾见过钱吾省一次。其实没有什么特别鲜明的印象,干巴巴的老头缩成一团坐在藤椅中。屋中有地暖,却还裹着毯子,看起来有点像襁褓中的婴儿。大概是疾病的缘故,钱老爷非常瘦,几乎是皮包骨头的程度。毛发稀少,没有胡须,连头顶也只有薄薄一层硬而短的白发。

林陌桑自出生就没有祖父祖母,母亲那边的"外婆"又是令人疏远的存在,她未曾给老人家尽过孝,一切陌生而惶恐,让她不知从何做起。每周都会有儿女亲戚来看望钱老爷,他始终保持着林陌桑见他时的那个模样。人匆匆来,放下一堆孝敬老人的营养品,又匆匆离开。那感觉与其说是"尽孝",不如说是"祭祀"——拿来供品放在老人身前,说两句保重的话,在转身离开之后悄悄松一口气,就好像完成了一项任务。

林陌桑没有其他范例,也只好效仿。她不知要拿点儿什么,那天见外面刚好在卖驱蚊的艾草香包,就买了一串挂在门梁上。穿堂风吹过,就有阵阵艾草香味飘散。等林陌桑将脚踩的椅子挪到一边,抬头看着自己的作品打着旋儿转动的时候,才猛然意识到夏天已经过去了。

北方早已满山红叶,这里却依旧是翠竹盈盈。林陌桑恍惚了季节,才送了个不应时的物件。

不过钱老爷也不甚清醒,也盯着那打转的香包出神,然后问道:"小诚回来了吗?"

林陌桑反应了半晌,才意识到是在跟她说话。

"小诚?"

先前宫巳给林陌桑备了课,钱家人的姓名、身份她都大概清楚。林陌桑默念着"小诚",却发现钱家人里没有谁的名字中有"诚"这个字。

这时,钱老爷又说道:"我要去找小诚,小诚可能又受伤了。"

林陌桑听着老人絮絮叨叨,一头雾水,试探着问道:"小诚去哪儿了?"

钱老爷这才将目光投向林陌桑:"小诚以为我要把他卖掉,于是他就走了……"

钱老爷子边说边叹气,像个犯错的孩子一般垂下眼。

"我要死在这个屋子里了吧。"

林陌桑一开始以为自己听错了,当她发现老人冲着自己无奈地笑的时候,她才猛

然发现，此时此刻的钱老爷是清醒的。

"您好，我叫林陌桑。"林陌桑忙自我介绍，才发现说漏了嘴，改口道，"钱陌桑。"

钱老爷子笑了笑没有拆穿，指了指门梁上的香包，说道："谢谢。"

林陌桑埋下脸摇了摇头，忽然感到一阵无力，她在老人面前笨拙到什么都做不了。

大概是习惯了所有人来去匆匆，在他这里哪怕半分停留都显得漫长，于是老人摆了摆手，示意让林陌桑去忙自己的。

其实宫巳交给林陌桑的任务，她如此已经算完成了一半。只要在旁人眼里，她在向老人献殷勤，那么就算是"尽孝"了。于是她慢慢挪动着步子，向屋外走去，恍然又想起老人刚才那句"要死在这屋子里"的话，忽然停下了步子。

林陌桑回头对老人说道："您想出去晒晒太阳吗？"

钱老爷错愕又欣喜地点了点头。

钱老爷子坐着轮椅被林陌桑推到院子里晒太阳这件事，成了钱家的爆炸式新闻。目击者与传播人当然是"闲人"钱坤。事实上，他住在钱家快半年了，还没见老爷子出过大门。照料老人起居的阿姨，有时会将钱老爷挪到阳台上吹吹风，几乎从来没有如此大费周章地到院子里来散步。

最让钱坤震惊的是，原来曾祖父是能走路的！

钱吾省在林陌桑的搀扶下，竟然在院子里溜达了近一个小时，看过夕阳才又由林陌桑送回了房间。

于是从这天开始，只要钱吾省神志清醒，就会叫林陌桑去他那里陪他。钱坤最初以为林陌桑不过是代替阿姨的角色，直到有一天他在门口偷窥，发现林陌桑正在给钱吾省读书。钱吾省不只听着，有时还会跟林陌桑交流感想。

这天林陌桑读完了书，从钱老爷子房间出来，就被钱坤拦在了楼梯口。

"你是怎么做到的？"

对于钱坤来说，他来这个家的目的，就是获得钱吾省的重视。然而他半年都没做到的事，林陌桑只用了一周就做到了。自从钱坤将林陌桑的事告诉父母，母亲就不止一次打电话来督促他，让他有点儿竞争意识。可是曾祖父从来没找过他，即便他不请自来，也会被当作空气。

林陌桑故意装作听不懂："做到什么？"

钱坤咬牙说道："你怎么让曾祖父听你的话的？"

林陌桑先是诧异地愣了愣，然后笑了，说道："是我听他的话。"

"胡说！那是阿尔茨海默病——一个记忆障碍又认不清人的老人，怎么可能要你做这做那？"钱坤认定林陌桑是在糊弄他，"哼，女人果然都是撒谎精。"

林陌桑忍下心中的不悦，反问道："你仔细听过爷爷说话吗？"

钱坤被问得一顿，强词道："他都没说过他要什么。"

林陌桑先前也疑惑，钱老爷子为什么对她"情有独钟"。现在听到钱坤的话，恍然明白了缘由。因为已经很久没人问过他的意愿。当身体出了故障，所有的"你想"就会被"你应该"代替，于是也就再没有人问问这个生病老人心底的真实愿望。

毕竟祝福老人的吉利话中，都是"长命百岁""膝下承欢"，而不是"随心所欲""万事如意"。对于晚辈来说，似乎"尽孝"的最大义务就是让人活着。

林陌桑觉得，与其向钱坤解释这些，倒不如让他切身体会一番。

"想知道吗？帮我一个忙，我就告诉你。"

第十章
竹深藏旧梦

钱坤觉得自己可能被林陌桑下了降头，竟然连这个忙是什么都没问清楚，就糊里糊涂跟着她上了山。等林陌桑递给他一把锄头，他才恍然有了一丝觉悟："你到底想干吗？"

"爷爷想吃山上的竹笋，所以我想给他挖点儿。"林陌桑背着筐子解释道，"但是我在网上查了半天资料，感觉找冬笋似乎新手做不太来。"

钱坤一听有些急了："那我也是新手啊！"

林陌桑嘿嘿一笑："三个臭皮匠赛过诸葛亮嘛，咱俩总归效率高一些。"

"你是不是傻啊？"钱坤丢下锄头，并不打算配合，"曾爷爷想吃冬笋，让阿姨去买点儿回来就行了，何必自己挖啊？"

"可是爷爷想吃的是这山上的……"

钱坤打断林陌桑的话："你怎么这么死心眼？曾爷爷连咸淡都尝不出来，还能吃出买的还是挖的，这山头还是那山头的啊？"

林陌桑虽然知道钱坤说的有道理，但是倘若真这样做了，她大概再也没办法面对钱老爷了。本来她就是顶着假身份，带着挑拨离间的坏目的，来为这个老人"尽孝"的。钱毋庸再冷血无情，也与养育他长大的钱吾省无关。在这场损人利己的战役中，倘若这一点真心都弄虚作假，她就真的成为一个十足的"恶人"了。

"你不愿意就算了。"

林陌桑捡起钱坤丢在地上的锄头，头也不回地向竹林更深处走去。

"喂！"

钱坤没想到这人这么固执，连叫了几声不管用，干脆追了上去。

"你一个女的，能挖什么冬笋，这不是瞎捣乱，给曾爷爷添麻烦吗？"

这次钱坤发难，林陌桑也没忍着，反问道："你妈也是女的，不一样厉害到把你这么个笨蛋生下来了吗？"

"你！"钱坤气急，指着林陌桑的鼻子说道，"你说谁是笨蛋呢？"

"你什么你？"林陌桑站在上坡，气势完全压过钱坤，"叫姑姑！"

钱坤这下说不出话来了，论辈分他的确该叫姑姑，可看着林陌桑的个头和年纪，怎么也叫不出口，只能忍气吞声地跟着林陌桑。毕竟他俩一起上的山，把一个女生丢在这里，自己回去算什么男人！

林陌桑不理钱坤，根据网络上的经验帖子，顺着竹子的根茎摸索，然而挖了五六个坑都一无所获。林陌桑还是第一次发现，原来单纯刨土都是这么累的事情。她气喘

吁吁背靠着竹子擦汗，从背篓中取出一瓶水喝了两口，又看了一眼同样干渴难耐的钱坤，然后把水递了过去。

钱坤犹豫了一下，最终还是接过来，没有碰瓶口，仰头倒了几口。

"你要是不想帮忙就回去吧。"林陌桑拿过水瓶丢回背篓，"还是你一个人找不到回去的路？"

"我是怕你找不回去。"钱坤嘴硬反驳道。

林陌桑耸了耸肩，笑着"哦"了一声。

钱坤总觉得自己像是被林陌桑看穿了，心里不舒坦，撇着嘴半晌没说话。两人沉默了一阵，林陌桑忽然问道："你知道小诚吗？"

钱坤愣了愣，才说道："你怎么知道'小诚'的？"

"爷爷说的，似乎很想念他。"林陌桑记得当时钱吾省似乎眼中含泪，"这个'小诚'对爷爷来说应该是个很重要的人吧？"

"人？"钱坤脸上抽搐了一下，才解释道，"'小诚'应该是只大熊猫。"

钱吾省自称二十年前曾在山上救过一只受伤的熊猫。那时候他的工厂刚有些起色，却因市场策略失误而停产赔本，妻子也因事故离世，一时间跌入了谷底。当时他已经年过半百，所有人都认定他气数已尽，无力回天。就算是儿女，也各自成家立业，不愿反哺一分钱助钱吾省东山再起，劝他听天由命安享晚年。心灰意冷的钱吾省因此住进了山中农舍，隐居深山鲜少见人。就在这个时候，他称自己救了一只熊猫。

钱坤的祖父祖母也曾为此去看望过钱吾省，但并不记得有什么叫"小诚"的熊猫。几乎全家人都以为钱吾省疯了，只当他在人生低谷因此得了癔症。不过不久之后，钱吾省却莫名其妙再次崛起，通过古法用这山上的竹子做起了竹盐生意，由此开发了一系列新科技保健产品。也是那个时候，他收养了钱毋庸，开始了与家族的合作。

谁也不知道，钱吾省是从幻想的"小诚"这里受到了启发，还是真在这深山中发生了一段奇遇，总之钱家一跃成为江南富商之后，钱吾省坚决不搬家，不离开这片竹林，一住就是二十年。

林陌桑听钱坤讲完故事，犹豫地打量着四周："这山上真有熊猫吗？"

钱坤没想到林陌桑关注的重点这么另类，顿了一下才答道："二十年前可能真的有吧，毕竟那时候这里穷乡僻壤，没有人开发，野蛮生长出什么东西都不奇怪。"

第十章
竹深藏旧梦

"那现在呢，小诚还可能回来吗？"林陌桑追问道。

钱坤嗤笑，说道："你还真当真啊？我刚才不是说了吗？不光我爷爷奶奶，我那些大伯大婶也都来看过，都说没见到什么'小诚'。一个人说法不同，可能是说谎，总不能这么多人全都瞎了吧？"

林陌桑不理钱坤，自顾自念道："熊猫的寿命也不过二十年吧。如果二十年都没回来，小诚是不是已经……"

钱坤受不了了："我看你也疯了。"

林陌桑看着钱坤气急败坏的样子，不禁笑了："你不是想知道，我怎么哄得老爷子开心吗？"

"哈？"钱坤口吃了一下，"那……你倒是说啊。"

"因为只有我在听他说什么，并且相信他所说的。"林陌桑反问钱坤，"我刚才不听你说话，你就急得跳脚，那么所有人都说'小诚'是假的时，爷爷又是什么心情？"

钱坤看了林陌桑几眼，欲言又止，最终陷入了沉默。

林陌桑休息够了，也不管钱坤，继续开始寻找冬笋的踪迹。钱坤跟在她身后亦步亦趋，两人一路无言。天色渐暗时，一无所获的林陌桑才不得不败兴而归。

不过这晚，钱吾省还是吃上心念已久的竹笋。后来林陌桑才知道，钱坤中途给阿姨发了信息，让她晚上买一些做给老爷子吃。钱吾省却当是林陌桑尽的心意，连吃了几碗冬笋炖肉，开心得像个孩子。不过"功臣"钱坤却一个人在房间里吃完了这顿晚饭，钱吾省从头到尾都没想起他来。

林陌桑原以为满足了钱吾省这个愿望，她就算完成了任务，刚打算通知宫巳，钱吾省却又提出了更荒诞的请求。

"曾爷爷如果是四五十岁上山小住，我举双手双脚支持，可如今他都七十多岁了啊，如果有个什么三长……"钱坤话还没说完，林陌桑就退开身，露出了身后的钱老爷。

钱老爷正坐在院子里晒太阳，钱坤来找林陌桑时没注意，这才发觉老人家听到了两人的对话。

钱坤见钱吾省向他看来，不禁吞咽了一下口水，连忙改了口："三长，呃……山长水远也不算什么，不是还有我嘛，我陪曾爷爷去！"

钱坤说完就迅速背过了身去，打着自己的嘴巴，欲哭无泪。他这都瞎揽什么苦差

145

事啊？

钱老爷要住回二十年前的山间小屋，成了自林陌桑带他出屋散步后的第二大爆炸新闻，迅速在钱家上下传开。让钱坤意外的是，这一次父母不仅没有批评他，还鼓励他一定要趁这段时间跟钱吾省培养好感情。于是钱坤使命在身，也不敢怠慢了，真开始张罗老爷子上山的事情。

二十年前的那间屋子早就破烂不堪，管家请人修理其实跟重建没什么两样。最关键的是，那里不通电，不通自来水，只能使用燃油发电机勉强应付。就连阿姨都用不了的土灶，对于钱坤、林陌桑也自然形同虚设。最后钱坤只能跟管家、阿姨商量，由阿姨每天送饭送水上山，而他尽可能地劝钱老爷回心转意，住回更安全方便的钱家旧宅。

十一月的南方潮湿阴冷，时不时还会下雨，屋子里就算生火炉取暖，也算不上是宜居的地方。竹舍三间屋子，只有老爷子那间通了电，电热毯睡得不亦乐乎，而林陌桑和钱坤只能用煤炉烧火取暖。所以钱坤住进去的当晚就被冻醒了，索性把同样失眠的林陌桑也叫了起来。

"明天跟我一起劝劝曾爷爷吧。"钱坤提议，毕竟这么下去不是个办法。

林陌桑明知故问："怎么劝？"

钱坤吃瘪，也说不上来。其实他隐约能感觉出，钱吾省执意上山住回这里的理由——为了等小诚。

"就算小诚存在，也不可能回到这里的啊。"钱坤越说越无力，"要回来早就回来了，怎么可能二十年之后忽然就回来了。"

其实林陌桑也早就想到了这一点，所以这"小诚"倘若不是死了，就是早已把钱吾省忘了。

"这'小诚'要是猫啊狗啊还好，我想想办法还能找个'替身'。"钱坤苦恼地抓着头发，"可这大熊猫是国宝啊，我去哪儿搞啊？真搞到了也是犯法啊！"

林陌桑被钱坤逗笑了。

"你还笑！"钱坤冻得打了个哆嗦，说着鼻涕就流了下来，"再这样下去，我可能要在曾爷爷之前倒下了。"

林陌桑这才想起钱坤身体不好的事，不禁问道："你是有什么慢性病吗？一直休学在家，应该是很严重吧？"

第十章
竹深藏旧梦

钱坤没想到林陌桑忽然会问起这个，犹豫了一下只是摇了摇头。

"那你高二下的书还留着吗？能借我看看吗？"

一切事发突然，林陌桑连家都没能回去一趟，虽然她还没接到学校的复课通知，但学业总不能因此一拖再拖，因此悔恨极了出门时没把课本带在身边。如今闲着也是闲着，倒不如把课程捡起来，无论这边进展如何，都不能耽误考大学。

"哦。"钱坤莫名其妙，心觉这姑娘是闲出问题来了吧。

第二天阿姨来送饭时，顺便将钱坤嘱托的课本带了上来。林陌桑一拿到书就进入了自学状态，钱坤目瞪口呆，简直要拜倒在学霸裙下。

山里的生活真的是无聊透顶。虽然有电，却没有宽带网络。手机信号极差，就连2G网络都时有时无。钱坤每天给阿姨发信息都勉勉强强，更别说上网冲浪。于是没过多久，钱坤除了等饭外，也开始跟着林陌桑学习……这都是什么奇怪的走向？

钱老爷子进山之后每天精神都很好，比起钱坤裹着羽绒服病恹恹的模样，反倒是这位七十岁的老人显得更健康。他偶尔会在钱坤或林陌桑的陪同下，在附近逛一逛。两个人都明白老人在找什么，只不过那是二十年前的一场梦罢了。

第二周的时候，山间开始时不时下起小雨。钱坤和林陌桑都有些担心，下雨山路湿滑，且不说阿姨送饭不便，倘若雨势变大，他们留在这里也不太安全。

因此，林陌桑也不得不开始跟着钱坤劝说钱老爷。

钱吾省此时却开始装傻或真糊涂了。他有时将钱坤认作二儿子，有时将林陌桑认作他姐姐，前一句刚跟他提了"下山"，下一句他就说要"睡觉"。

"实在不行，就让管家大叔带人将老爷子背下去吧。"钱坤提议道。

林陌桑想来想去，为安全起见，也只有这个办法。然而两个人还是晚了一步，钱坤刚给阿姨发完消息，山里就下开了大雨，并且雨势越来越大。

钱坤慌了神，急得给爸妈打了电话，于是整个钱家都知道钱吾省和两个小辈被困在山上了。

先前跟曾默遇险，林陌桑也算积累了一些经验。如今最保险的，还是切断所有电源，待在屋里等待雨势变小再尝试下山。没有电，煤炉又受潮生不起火，三个人只能靠棉被和衣物保暖。阴雨天的夜晚来得格外的快，气温骤降，当林陌桑发现钱吾省抽抽搭搭开始流泪的时候，恍然觉得有点儿不太对劲。

一旁的钱坤也吓坏了，摸着老人的额头，不烫，那就是没发烧。

"他一直在叫'小诚',怎么回事啊?"钱坤觉得曾爷爷似乎有些意识不清了,"会不会……会不会是回光……"

林陌桑一把堵住了钱坤的嘴,附在老人耳边说道:"小诚会回来的,雨停了他就回来了。"

老人却摇摇头,说道:"下雨小诚才会来。"

林陌桑觉得莫名其妙,难道二十年前小诚是来找钱吾省避雨的吗?此时她也来不及细想,听到屋外的雨水似乎转小,连忙将所有衣物给老人家穿上,又在最外面裹了两层雨衣。

"我们现在带爷爷下山。"林陌桑说道。她不是医生,判断不出爷爷的状况,也担心真出点儿什么意外,这就是永别。

然而钱坤刚把钱吾省扶起来走了几步,人就直往他身上倒。裹了好几层衣服的钱吾省,比平时重得多,钱坤有些撑不住,只能死扛着将人往屋外扶。

林陌桑见状叫住钱坤:"这样不行,得背着走。"

钱坤这下憋不住了,直接哭了出来:"我背不动的。"

林陌桑看了眼细胳膊细腿、浑身冻得哆嗦的钱坤,无奈地叹了口气,说道:"没事,我来背。"

"你一个女生怎么能……"

钱坤还没说完,就见林陌桑拉起钱吾省,让他趴在了自己背上,可惜走了没几步就走不动了。林陌桑不放弃,又将人背起来,可惜反复尝试几次都没成功。

钱坤看不下去了:"你怎么都不骂我?我一个男人却这么没用!"

一旁的钱坤絮絮叨叨,直接把林陌桑惹急了。她将钱吾省暂时放下,转头指着钱坤的鼻子说道:"虽然现在不是时候,但是我实在忍不住了。我不知道为什么你总把'女生就该如何如何'挂在嘴上。我想告诉你的是,男生并非天生就比女生强。世界上大多数事情不分男女,只分能不能做和愿不愿意做。现在、此刻我非常不想听你这么说,所以不帮忙就请你闭嘴!"

从找冬笋开始就积攒的怒火一通发完,林陌桑舒坦了,钱坤却愣住了。

"你……你不觉得我'娘'吗?"钱坤犹豫地问道。

林陌桑毫不客气地回嘴道:"别侮辱你妈!"

为什么学校同学骂他"娘"的时候,他就没想到这么回嘴?钱坤恍然大悟,忽然像是获得了启示,心里竟然生出莫名的力量来。

第十章
竹深藏旧梦

钱坤问道:"我能做什么吗?"

林陌桑没理他,钱坤又弱弱地加了一句"姑姑",直接把林陌桑叫愣了。

林陌桑心虚,清了清喉咙说道:"你帮我找找看,有没有什么东西能做个简易担架。"

林陌桑确定自己背不动钱吾省,就想着能不能做个简易担架,让钱坤帮忙一起将钱吾省抬下去。但是担架具体怎么做,林陌桑心里也没底,只能根据想象"照猫画虎"。

钱坤却没像林陌桑那样到处寻找足够结实的树枝、木杆,而是研究起管家让人给钱吾省搬上山的轮椅。

"你在干什么?"林陌桑见钱坤迟迟没有动作,"轮椅推不下去的。"

"不是……"

钱坤说话间已经将轮椅上的两个轮子拆了下来。屋子里只亮着一盏应急灯,林陌桑确认了半天,才问道:"这个能转换成担架?"

钱坤点了点头,说道:"这个是小叔伯专门给曾爷爷设计的。使用方法他还特地让人录了视频给旧宅的每个人,就是怕遇到紧急状况。"

林陌桑愣了愣才问道:"你说的小叔伯该不会是指钱毋庸吧?"

钱坤没想到林陌桑会直呼她父亲的大名,迟疑了一下才说道:"就是你爸啊,你不知道吗?"

林陌桑这才发现自己说漏了嘴,忙解释道:"他那些高科技的事情,我都不太了解,哈哈。"

钱坤也没多想,就将担架展开组装好,招呼林陌桑将老爷子一起抬上去。

两个人协力合作,很快就出了门。虽然雨势不大,但山路湿滑。林陌桑将应急灯挂在担架一边,照亮前方的路,后方的钱坤就难看清脚下的路,于是在下坡时滑了一跤,扭伤了脚踝。

林陌桑检查了一下钱坤的脚,不禁感叹流年不利。

"对不起,都是我的错。"

钱坤虽然能站起来,勉强挪步,却无力分担担架的重量。

林陌桑无力地摇了摇头,也许待在屋子里等待救援才是更好的选择,是她太自以为是了。

这么淋雨不是办法,只能原路返回。林陌桑将备用的床单拧成绳索,将钱吾省固

定在担架上，自己则拉起另一头向山上艰难拖行。

钱坤提着灯走在前面，为林陌桑扫清树障和地面上较大的石块。

两人走了没多久，竹叶乍然作响，一瞬间有什么东西从枝丫间快速穿行而过。林陌桑直觉是鸟，树叶上赫然落下的雨水迷了她与钱坤的眼。钱坤本能地抬手去挡，应急灯的灯光随着手上的动作向天空照去。羽翅扑棱着在白光中留下一闪而过的黑色幻影，紧接着林陌桑就感觉前方有什么东西，踩着地上的枯枝，咯吱咯吱，一步步向他们靠近。

最先发出尖叫的是钱坤："狼，狼。"

不可能是狼，这丘陵竹海怎么可能有狼？林陌桑暗自笃定，但也看不清具体是什么动物。她按着钱坤，让他不要拿灯去照，以免让那动物察觉出危险，反而向他们发起攻击。

"姑姑，怎么办？"钱坤哆哆嗦嗦地扯着林陌桑的衣袖，他知道以自己现在的腿脚，根本跑不过这山林间的野兽。

等林陌桑的眼睛适应了黑暗，才确定眼前走来的庞然大物是一只熊。

确切来说，是一只大熊猫。比一般熊猫大了至少两倍的真的大熊猫。

大多数人看到这憨态可掬的萌物，可能瞬间放松警惕。但林陌桑先前因为钱吾省的执念，曾经特别查过这种动物，才知道它是肉食系的猛兽，攻击力不比老虎差。这种至今有八百万年历史的生物，可不是光靠卖萌活到今天的。由人饲养的大熊猫或许还温驯一些，但野生大熊猫与豺狼没什么区别。

林陌桑也出于本能地向后退了几步，却被钱坤生生挡住，才恍然明白此刻其实是无路可退的绝境。

但是这只熊猫出现得太巧合了，巧合到林陌桑不禁以为，它是专门找到这里来的。

虽然可能性近乎其微，但林陌桑还是忍不住抱有侥幸。她盯着眼前不断走近的家伙，鼓足勇气，试探着叫了一声："小诚？"

熊猫停下了步子。

林陌桑几乎要喜极而泣，长舒了一口气。

钱坤那一瞬间也反应了过来，不可思议地问道："真是小诚？不可能吧？"

说话间，小诚已经向钱坤走了过来，把孩子吓得够呛，迅速躲到了林陌桑身后。

第十章
竹深藏旧梦

小诚走到担架旁,用鼻子轻轻蹭了蹭老人。钱吾省大概已经失去了意识,并没有反应。小诚顿了顿,然后回头朝林陌桑吼了一声。

林陌桑隐约觉得小诚是在怪自己弄巧成拙。

"你要怎样做?"

小诚用牙扯了扯老人身上的绳索。林陌桑会意,连忙帮忙解开。

"它到底要干吗?"钱坤在林陌桑身后小声问道。

林陌桑摇了摇头,只见小诚张口咬住钱吾省腰间的衣服,然后起身将人叼了起来。

钱坤忙拍着林陌桑,焦急地说道:"它该不会要把人叼回自己窝里吃吧?"

林陌桑抬起手肘向后,撞向钱坤的胸腹间,直接让他住了口。

"真要吃,也吃你这个细皮嫩肉的!"林陌桑压低声音说道。

小诚确定叼稳了嘴中的人,才挪动步子向山下走去。

林陌桑也不敢放松警惕,搀扶着钱坤,紧跟着小诚。她生怕真如钱坤这个乌鸦嘴说的一样,这熊猫是真要回窝吃人的。

三人一熊下了山,雨还没停。此时正是深夜,街上没人。小诚走得有恃无恐,仿佛已经走过了很多次,就像回家一般熟悉。

林陌桑和钱坤跟着小诚来到了钱家院门外,两个人才松了一口气。

小诚并没有上前,而是回头看了林陌桑和钱坤一眼。林陌桑会意,上前去敲了门。开门的是管家,看到林陌桑与钱坤,连连惊叹两个人是怎么冒雨下来的。

"先不说这些了,快给爷爷找医生吧!"

管家这才发现钱老爷子竟然躺在不远处的地上,忙叫人上前将人背进了屋里。此时林陌桑才发现,小诚已经不见了。钱坤称听到管家应声,小诚就放下钱老爷离开了。现在连钱坤都不禁怀疑,这小诚可能真的是神兽,知道钱吾省遇难就来施救,送回家就消失不见,就像神仙下凡报恩,然后就又回天上去了。

医生是连夜赶过来的,林陌桑和钱坤确认钱吾省没有大碍才安心回去睡下。

林陌桑夜里淋了雨,第二天也觉得浑身酸痛,怕是躲不过感冒。她想去找管家要点儿感冒药,却发现钱家竟然来了"不速之客"。或许应该反过来说,对于回家的钱毋庸来说,她才是那个不速之客。

林陌桑翻出手机,才发现昨晚没充电所以关了机。宫巳早就给她发了消息,让她

昨天尽快离开钱家,只可惜她看到的时候已经太晚了。

林陌桑与钱毋庸在客厅里沉默对视,不知究竟是要开口叫爸,继续把戏演下去,还是此时此刻拔腿就跑。林陌桑看了看自己一身睡衣,感觉后者大概会被钱毋庸当成笑话,此后她也再没脸跟他竞争大家长之位。

不过钱毋庸似乎对她的存在并不意外,没有第一时间处理这个凭空出来的女儿,而是先上楼去看了钱老爷子。林陌桑趁着这个空当,迅速回房间换了衣服,将东西收了收准备跑路。然而就在她慌乱穿鞋的时候,钱坤却出现在房门口:"你在房间里干吗呢?曾爷爷找你过去。"

看钱坤的态度,好像钱毋庸还没在大家面前拆穿她这个冒牌货。

林陌桑心里犯着嘀咕,来不及想清楚就被钱坤拽着胳膊往钱老爷房间拉:"小叔伯让我来的,说务必要把你带过去。"

完蛋,林陌桑一个头两个大。钱毋庸这是唱的哪一出?

林陌桑被钱坤强行带到了钱吾省的房间。钱老爷已经恢复了精神,正靠坐在床上,由阿姨喂食清粥。见林陌桑来了,慈祥的面容上就扬起笑意,招手把她叫到身边来。

"多亏了你啊。"老人握着林陌桑的手,感谢道。

林陌桑连连摇头,指了指身后的钱坤,称他也帮了不少忙。钱坤受宠若惊,像个木头一样愣在原地,半天都没能吱声。

"也多亏了你才经历这么多危险。"钱毋庸在一旁冷冷补刀。

老爷子看着钱毋庸轻叹一口气,说道:"还好你女儿不像你,不然我就要死在山上了。"

钱毋庸面无表情,沉默了一阵才说道:"您就不该乱跑。"

钱老爷子像个孩子一样气鼓鼓地别过脸,摆明了送客的意思,不再对钱毋庸多说一句。

钱毋庸会意,点头退出去的时候,又附加了一句:"女儿,你这边聊完了记得来找我,我有很重要的事要交代你。"

钱毋庸说着父慈子孝的话,却毫无语调情绪,听得林陌桑毛骨悚然。见钱毋庸不动,执着等待她的回复,林陌桑才硬着头皮"嗯"了一声。她知道,钱毋庸是在提醒她不要逃跑。

后来林陌桑才知道,钱吾省一醒来,就嚷着要见她。想必是考虑到钱老爷的心

第十章
竹深藏旧梦

情,钱毋庸才没有第一时间拆穿她,索性默认了这个女儿,将计就计,让林陌桑下不来台。

等钱毋庸走后,钱吾省才将林陌桑和钱坤叫到身边,压低声音问道:"是不是小诚回来过了?"

林陌桑那一瞬间心中不禁触动,她何德何能让一个老人家如此信任?林陌桑看了钱坤一眼,然后点了点头。老人如心满意足一般,卸力靠在床头,长舒了一口气。

"回来就好。"钱老爷喃喃自语,"回来就是还没有忘记我。"

林陌桑觉得,小诚或许不只是没忘记,能够在关键时刻出现,将钱吾省救起,绝不可能仅仅凭借机缘巧合那么简单。一定是一举一动都在掌控之下,才可以在适当的时机出现,又果断地转身离开。

既然如此,为什么小诚二十年来,都不愿意再次出现在钱家人面前呢?

即便林陌桑在钱吾省这里得不到答案,也不愿离开这个房间,尽可能拖延去见钱毋庸的这件事。最后钱坤看不下去了,以打扰爷爷休息为由,将林陌桑拉了出去。

林陌桑这才不情不愿地到书房去见等候多时的钱毋庸。

林陌桑敲门进入,悄悄卡住门,做好随时逃脱的准备。可惜钱毋庸并没有给她这个机会,她前脚刚迈进来,就被什么东西勒住了脖子,被向前的力量拖拽到了地上。

林陌桑的脖子像是被固定在了地上,整个人无法动弹,听到关门声的那一刻她心都凉了。

"这就是你和宫巳的计划?"钱毋庸一尘不染的皮鞋向林陌桑靠近,"趁我不在,瓦解钱家的势力?"

这话只对了一半,乘虚而入是自然,但倒不至于瓦解钱家,不过是挑拨离间罢了。

"悄悄把老爷子埋到荒山野岭,然后再嫁祸到我身上?"

林陌桑拧了拧眉,这就更离谱了,她什么时候要害钱吾省了?

"我没有。"林陌桑否认道。

"昨天大雨你不让老爷子待在房间里,半夜把人绑了往山上带,这是'没有'?"

"你不信问钱坤,他知道我是在救人!"

林陌桑下意识否认,但回想起刚刚钱毋庸的话,才觉得哪里不对。钱毋庸这么

说，明显是没有问过钱坤当时的情况，只根据林陌桑的行为认定她有歹心。

可是，当时钱吾省意识不清，在场的只有她和钱坤。钱坤也没必要说假话，毕竟在他眼里，她是钱毋庸的女儿，可比叔侄关系亲近多了。

那么，是谁把当时的状况告诉钱毋庸的？

小诚？

如果真是如此，那么林陌桑先前的疑惑也就有了答案——钱毋庸作为小诚的眼线，一直关注着钱老爷的一举一动，并实时汇报。

不对，这说不通啊。钱毋庸连人都不放进眼里，怎么会对一只熊唯命是从？

林陌桑越想越糊涂。难不成小诚真是"神仙下凡"，所以才会获得钱毋庸青睐？高科技傍身的钱毋庸，明显是个无神论者啊，这到底是怎么回事？

林陌桑自我纠结，都没发现脖子已经脱离了桎梏。钱毋庸上前踹了她一脚，林陌桑恼怒反击，才发现自己竟然能爬起来了。

"你不承认也没关系。"钱毋庸手上拿着一根伸缩杆，戳着林陌桑的额头，"不过既然当了我的'女儿'，总要尽一些做女儿的义务。"

林陌桑吞咽了一下口水，本能地向后退去。

"你想干什么？"

钱毋庸站直了身子，轻哼了两声。

等等，钱毋庸是在冷笑吗？林陌桑全身的汗毛都立了起来。

"很简单，请你帮忙维系一下家族之间的'情谊'罢了。"

当林陌桑被精心打扮,送上前往餐厅的专车时,她才反应过来,钱毋庸口中的"维系家族之间的情谊"翻译成人话就是,与家族同辈异性联络感情。

钱毋庸这样做,无非是羞辱林陌桑,以此逼迫她去跟老爷子吐露真相。他不做这个恶人,由林陌桑做。林陌桑不做,那就只能做个乖乖女,任由钱毋庸差遣。

总之,这是个死局。

宫已劝林陌桑先按兵不动。毕竟钱毋庸没撕破脸,林陌桑更不必以卵击石。"女儿"这个身份若用得好,最后将钱毋庸一军也说不定。

所以,林陌桑,一个未满十八岁、从未谈过恋爱的少女,就要踏上约会之路了。林陌桑的心情是沉重的,车子一停,她就想逃,却被早已到达的钱毋庸揪住了后领。

林陌桑被保镖架着胳膊拖进了餐厅。这是一家高档的韩国料理,女服务员穿着韩国传统服饰,脸上画着两个古怪的红点,怎么看都觉得诡异。当包厢门打开之后,更诡异的事情发生了。林陌桑用力眨了眨眼,认清这位要培养感情的同辈人后,觉得这个世界简直荒谬得可笑。

温祁第一眼就认出了门口的女孩,歪着头上下打量着精心打扮过的林陌桑。他还没见过林陌桑穿这么华丽的小洋装,风格竟然向姜冬月靠拢了。他知道姓林的林陌桑,当然不可能是钱毋庸的女儿。只是,就算搞个假女儿来应付,也至少挑一个他不认识的吧,反而明目张胆地找来自己的同学?温祁越想越觉得自己被钱毋庸轻视了,替父亲、替温家觉得不值,于是捉弄林陌桑的心思也就愈加高涨。

温祁故作犹豫地开口:"钱……小姐?"

林陌桑看着温祁阴森森的笑容,恍然觉悟,可笑的不是世界,是她。

林陌桑瞪向身旁的钱毋庸,心道:你整我是不是?

当初温祁因裴西林受伤住院,安抚温家的工作还是钱毋庸亲自去做的。如今温家钱家就好到要一桌吃饭的程度了?原来大户家庭都是这样相爱相杀的吗?

林陌桑哀叹一口气,认命地坐在了桌前。

正对面的温祁笑得一肚子坏水,林陌桑隔着桌子都能咂吧出苦味儿来。按照之前的经验,林陌桑几乎可以断定这个人一定在想着如何"报复"自己。

这次随温祁一起来的,是温祁的父亲。之前林陌桑去温家时,并没有见过这个人。所以温父还笃定林陌桑就是钱毋庸的千金,想尽溢美之词,夸她清秀有气质。温父见温祁一直对着林陌桑笑,还以为儿子对她抱有好感,于是催促道:"还不自我介绍一下?"

第十一章
似是故人来

"温祁。"

"钱毋庸。"

温祁笑出了声。钱毋庸虽然面无表情，但多半清楚温祁在笑什么，静观其变。温父却不明所以，悄悄戳了戳温祁的手肘，后者这才收起笑容，却在桌子下面顺势踩住了林陌桑的脚。

当着钱毋庸的面，林陌桑无法发作，却也不甘坐以待毙，回踩了上去。温祁早料到林陌桑好胜的心思，见她动作就及时收回了脚，让林陌桑扑了个空。

林陌桑暗自后悔，她怎么也被温祁带得智商低了？她何必要用踩脚这种方式，不是还有赖远辰留给她的"作弊器"吗？

温父聊起林陌桑的爱好时，林陌桑故作神秘地称自己喜欢研究玄学。因为生辰不太吉利，于是自小总能见识一些诡异的怪事。

"比如，灯会莫名其妙灭掉……"

林陌桑刚说完，包厢的顶灯就熄灭了，只剩下窗口透进来的光线。此时已经是夜晚，蓝荧荧的光照在林陌桑脸上，她故作惊恐地倒吸一口气，兀自念叨着："难道这个地方也不干净？"距离她最近的温祁听得一清二楚，半信半疑地打量着她。

钱毋庸坐在离顶灯开关最近的位置，起身试了一下，发现顶灯还是无法亮起，于是叫了站在外面的服务员。服务员也觉得莫名其妙，只好请做东的温父先换到别的包厢，让电工师傅来检查一下这间的电路问题。

服务员将四人带到了走廊尽头的一个空厢，林陌桑第一个进去，然后就仿佛受到惊吓一般退了出来，严肃要求服务员给他们换一个"干净"的包厢。那灯灭得离奇，而林陌桑又演技逼真，连一旁的温祁都不禁被唬住了，问道："你看到了什么？"

服务员称没有其他包厢了，只剩这一间。钱毋庸不信邪，认定是林陌桑在搞鬼，于是不容她拒绝地将人推进了包厢。林陌桑落座，一直盯着温祁身后的墙角看，看得温祁直冒冷汗。

服务员为几人重新上了碗筷。韩国料理的筷子都是金属的，于是林陌桑故作好心去给温祁递筷子。温祁接到筷子的一瞬间就被电了一下，两手一抖，筷子直接掉在了地上。温祁要去捡，林陌桑故弄玄虚地警告他，千万不要低头去捡，会看到"不干净"的东西。温祁吓蒙了，真不敢捡了。林陌桑又给他递了双筷子过去，温祁又被电了一下，再次将筷子掉在了地上。

157

一旁的温父看不下去了,轻斥道:"你怎么回事?"

温祁被吓得够呛,完全搞不清楚是怎么回事,他怎么一拿筷子就觉得手疼呢?温祁周身的汗毛竖了起来,连同发根都不自然地立起,感觉古怪极了。

温祁大概想破脑子,也想不到是林陌桑的"静电"在作祟。

林陌桑暗自偷笑,只要她一有什么动静,温祁就一惊一乍,脸色煞白。

一顿饭吃得气氛尴尬,最后还是温父主动提出,今天温祁状态不好,改天再约。

林陌桑松了一口气,坐上回程的轿车时,还以为逃过一劫,没想到钱毋庸竟然从对面的门上车,坐到了她旁边,吓得她忙往边上蹭。

钱毋庸素来是不与人同座的,因为他嫌脏。但显然林陌桑身上发生的"怪现象",让钱毋庸的好奇心压过了强迫症。

"你身上有什么东西?"

林陌桑装作没听懂,反问道:"什么'什么东西'?"

钱毋庸戴着白手套的手,一把拽住了林陌桑的手反复检查,顺着手腕、胳膊向上,最终摸到了后颈处小小的疤痕。

林陌桑没想到,钱毋庸竟然只凭一个疤痕,就推断出了她身体里被植入了东西。

"谁给你做的手术?"钱毋庸质问道。

林陌桑内心忐忑,倘若抱着侥幸,咬死装作不知道,钱毋庸会不会放过她?

"不说我现在就给你挖出来!"

林陌桑害怕了,说道:"大家长。"

"他怎么会给你这个东西?"钱毋庸明显不信,毕竟他比林陌桑认识贺南归早了十年,当然知道他是一个疑心病多重的人。

林陌桑避重就轻,反问道:"他为什么不能给?"

见钱毋庸面露怀疑,林陌桑担心贺南归早已死亡的事情暴露,故意试探道:"大家长难道会百分百信任你,什么事都会跟你说吗?"

林陌桑见钱毋庸迟疑,知道自己赌对了。虽然他们是大当家与二当家,但面和心就完全和吗?倘若他们真的亲密无间,家族又怎么会变成如此分崩离析的模样?

果然古人所说"上梁不正下梁歪"是不争的真理。这一刻林陌桑忽然有了一丝使命感,即便她最后未能竞选成功,也不能让这个唯利是图、冷若冰霜的钱毋庸坐上大家长的位置,因为她不希望,被自己当作朋友的曾默、黄毛、钟纤霖、卓景然为这样一个冰冷的家而聚在一起,最终变成和钱毋庸一样的人。

158

第十一章
似是故人来

"跟温家另约了后天,只有你和温祁。"钱毋庸岔开了话题,对林陌桑吩咐道,"钱家跟温家有一笔重要的生意,谈成与否就看你了。"

林陌桑不屑,却被钱毋庸戳到了软肋:"还是你打算拒绝,亲自去跟钱老爷子说明你的来意?"

林陌桑只能忍下愤怒,点了点头。

林陌桑与温祁第二次"约会",地点改到了温家的工厂。

钱毋庸在林陌桑出发前,给她戴了一个颈带。林陌桑也不知道这脖子上的东西是什么做的,总之她扯不断摘不掉,连产生静电的小把戏都不能玩了,只能乖乖跟着温祁逛工厂。

温祁这两天也反应过来,林陌桑那天是在整他,于是再见她愈加恨得牙痒痒。

这次林陌桑没了"作弊器",只能安分守己,尽量不招惹温祁。

温祁作为温家产业的继承人,还是要装装样子,于是叫来产品经理介绍起两家合作的项目。林陌桑这才知道,这个看起来不大的工厂,其实只是核心技术测试中心。钱家将技术产权交由温家代理变现。目前两家合作的东西,主要是一款VR终端设备。与一般通过眼、耳等构建VR体验不同,这款设备是直接借助纳米技术刺激大脑多区域神经,以达到真正的让人分不清真实虚幻的"虚拟现实"。

林陌桑看产品说明书看得毛骨悚然,这是什么黑科技?

"关键是现在对大脑的研究还没能完全搞清楚知觉对应的具体神经区域吧?"林陌桑结合自己看过的科技新闻,犹豫地问道,"况且就算大概清楚,那这种刺激就相当于打开头盖骨将大脑完全暴露在外,难道不会有安全隐患?"

温祁见林陌桑一脸愁眉不展,不解道:"你家提供的技术专利,你反过来问我们生产商?"

林陌桑惊讶道:"你是说,这是钱家提供的科研成果?"

温祁耸了耸肩,笑着提醒了一句:"是你家不是钱家,别忘了你的身份。"

林陌桑从见到温祁开始,就已经知道温祁发现她是"冒牌货"了。如今两个人装模作样并不说破,无非是因为温祁也对家族之间的联姻不感兴趣。所以林陌桑敷衍,他乐意之至,没必要给自己找麻烦。

另一边的产品经理介绍道:"这项技术是经过国家安全监测后才准许投放市场的,所以完全不必担心。目前它的技术仅向大众娱乐方向开发,在医学方面没有过多

深入,也构不成伦理道德风险。"说着就将两人带往楼上的产品体验区。

林陌桑后来才意识到,所谓伦理道德风险的意思——假如将这项技术用于医学,那么眼耳损伤造成的失明失聪,可以通过这项技术重获新生。再往广处想,瘫痪、残疾的人,也可以通过这项技术在虚拟世界里获得人身自由。倘若更极端一些,大脑供氧供能可以通过机械代替时,那么人类就可以实现在虚拟世界里的"永生"。

想到这一点的林陌桑不禁后脊发凉,所以当体验室的自动门打开时,她本能地停在了门口。室内有一股淡淡的消毒水味儿,地板白得反光,与白色的天花板相对。四周的磨砂玻璃隔绝了视线,让整个空间显得逼仄而沉闷,仿佛一间病房。室内只放着两把看起来很舒适的座椅,旁边立着一个支架,支架上是一个显示屏。

"怎么,怕了?"温祁看着林陌桑怔然不动的样子嘲笑道。

"我只是想问一下,"林陌桑不理温祁,对一旁的产品经理说道,"你们做的不是终端设备吗?那这个体验的内容是什么?"

"我们与H国一家游戏公司有战略合作。"产品经理解释道,"他们的VR游戏与我们这边的终端设备会一同推出上市,所以体验的也是这款游戏的内测版。"

即便如此,林陌桑内心还是有些抵触,产品经理与温祁已经走进了房间,她还站在门外没有动身。自动门感应不到她的位置,向中心关闭,林陌桑本能地退后一步,刚巧撞上了身后的人。

"站在这里是打算迎接我吗?"

那人说话间一只手搭上了林陌桑的肩膀,弯下身子凑到她的脸侧轻笑了一声。

林陌桑听声音有些熟悉,扭过头才认清人。

"夏凡?"

夏凡挑眉笑了笑,搭在林陌桑肩上的手顺势拧上了她的脸。林陌桑吃痛,推开捧腹大笑的人,气愤地说道:"你在这儿干什么?"

夏凡的经纪人跟了上来,将夏凡扯离林陌桑身旁,指了指角落的摄像头。

夏凡这才暗自做了个鬼脸,在林陌桑头顶的感应器上晃了晃,自动门再次开启。产品经理闻声回头,看到夏凡的时候愣了一下,紧接着就迎了上去:"抱歉,我接到通知说您两个小时之后才来,所以这边先带温先生和钱小姐来体验了。"

夏凡点了点头,看了看房间内没有摄像头,才揽过林陌桑将她带进了房间。林陌桑看着夏凡揽在自己肩膀上的手,一阵恶寒,他们好像关系没这么好吧?林陌桑如此想着,也就如此做了,脱开夏凡的束缚,站在一边,与他拉开距离。

第十一章
似是故人来

夏凡也不介意，对产品经理说道："是我自己提前了，不是你的问题。"

温祁看到夏凡也有点儿惊讶，连忙问了声好。夏凡打量了温祁两眼，然后瞥向一旁的林陌桑，略带揶揄地指着温祁问道："这就是你的约会对象？"

林陌桑的白眼都要翻到天上去了。她就知道，夏凡根本是有备而来的！林陌桑推测，夏凡应该从钱毋庸那里都打听清楚了来龙去脉，才专程来这里看她的笑话。

夏凡像是看出了她的心思，解释道："别误会，我是这款游戏的代言人，当然有义务来体验一下。"夏凡说罢看了产品经理一眼，对方连忙向林陌桑解释称，H国方特别指定了夏凡做这款游戏的代言人，并且一周前就预约今天来体验。

"H国是没明星了吧？"林陌桑低声吐槽。

夏凡听罢笑了笑，说道："你这就不对了，要支持国货啊。"

两个人一来一去，把温祁晾在了一边。温祁暗中观察着两人，笑着插了一句："你们两个这么熟……看来夏凡之前来连城上学的事是真的了。"

夏凡伪装入学的事情刚刚淡去，温祁这一脸看戏不怕事大的模样，林陌桑担心他又要回学校造谣，刚想解释就被夏凡抢了先。

"你既然知道，那也应该清楚我是为她去的连城吧。"夏凡说着将林陌桑拽到了自己身边，明目张胆地拉起了她的手，挑衅一般地说道，"所以别打她的主意，明白？"

林陌桑暗自叹了口气，差点儿忘了，她旁边这个比温祁更加会搞事情。

林陌桑被钱毋庸派来维系钱温两家的关系，夏凡不会不知道。知道还如此，那八成就是钱毋庸派他来检测她的工作态度了。于是林陌桑见温祁的脸色变了又变，挣开夏凡的手，解释道："他开玩笑的，我俩没什么关系。"

林陌桑说着就催促产品经理，她和温祁尽快结束体验，好不耽误夏凡的工作。

一旁的夏凡却有点儿不高兴了，抢在温祁之前，坐在了其中一把椅子上，然后又将林陌桑拉了过来，让她坐在另外一把椅子上。

"既然我都来了，那就一起吧。"夏凡说完才装作想起什么，又对温祁说道："反正这是你家的，你想体验随时嘛，就别跟我们两个人抢了。"

来即是客，温祁也无话可说，只能对一旁的产品经理点了点头。

林陌桑坐在椅子上却直冒冷汗，她还是对这个"黑科技"不太放心。于是当产品经理给她戴上链接头箍时，她不禁动了一下喉咙。

夏凡见林陌桑神色紧张,忍不住调侃道:"你看这个东西像不像孙悟空的紧箍咒?好像戴上就摘不下来的感觉。"

哪壶不开提哪壶,林陌桑气结。

"你闭嘴。"

夏凡这才笑着收了声,先于林陌桑戴上了连接游戏的头箍。

"受电磁波影响,等一下您会感觉到疲惫,顺应自身感觉闭上眼休息即可。"产品经理解释道。

林陌桑追问道:"会睡着吗?"

"不会,只是让您进入冥想状态。"

"哦。"

再专业的技术问题,林陌桑不了解也就问不出来,只能说服自己信任产品经理。另一边的夏凡反正也听不懂,也就没林陌桑这么多的担心,全当作一场游戏。

"现在请两位闭上眼,放松自己。"

林陌桑感觉到头上的仪器似乎在微微闪光,但闭上眼之后又归于平静。很快,周遭就变得安静。在感觉自己快要睡过去的时候,林陌桑猛地睁开了眼。

产品经理和温祁不知去了哪里,室内只剩下她和夏凡。

林陌桑叫了夏凡一声,旁边的人才睁开眼瞥向她。林陌桑看到夏凡头上的仪器不见了,又抬手摸了摸自己的,也没了。

"其他人呢?"林陌桑起身跳下椅子,看了看周围,"怎么忽然就丢下我们跑了?"

夏凡也起身走了过来,满脸惊异地活动了一下手指,捏了捏自己的脸。

"你干什么?"林陌桑狐疑地打量着夏凡,"哪里不舒服吗?"

夏凡笑了一下,说道:"就是太舒服了,才觉得神奇。"

此时自动门忽然开启,林陌桑闻声看了过去,却发现进来的不是产品经理或温祁,而是一个没见过的男人。对方有一头暗红色的卷发,头顶戴着一个夸张的花环,一身白色纱衣如同戏服,感觉像是希腊神话中神的打扮。然而单眼皮凸显出了他面容上的亚洲特色,与欧式的打扮构成了一种不和谐的古怪感觉。

"欢迎光临。"

对方的嘴型看起来完全不是这四个字,林陌桑听起来却是地道的中文。

红发见林陌桑一脸犹疑,笑了一下,说道:"哈,游戏里装有语言转换系统,无

第十一章
似是故人来

论是韩语、英语还是爪哇语，都可以交流的。一秒听懂韩语的感觉很不错吧？"

等林陌桑恍然意识过来自己已经进入游戏时，夏凡也认出了红发的身份："你是设计师朴博士吧？"

朴博士耸了耸肩代表默认："不过，我更喜欢被人叫作大神啦，毕竟我创造了这个游戏世界，就像神一样，不是吗？"

夏凡除了自己，还没见过如此厚颜无耻的人。他勉强笑了笑，没有回应对方的提议，还是称呼他为"朴博士"。

林陌桑在一个接一个的震惊中苏醒过来，才犹豫地问道："你是真人？"

朴博士听罢，在耳旁打了两个响指，头顶的花环就迸射出一朵朵金色的小花。他在飘散的小花中转了个圈，明明与夏凡差不多高，却像个小男孩一般捧着脸，骄傲地解释道："NPC是没有这种专属设定哒……怎么样，可爱吗？"（NPC是Non-Player Character的缩写，一般指"非玩家角色"，是游戏中不受玩家操纵的路人甲角色。）

林陌桑说不出口，只能尴尬地笑笑，觉得这个朴博士的脑回路好像有点儿不大正常。

"这次体验只有三十分钟，我就没有开放NPC啦，这里只有我们。"朴博士收起了小花花，盛情邀请道，"所以你们要跟我一起去到处转转吗？"

"当然，赶快出发吧。"

夏凡显得很兴奋，拉起林陌桑就跟上了朴博士。

等出了房间，林陌桑才发现，这里的确和温家的技术检测中心不一样。原先体验室只是三楼一个普通房间，在这里却是悬空的一个房间，犹如漂浮在水中的水母一般，轻盈而透明。

眼前的场景过于壮观，仿佛像是科幻电影中的未来社会。

透明的管道在楼宇之间交错纵横。建筑物的造型非常夸张，仿佛是乐高玩具放大了一般，色彩斑斓犹如童话世界。朴博士解释称那些透明管道是电梯，也可以叫作流体交通舱，不仅能够上下升降，还能够横向移动。只要进入卵型舱内，选择目的地，就可以通过电梯直达，而且不会与其他人相撞。

"这里是按照我们总部的实体，以一比一模拟建造的，包括游戏的研发中心、美术设计、三维建模等，你们可以看到我们游戏制作的大致流程……"

"除了游戏中心外，还有更多的场景吗？"

"当然有。"朴博士举起手打了个响指，"你们模仿我的动作，说'地图'。"

林陌桑与夏凡照做，没想到刚刚打完响指，就在眼前呈现出一张半透明的平面地图。

朴博士解释道，黄色的箭头是他们所在的位置。地图上蓝色的部分是他们走过的地方，白色的是可通行的区域，而灰色的是未解锁区域。灰色的部分不光没有路线，连名称都没有。而白色的部分，有更亮的线代表道路，在关键位置会有不同颜色的点，点开就可以看到地点说明。

林陌桑挨个查看，发现都是围绕游戏中心而建立的商场、游乐园等场所，基本上构建了一个完整的虚拟娱乐社区。

"这些灰色的部分都是些什么？"林陌桑指着面积更广的部分问道。

"真正的游戏区域。"朴博士解释道，"不过现在还在设计当中，并没有开启。"

"所以这个游戏叫什么？"另一边的夏凡开玩笑道，"完美新生活？"

朴博士一脸兴奋地说道："《屠龙游戏》——名字很酷吧？"

事实上，游戏里带"龙"这个字眼是很常见的，如《龙与地下城》《龙之谷》等。但是自从林陌桑认识龙九子，就对这个字格外敏感，于是听到"屠龙"这个词就难免感到不适。作为龙九子之一的夏凡听罢，面色更是难看，他犹豫地打量着朴博士，然后默默重复着游戏的名字，末了化作一声轻笑，含糊带过面上的僵硬。

"我们所在的游戏中心，是玩家休息、补充装备的社交区域，有点儿像景点的游客中心——这里只是游戏的起始点。"朴博士解释道，"因为我带你们体验的只是我们双方合作的终端设备，而非游戏本身，所以暂时只能带你们在这里转一转，无法见识游戏的全貌。"

夏凡耸了耸肩表示理解："那么接下来还有什么要体验的？"

朴博士卖了个关子，让夏凡和林陌桑跟他来。

三人通过玻璃电梯来到一个外形像是罗马斗兽场的地方。朴博士带着夏凡、林陌桑来到内部，先路过一条长长的甬道。甬道两旁是试衣间一般的格子间，外部有显示屏，上面有不同样式的铠甲。

朴博士请两人分别进入不同隔间。林陌桑战战兢兢地走进去，发现里面并没有什么特殊的装置，门上是与外部相同的显示屏。朴博士在门外为两人选择了铠甲，房间内就响起"穿戴完毕"的提示音，紧接着播放起训练场安全须知，播放完毕才让两人出来。

第十一章
似是故人来

虽说是穿戴了铠甲，但在视觉上并没有什么改变。朴博士称他们现在的形象是实体扫描，是一种最快速地建立形象的方法，虚拟物无法兼容，在身上就不会显示。如果使用了虚拟形象，那么虚拟服装也会显示。

朴博士带两人进入训练场，开启了一号位的防护墙，然后自己站到了墙外。防护墙是透明的，内外对话、视物并没有影响。

朴博士说道："你们按照刚才召唤出地图的方式，说'武器'。"

林陌桑喊完"武器"，就出现三个半透明的多面体，里面分别是短剑、弓箭、长鞭的模型。夏凡那边虽然也是冷兵器，但选项更多一些。朴博士解释说，这是根据每个人的运动神经匹配的基础选项，以后在游戏过程中可以获得样式更多的武器。

林陌桑与夏凡分别选择了短剑试手。让两人没想到的是，短兵相接的力量感、声音都非常真实，锦上添花的金属火花，让战斗的感觉更加刺激强烈。

林陌桑没有这方面的运动神经，但游戏里摆脱了原先体质的束缚，而武器上手之后，又会进行教学指导，对于大脑一流的学霸来说，这简直就是锦上添花。夏凡觉得有趣，又换了几样兵器来玩，末了冷不丁问了一句："你说，我把剑插入你的心肺，你会死在这里吗？"

林陌桑已经习惯了夏凡对她的敌意，毕竟他想置她于死地也不是一次两次了，只把这句话当成无伤大雅的玩笑。

防护墙外的朴博士却把夏凡的话当作一个严肃的问题，解释道："在造成生命威胁前下线，就不会有任何问题，你们放心啦！"

反倒是朴博士的说法让林陌桑感到寒意，追问了一句："如果没来得及下线呢？"

朴博士调皮地眨了眨眼，笑着说道："我这么厉害，当然不会让你担心的事情发生的。"

林陌桑看着墙外的朴博士，对方挑高了眉毛，似乎等待她接下来的发问。但是没有，林陌桑只是收回了手中的武器，说道："我觉得我体验够了。"

朴博士看了看训练场中央的时钟，说道："刚好时间也差不多了，两位跟我回体验室吧。"

朴博士解除了防护墙，带林陌桑和夏凡按原路穿过刚刚来时的甬道。在通过刚才穿戴铠甲的试衣间时，发出一声鸣响，提示"穿戴解除"。

作为向导的朴博士在回去的路上例行问了两位的感受。

夏凡本身就是游戏发烧友,提了许多建设性意见,显然对这款游戏非常感兴趣。

"我想我应该不会选择玩第二次吧。"

林陌桑的结论在朴博士的意料之中,但还是不太高兴地撇了撇嘴,似乎在埋怨林陌桑不识货。

三人走上玻璃电梯,选择了目的地——体验室。电梯在透明管道中穿行,林陌桑靠着厢内边缘的栏杆,意兴阑珊地看着对面的楼宇。

"我们不能随时下线吗?一定要回到特定地点才可以吗?"夏凡在另一边问道。

"为了防止黑客入侵,破坏游戏系统,我们只开放了指定上传下载通道。"朴博士解释道。

朴博士给的解释合情合理,夏凡也就没有多想,而另一边的林陌桑没有听到他们的对话,因为她的注意力全都被旁边电梯里迎面而来的两个人吸引了。

这还是她第一次见到朴博士和夏凡之外的人——一个中年男人和一个青年并排站在电梯中,似乎在交谈着什么。

"是NPC吗?"林陌桑自言自语道。

也许是视觉神经不再受视网膜健康程度的影响,有些近视的林陌桑远远地就看清了两人的面目。她睁大了眼,仔细看着那个中年男子熟悉的面容,惊颤得说不出话来。

"怎么了?"夏凡察觉出林陌桑的神情不对,向她走了过来。

林陌桑顾不上回答夏凡的话,当两个移动舱在转角交错而过的时候,她追着对面的两人跑到了电梯厢的边缘,用力敲打着玻璃。那个黑发黑衣的青年,闻声回头看了林陌桑一眼。而他身旁的中年男人却始终没有回头,再让林陌桑确认一眼。

当对面的电梯走远,林陌桑反身拽住夏凡:"你看到了吗?刚刚那两个人!"

林陌桑焦急地按着电梯内的按键,企图让它停下,或者改变方向,追上那两个早已消失的人。

"你怎么了?"夏凡不解道,"你看到了什么?"

"你没见吗,刚才过去两个人!"林陌桑指着刚刚电梯交错而过的转角,见夏凡一脸懵懂,她又转向朴博士:"你也没看到吗?对面的电梯里,两个男人,一个穿着黑T恤,一个穿着茶色西服!"

"没有呀,我什么都没看到。"朴博士安抚着林陌桑,"也许是你的大脑产生了排斥反应,出现了幻觉。"

第十一章
似是故人来

朴博士与夏凡都没有看到,让林陌桑陷入了深深的自我怀疑。或许如朴博士所说,她出现了幻觉?否则怎么会在这里看到已经死去许久的父亲林雨声呢?

就算真的是幻觉,也因为过于真实,而让她感到古怪、不适。

林陌桑忽然觉得呼吸变得急促起来,仿佛缺氧了一般,她拉住一旁焦躁的夏凡。夏凡感觉出林陌桑的异常,催促朴博士赶快想办法。

林陌桑感觉到一阵眩晕,然后脱力半跪在地上闭上了眼。

当她再次睁眼的时候,就看到了体验室天花板上苍白的灯光。当她嗅到室内淡淡的消毒水味时,确认自己回到了现实。

一旁的夏凡在一分钟之后才睁开眼,他猛地起身转向林陌桑,按着她的肩膀焦急地询问:"你感觉怎么样?没事吧?"

产品经理、温祁也凑了上来。林陌桑睁开眼后,双眼无神,仿佛还在虚拟世界当中。产品经理也一时有些惶恐,不敢轻易摘掉林陌桑头上的仪器,赶快联系了负责这个项目的医生。

林陌桑不理会那么多,自己扯掉了头上的金属环,然后跳下了椅子,活动僵硬的四肢。

产品经理为夏凡解除了终端设备后,夏凡也急忙离开座位,快步走向了林陌桑:"你刚才怎么做到的?朴博士明明说关闭了自行下载渠道,你竟然强行下线了。"

林陌桑摇了摇头,她也不知道自己为什么再睁眼就回到了现实。

此时自动门开合,医生走了进来。医生对两人做了简单检查,最终确认一切正常。林陌桑的不良反应,只是第一次使用,所以身体有些排斥。

"请问一下设计师所说的产生幻觉,是正常现象吗?"林陌桑问道。

医生称电磁波会影响大脑的神经感知系统,第一次使用可能会产生不适的反应。

林陌桑并不完全信任医生的说辞,对一旁的温祁和产品经理说道:"我还能再体验一次吗?"

"你玩上瘾啦?"温祁调侃了一句,才说道,"H国那边不是随时随地可以让你体验的。"

产品经理应和道:"的确是这样,双方协议上声明了,内测期间每个人只有一次体验机会。他们也是为了知识产权保护考虑,所以严格限制准入人员,再进入只能等到游戏正式上线了。"

"那我要见朴博士!"林陌桑急切地想要弄清楚真相,"我要见游戏的设计师朴

有朱!"

产品经理面露为难,看了温祁一眼,温祁代为答道:"合作是你们钱家那边谈的,要见找你爸去,我们这边没立场也没办法让你见他。"

林陌桑暗自握了握拳冷静下来:"抱歉,我今天还有点儿事情,就先走了。"

林陌桑不等温祁回应,就转身离开,一旁的夏凡忙追了上去。

"你到底看到了什么,这么激动?"夏凡问道。

林陌桑长舒了一口气,说道:"我爸。"

"啊?"夏凡反应了一阵,才赫然惊醒,"你爸不是已经死了吗?"

看夏凡的反应显然是不知情,林陌桑不禁松了一口气,避重就轻道:"你对我还挺了解的嘛。"

"那你现在准备去找钱毋庸?"夏凡心里已经有了大概的答案,不等林陌桑回答,就说道,"顺路,我送你吧。"

林陌桑点了点头:"谢谢。"

回钱家的路上，林陌桑想了很多。

如果她看到的父亲是幻觉，那么他身旁的人又是谁？这正是让林陌桑觉得不合理的地方。倘若只看到林雨声一个人，林陌桑可能就听信了朴博士和医生的解释，毕竟那是她心心念最想见到的人。

倘若不是幻觉，为什么夏凡和朴博士却看不到？唯独她，而且巧合地在这个时间、地点错身而过。就像是一部电影在结尾的时候，故意给她留下悬念。

毕竟那是一个完全虚拟的世界，作为游戏方，可以通过技术控制每个玩家可视和不可视的部分。

那么，她是不是可以理解为，一切都是朴博士有计划地获得她的关注与好奇心？

如果真的是这样，那么她想要再次体验以及见到他的想法，也一定在朴博士的预估之中。所以他是在等自己主动约见他，还是有其他的目的？而钱毋庸又在这其中扮演了什么角色？

林陌桑换位思考，如果她是钱毋庸，会这么轻易地让自己的竞争对手去平白无故体验一个游戏吗？

其实她走过这一番，也大概能感觉到钱、温两家合作并没有什么问题。甚至在这场合作当中，温家是处于下风的，反而更注重维护与钱家的关系。所以钱毋庸派她去见温祁，除了折辱她之外，并没有利用她维系商业关系的实际效果。从最终的结果上来看，让林陌桑产生最大反应的就是这次游戏体验。

想清楚这点之后，林陌桑反而没有那么急切地想要见到朴博士了。因为她越是着急，越是想要，就越中了钱毋庸的下怀。

同车的夏凡见林陌桑一直眉头深锁，调侃道："看你这模样，不知道的还以为你要去杀人呢。"

林陌桑故作轻松地笑了笑，问道："你知道我要竞选大家长吧，你会把票投给我吗？"

关于林陌桑要竞选的事情，夏凡也刚知道不久，他本不想参与其中是非，没想到林陌桑竟然如此直言不讳地问他的想法。

"你知道我是受二当家资助，才在演艺圈一步步走到现在吗？"夏凡不需要林陌桑的答案，直接说道，"谁给我钱，我就支持谁。"

"我如果当上了大家长，也会给你钱的。"林陌桑开起了空头支票。

夏凡顺着她的话开玩笑道："哟，养我啊？"

第十二章
第二个契约者

"行啊，我养你啊。"林陌桑想了想说道，"我还可以给你买一座海岛，这样子下雨你就不用到处躲了。"

"喊，说得好听。"夏凡心里其实有些感动，嘴上却调侃道，"你还不如给钱老板承包一个种满竹子的山头，这样下雨的时候他也不用担心被上交国家了……你跟他讲，看他会不会被说服，他要是同意，我就投票给你。"

林陌桑一时间没有反应过来，于是问了一句："他下雨就怎么了？"

"你不知道吗？"夏凡说着笑了起来，"钱毋庸一下雨就变大熊猫……啊，不对，确切地说是貔貅，他可比熊猫大多了。"

夏凡当成了笑话在讲，听众林陌桑却笑不出来。

那天她和钱坤被困山里，不就在下雨吗？然后他们就遇到了比熊猫还大的小诚……

"所以，"林陌桑艰难地问道，"钱毋庸就是小诚？"

夏凡没听懂，反问道："什么'小诚'？"

林陌桑对着夏凡干笑了几声，不知如何解释。因为当她将前后联系在一起时，也感到非常疑惑，好像重新认识了钱毋庸。

二十年前，钱毋庸大概十几岁，遇到了郁郁寡欢的钱吾省。他以熊猫的形态与钱老爷子相处了一段日子就离开了，然后又以人的形象来到钱家，被钱吾省收养，却不告诉钱家任何一个人，他就是钱老爷心心念念的"小诚"。

为什么？林陌桑想不明白。

钱毋庸现在与钱老爷子的关系显然并不乐观，先前相处时的细节，能感觉到钱毋庸对养父态度冷淡，而后者也不太待见他。既然如此，他为什么不以"小诚"为筹码，让钱吾省全心全意向着他呢？

假设钱毋庸想要完全抛弃那段往事，为什么不用自己的能力消除钱吾省的记忆……还要用这种方式吊着他，让"小诚"成为他的一个心结？

于是林陌桑见到钱毋庸的当下，她有些不知该从何问起。夏凡将她放在钱毋庸办公室楼下，就被经纪人送回了家，毕竟他没有向钱毋庸汇报的必要。林陌桑在夏凡走后联系了宫巳，将游戏和小诚的事情告诉了他。宫巳建议林陌桑先不要提出见朴博士的想法，毕竟在这个节骨眼上，这会成为钱毋庸威胁她退选的筹码。那么，现在她要说点什么？

此时，钱毋庸正对着镜子打领带，准备赴等会儿的应酬，并没有理会一旁的林陌

桑，似乎在等着她开口。

"抱歉，我先结束了那边的约会。"

钱毋庸没回头，他还没有听到自己想要的。

"那我就先回去了。"

林陌桑说罢就忙往门口退，在她要打开门的前一秒，钱毋庸还是没忍住开了口："没有其他事了？"

果然，钱毋庸和朴博士是有预谋的吗？林陌桑故意装作听不懂，摇了摇头。

钱毋庸想了想，才开口道："下周是老爷子七十大寿。"

这一下把林陌桑说蒙了，这怎么把话题岔开了？林陌桑没有回应，于是两个人沉默了近一分钟，钱毋庸又开口道："我有事，你替我吧。"

等等，这是真把自己当女儿了？林陌桑拧不过钱毋庸的逻辑，表情变了又变，后者当作没看到，附加道："不去，我就告诉老爷子你是冒牌货。"

"你……"

林陌桑无奈地叹了口气，她到底什么时候才能脱身啊？

钱老爷子的大寿是由钱家长子筹办的。即便如此，作为钱毋庸的"女儿"，林陌桑除了祝寿，还要代表钱毋庸参与筹备的各种细节——酒席上点哪些菜，寓意为何；宴请的人有谁，分别安排在什么位置；安保请哪个公司，寿礼、寿金由谁来清算保管……事情多到细到让林陌桑头皮发麻。后来，她隐约觉悟，钱毋庸如此除了要甩包，可能还是要用这件事绊住她，来为自己寻找囚牛争取时间。

事实上另一边，宫巳也在有意诱导钱毋庸，让他误以为自己也在寻找囚牛，所以他才会在寿宴这样大的事情上缺席，只为快宫巳一步。只能说宫巳这一计瞒天过海，彻底将钱毋庸掌控在股掌当中。

而林陌桑挑拨离间的任务，如今其实已经发生了少许偏离，宫巳说她获得的信息和起到的作用已经远超过了他最初想要达到的目的。

林陌桑不解，直到宫巳出现在寿宴上，她才明白他的用意。

这一天，在酒店大堂里，不速之客宫巳送上了寿礼——精雕的檀木盒子里，只放着黑白两撮毛发。宫巳称他不久前在钱老爷家后山上抓了一个宝贝，想跟他谈笔交易。

"您手上还有钱氏企业百分之四十的股份吧？"宫巳直言不讳地提出了自己的真

第十二章
第二个契约者

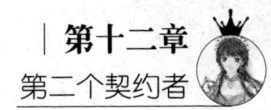

正意图,"以低于市场价百分之三十的价格卖给我,我将它送给您做谢礼,如何?"

林陌桑没想到宫巳竟然敢明目张胆地以一个假小诚要挟钱吾省。低于市场价百分之三十的价格,这和白送有什么区别?只有林陌桑知道,宫巳之所以没有白要,不过是想得到让钱毋庸无法辩驳的合法程序。

钱家儿女争的遗产,其实正是钱老爷子手中的股份。如今钱老爷的股权占有虽不及一半,但几个儿女分割剩下的百分之六十,最后仍无法动摇钱老爷最大股东的地位。这其中钱毋庸已经自立门户,专做科技产品,看似最不需要这份遗产,但事实上,钱氏一直在为他提供运营的流动资金,可以说握着他的命脉。

如果宫巳真取而代之,成为钱氏最大股东,那么钱毋庸只能如俎上鱼肉。

可是精明一生的钱吾省会上这种当?那不过是两撮毛发。林陌桑觉得,换作自己,至少也要看到视频才会交付一半的信任。

钱吾省拿过盒子,轻抚上那绒毛,像是看到了遥远的过去。

"行吧,就按你说的。"钱吾省看了宫巳一眼,又若有所思地低下了头,"反正我快死了,留下这些身外物也没什么意义了。"

在场所有人,包括林陌桑在内都惊诧钱老爷会如此轻易地答应下来。

几个儿女纷纷上前劝阻钱吾省三思,钱坤的妈妈甚至还为此哭了起来。钱坤在一旁不知所措,他扯了扯林陌桑,说道:"你也说几句啊,小叔伯难道同意曾祖父这样做吗?"

在场所有人当中,只有林陌桑和宫巳掌握着所有的真相,而林陌桑是唯一可以破宫巳局的人。倘若为了良知为了善,她一定会劝阻钱吾省,告诉他小诚其实一直就在他身边的真相。

可是为了赢……她只能选择跟宫巳站在一边。

林陌桑百感交集地闭上了眼。她第一次感觉到,她成了一个坏人。

当钱毋庸知道这件事的时候,还远在有三个小时时差的国外。他几乎是连夜坐飞机赶回钱家,而那个时候钱吾省和宫巳之间的交易,只差老爷子的一个章。

此刻宫巳正在钱吾省的书房里和老爷子喝茶,两个人的代理律师正在处理相关合同。

几乎所有的儿女都在几步之遥的客厅里,但不敢去书房多说,生怕惹了老爷子不高兴,只敢让小一辈的在书房门口探听风声,倘若闹个乌龙或意外再好不过。于是包

括林陌桑、钱坤在内，六七个少年少女挤在过道里，小声闲聊着游戏、动漫等话题。

毕竟就算是其中年纪最大的钱坤，也对股权交易一知半解。与其他孩子不一样的是，钱坤一开始住进这里，就肩负着"任务"，而如今他的目的即将落空。即便这不是他的错误，但也面临着父母的责怪。钱坤靠着走廊的墙壁，惴惴不安地搓着手。

林陌桑没办法开口安慰他，毕竟说她是始作俑者之一也不为过，反过头给受害者无关痛痒的安慰，只会把好心变成伪善。

林陌桑闭上了眼，希望这煎熬快一点儿过去。

钱毋庸就是这个时候，穿过仓皇退开的孩子，一把拽住了林陌桑的衣领，将她从沉默的泥沼里强行拖了出来。

"这才是你们真正的计划，对不对？"

林陌桑沉默而无惧地与钱毋庸对视，后者第一次在冰冷的面目上露出了愠怒的神色。

一旁的钱坤没想到父女两人会忽然反目，于是为了帮林陌桑转移小叔伯的注意力，鼓起勇气插了一句："那个，曾祖父还在书房里……"

钱坤的话提醒了钱毋庸，他拽着林陌桑，直接开门将人推了进去。然后自己也跟着进门，请两位律师先出去，然后反身关上了书房的门，将一切信息封锁在这间屋子里。

"股权不能卖。"钱毋庸指着宫巳和林陌桑，"这一切都是这两个人合伙搞的骗局！"

林陌桑站在原地低头沉默不语，另一边的宫巳依旧面不改色，幽幽地喝着手中的茶。

"哪儿来的骗局？"宫巳笑了笑说道，"宫某洗耳恭听。"

"你派来一个假女儿来钱家，从老爷子口中听来了'小诚'的故事，然后借两撮毛发如法炮制，用假小诚来换钱家的真金白银……"

不等钱毋庸说完，宫巳就故作不解地打断道："你怎么确定是假的？我可是费了千辛万苦才捉到的，就算没有功劳也有苦劳，二当家这么说我，就有点过分了。"

林陌桑此时才抬起头，犹疑地看向宫巳。她不知道宫巳怎么确信，钱毋庸一定不会说出真相，不会在钱吾省面前暴露自己的身份。毕竟宫巳的局太容易破了，决定权完全在钱毋庸手中。

"一手交钱一手交货，既然是真的，你就把它带到这里来。"钱毋庸说道。

第十二章
第二个契约者

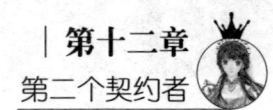

宫巳故作为难,委婉推辞:"那毕竟是国宝,我轻易带到这里,咱们没合作关系,您要是撕破脸报警怎么办?"

钱毋庸暗自咬牙点了点头:"那照片、视频,总要有一个让我父亲判断一下,毕竟只有他见过小诚。"

林陌桑反问道:"我也见过,我是不是也可以证明?"

"你们沆瀣一气,如何取信于人?"钱毋庸眯起眼盯着林陌桑,"如果你们硬是不肯出示证据,那两撮毛发也可以,让我送去做一下检测,确认之后再做交易也不……"

"够了!"

钱毋庸的话被钱吾省打断。沉默的老爷子被晾在一边,始终不置一词,听着其他三人你一句我一句不停不休。

"你们就没谁打算问问我的想法吗?"

钱吾省说罢叹了一声,这一声叹息直直钻进了林陌桑的心底,让她被输赢蒙蔽的心,这才透出一丝清明。正是因为倾听老人的话,才让她走近了这个家,得到了"小诚"的秘密……而如今,她只盯着那一步之遥的胜利,竟然忘记了自己宝贵的初心。

林陌桑惭愧地低下了头,另一旁的钱毋庸也难得露出了一丝赧色。唯有宫巳依旧云淡风轻,丝毫不受干扰,仿佛一切都在他的意料之中。

"都把人给我叫进来。"

钱吾省下的指令,钱毋庸不敢不从,只能开门将楼下大厅里的兄姐都叫了上来。书房太小,只有三个儿女走了进去,他们的家室都在走廊里站着。

老爷子见人到了,才缓缓说道:"我觉得那就是小诚,所以我要签这个字。"

钱吾省刚说了一句话,就有人叫"爸"了。埋怨、责怪以及不满,一个字就足以传达。

长子见钱吾省神情不悦,忙压下大家的声音,试探着问道:"总要先确认一下真假吧?"

这一句话却彻底激怒了钱老爷子,他用尽力气一掌拍在桌子上。

"我说是就是,为什么没人相信我?"

一瞬间,所有人噤若寒蝉。

刚刚那一掌用光了钱吾省的气力,于是说话变得气若游丝,一字一字仿佛都带了难辨的哭腔。

"当年我让你们找小诚,你们说那是我痴了傻了,现在有人把小诚给我送过来了……你们还不信?你们到底是不信小诚,还是觉得我这个老头子的话不值得信了?"

老人拿出签章,拽过合同,看都不看就要在结尾盖章。签章从红泥上拔起时,钱吾省抬眼看了众人一眼。儿女脸上如同自己做了赔本买卖的懊丧神情,让钱吾省苦笑出了声。

"我自己挣的钱我想怎么用就怎么用,被骗也好,赔本也好,都是我自愿的。你们怎么一脸我用了你们的钱的表情?"

这一下,所有人都不敢再看老爷子了,互相拉扯着让对方开口。

"我是老了,我是要死了,可我就不是个人了吗?"

钱吾省说着在合同最末盖上了红色的签章,然后举起合同,看了半晌忽然笑了。

"现在好了,小诚给我的,我算是还给它了。"

钱毋庸听罢,忽然长长地出了一口气,冷笑了起来,面无表情的笑声听得人毛骨悚然。

"小诚就那么重要吗?"

钱吾省不解地抬头,看向这个古板、无趣,既不会哭也不会笑的养子。

"我凭着自己的努力,把十万变成一千万,您看不到吗?"钱毋庸拿起桌子上的合同,"我把这百分之四十的股份,增加了上千倍的价值,您看不到吗?"

林陌桑从未见过如此激动的钱毋庸,连说话的语气都带了情绪。

"你看不到!"钱毋庸将合同摔在桌子上,"你眼里只有小诚,谁也超不过,永远活在你幻想里的小诚!"

钱吾省摇了摇头:"不,不是幻想……"

"它或许真的存在过,但是二十年前它到底做了什么?它不过是偷吃了你好不容易挖到的竹笋,结果落入了防御野兽的陷阱。所谓竹盐的灵感,也跟它毫无关系,只是你为了瞒着其他人给它买药治疗,才不得不开始寻找商机挣钱。"

钱吾省惊诧地看着钱毋庸,说不出一句话来。因为这是只有他和小诚才知道的细节。

"它为什么离开?你以为是因为它认为你想卖掉它吗?不是的,是因为它那个模样,什么也帮不到你,还会给你招惹更大的麻烦。如果你真的狠心把它卖掉就好了,也不会让它心怀愧疚这么多年。"

第十二章
第二个契约者
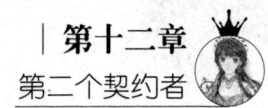

在场不知情的钱家儿女,被钱毋庸这些话搞得云里雾里,林陌桑却全都听懂了。

她终于明白,钱毋庸为什么会离开钱吾省之后,又以人的模样回到钱家,还积极帮他与家族牵线搭桥——因为他想报恩。而他不愿说出自己正是小诚,是因为他发现小诚已经成了钱吾省美化的一个梦,无论他多么努力,给钱家带来多大的贡献,都比不上过去那个惹麻烦的自己。

比起为现在的自己赢得更多的关注,钱毋庸更害怕这个不讨喜的自己,会让钱吾省对小诚也感到失望。

钱毋庸始终没有消除钱吾省关于小诚的记忆,就是想通过自己的努力给他制造一个新的梦。如果自己最终没能制造,那就留着"小诚",让它成为钱吾省不会醒来的梦境。

而宫巳,正是掐准了钱毋庸的心思,站在钱吾省身边,以唤醒他为代价,要挟钱毋庸束手就擒。

"既然合同已经签完了,那宫某也该告辞了。"

宫巳适时打破了现场的沉默,起身收起桌子上的合同,将其中一份留给钱吾省,另一份装进自己带来的文件夹中。

宫巳转过身,看了一眼钱毋庸,轻叹了一声:"你要是再早说五分钟,可能就不是现在的局面了吧。"

其实恰恰正是这迟了的五分钟,让林陌桑发现,钱毋庸并不是面上那般冷酷。

如果他真的只是为了赢过宫巳,为了那百分之四十的股份,他一进门就该和盘托出。而钱吾省既然已经签了字,大势已定,钱毋庸根本没必要再说明一切。可是他还是说了,因为这一次他不是为了钱,而是单纯发泄自己的情绪。

他输了,他也有不甘也有愤怒,除了养育他多年的父亲,谁还能包容他的崩溃呢?

"我们走吧。"宫巳对林陌桑说道。

达到目的的宫巳,已经不在乎林陌桑被拆穿,直接公开了两人的阵营关系。

林陌桑没有回应,而是看了他一眼。虽然胜了,她却不禁感到心寒。

为宫巳,更为自己。

林陌桑向钱吾省深深地鞠了一躬。

"对不起。"

钱吾省并没有露出意外的神情,只是沉默着点了点头。

林陌桑跟着宫巳，走过满脸诧异的钱家众人，走过还叫着她"姑姑"的钱坤，沉默着离开了钱吾省的书房。

直到已经离开钱家上百公里，坐上了回F市的车，林陌桑却还没从沉重的情绪里脱身。

"别这么沮丧嘛。"宫巳笑着弹了弹林陌桑的额头，"至少我们是真的把小诚送到了钱吾省面前。拿钱解一个心结，这交易他一点儿也不亏啊。"

"可是我亏欠了自己的良心。"林陌桑说道。

宫巳收敛了脸上的笑意，沉默了许久，才不屑地轻哼了一声："你这一点，倒真像你那个爸爸。"

这是宫巳第一次主动提起林雨声，林陌桑转头看向他，问道："我爸在你眼里是什么样的人？"

宫巳垂下眼睑，似乎在做挣扎，许久才说道："蠢人。"

林陌桑有些意外，别人提到她爸，总是将他教授的头衔挂在嘴边，应该没人会把一个高学历的老师叫作"蠢人"。

"作为师父，给你一句忠告，如果想赢，就把那没用的良心收起来。"这是拜师之后，宫巳第一次搬出这个身份，"真实的世界里，做个好人和做个蠢人没有区别，都会死得很惨很冤枉。"

宫巳说话时若不笑，总会给人一种沧桑感，林陌桑不喜欢这种感觉，所以她笑了，缓解着两人之间严肃的气氛："所以在你心里，我爸也是个好人，对吧？"

宫巳愣了一下，扭头看向窗外，拒绝回应林陌桑的话。

林陌桑此刻忽然发觉，原来宫巳也是有"漏洞"的。

"我在游戏里看到他的那件事，你是怎么想的？"林陌桑岔开话题问道。

宫巳回过头，笑道："这你还想不透吗？偏偏让你来试用，临走时让你见到你最想见的人，却只让你玩一次——不就是在告诉你，想知道真相就等游戏上线正式来玩吗？"

"那我们现在赢了钱毋庸，我是不是可以跟他提出见朴博士？"林陌桑问道。

"先不说我们还没有完全胜利。你仔细想一想，确认这件事跟钱毋庸有关系吗？"宫巳解释道，"据我所知，这终端技术来自本家，与朴博士的合作也是大家长谈的，而钱毋庸不过是接盘执行，才有了后续与温家的合作。"

第十二章
第二个契约者

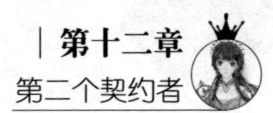

"那他为什么要让我去试用？"林陌桑追问道。

"这就要问你了。"宫巳抱怀审视着林陌桑，"你做了什么，导致钱毋庸让你去接触朴博士？"

林陌桑思来想去却没有头绪。她与钱毋庸的接触其实非常少。除了他在雨中救走钱吾省外，就是与温家那顿饭，两人有过一些交谈。

那天他们谈了点什么？

"啊！"林陌桑忽然想到了一点，"钱毋庸发现我身体里有东西。"

宫巳挑了挑眉，似乎是了然，又似乎是疑惑。

林陌桑不知道宫巳究竟对赖远辰扮演的大家长有多少了解，只能含糊其词地解释道："大家长之前为了让我进入莘子园，送了我一个'作弊器'。让我看起来像是园子里的其他孩子那样有奇异的能力。那天和温家吃饭，我因为一些个人原因，用这个能力捉弄了温家的儿子，被钱毋庸发现了。他问我，大家长为什么会把这个东西给我。我没有回答，反问了一下他和大家长的信任程度……"

宫巳笑了笑，接着林陌桑的话推测道："他没回答，接着就安排了你去试用游戏，对吗？"

林陌桑点了点头。

此刻不需要宫巳解读，林陌桑也大概明白了钱毋庸的想法。大家长与朴博士的合作很有可能是瞒着钱毋庸谈成的，以至于让家族二当家与大当家产生了嫌隙。所以钱毋庸才会让林陌桑去见朴博士，以此来试探她和这件事的关系。

那么，夏凡提前来到，也绝不是巧合，应该是钱毋庸派来监视她的。

"所以钱毋庸已经知道我看到了我爸，对吧？"林陌桑一边思考一边问道，"但是他没有提起，更没有作为，是因为他也没搞清楚这其中的关系？"

宫巳点了点头，肯定林陌桑的推断。

"那你呢？"林陌桑反问宫巳，"你跟大家长又是什么关系？"

宫巳没想到林陌桑会问到他身上，笑了笑，委婉地解释道："跟前一个是合作关系，跟后一个也是合作关系。区别是，我对前一个一知半解，对后一个还算有把握。"

宫巳说到这个份儿上，几乎已经告诉林陌桑答案了——他知道第二个大家长是赖远辰假扮的，而这场假扮也是他们俩的合作内容之一。

"所以是你杀了贺南归？"林陌桑等不到宫巳回答，就愤然起身揪住他的衣领，

"然后嫁祸给裴西林,让他卷入这件事里?"

宫巳拍了拍林陌桑的手,让她放开:"事到如今,你跟我发脾气也没用吧?"

林陌桑当初就猜测自己可能被宫巳算计了。他再次利用裴西林,让她上了套。的确如宫巳所说,猎物怎么可能逃得过早就盯上她的猎人呢?

林陌桑放开宫巳,坐了回去:"我警告过你,不可以再伤害他第二次。"

"我又没答应你。"宫巳耍赖道。

林陌桑知道自己的警告对宫巳根本没有威慑力,不禁颓丧地说道:"是你当初说,裴西林经历的,你也曾感同身受,所以你是唯一可以帮他的人。我一直以为,你是可以救他的人……"

"我为什么要救他?"宫巳反问林陌桑,"世界上只有互惠互利和为我所用,利他行为可是违背人性的。更何况,他隐藏了太多的秘密,万一最后害了我呢?"

"你们两个互通暗语,他还能对你有什么秘密?"林陌桑质问道。

"能被知晓的就不叫秘密了,我的傻徒弟。"宫巳指着林陌桑的眼睛,"不要只相信你看到的东西。你对他太不了解了。"

林陌桑心底不服,刚想反驳,手机就响了起来。

宫巳抬手比了个"请"的姿势,让她先接电话。林陌桑看了一眼来电显示,说道:"姜冬月打来的。"

宫巳的神情微不可察地波动了一瞬,扭头说道:"你不必告诉我。"

林陌桑接了电话,姜冬月不等林陌桑说话,就直接问道:"你在哪儿?"

"回F市的路上。"林陌桑说道。

姜冬月在另一边叹了口气:"果然。"

"怎么了?"姜冬月鲜少给林陌桑打电话,一旦联系就一定有要紧事。

"别墅这边被盗了。"姜冬月解释道。

"你没事吧?"林陌桑没想到有人竟然能破除钟纤霖留下的防盗系统。

"我这边不重要,重要的是……"姜冬月在短暂的沉默之后说道,"大概两天前,一个与你长得一模一样的人来到别墅,在你房间里翻找了一通,然后就离开了。如果她不是你,那我想你很可能丢东西了。"

林陌桑手机听筒的声音很大,一旁的宫巳也听了个大概。

"我先送你回别墅。"

宫巳说罢向司机报了地址。

第十二章
第二个契约者

"我马上就回去了。"林陌桑嘱咐道,"你自己小心一些。"

在林陌桑挂电话前,姜冬月忽然问道:"宫巳在你身边吗?我刚才好像听到了他的声音。"

林陌桑看了宫巳一眼,然后应了一声。

"最近你们一直都在一起吗?"姜冬月问完又迅速改了口,"你不用回答我,我挂了。"

林陌桑犹豫地看了宫巳一眼。宫巳始终看着窗外,仿佛置若罔闻。

"除了你,只有赖老师有改变面貌的能力了吧?"林陌桑看出宫巳神情不同以往,有些凝重,于是揣测道,"是不是出了什么问题?"

宫巳沉默了许久,蓦地笑出了声,说道:"对,有个家伙似乎叛变了。"

淡定自若地承认自己的疏忽,笑着承认自己被摆了一道,心里却觉得没有这么轻松。啊,原来他竟然也有被算计的一天啊。

"我们可能要稍微调整一下计划了。"宫巳说道。

林陌桑回到龙湖别墅时已经是晚上,宫巳回了本家,并没有跟着她一同前往,只让她确认一件事。

——龙神骰子还在不在?

林陌桑去找了放骰子的地方,正如宫巳推测的那样,骰子不见了。她本以为三契缘尽,那枚骰子早就没有了效用,却不料竟然还有人在打它的主意。

而如今盗走骰子的最大怀疑对象,还是她曾经最信任的赖远辰。

林陌桑理不清头绪。如果赖远辰想要骰子,为什么不直接开口跟她说,而非要用这种方式?看宫巳的态度,似乎也是知道对方盗取骰子的目的的。那么之前为什么就这么大意地让她收着?以至于她以为不重要,还把另一枚假骰子交给了王湾湾保管。

"对,要给湾湾提个醒……"

林陌桑说着就给王湾湾拨了电话,却没人接听。虽然两枚骰子分别保管的事情,只有她和王湾湾知道,但是连宫巳都会失手,更何况毫无准备的局外人。

林陌桑如此想着就往学校宿舍走,今天是周四,王湾湾应该还在学校。林陌桑出门打了一辆车,路上的时候又打了姜冬月的电话,也没有接通。

按照姜冬月的习惯,这个时间她应该早就回家洗澡,准备睡觉了。而如今不仅不在家,也不接电话。该不会也出了什么危险吧?

林陌桑越想越紧张，等到了宿舍发现楼上开着灯，才松了一口气。林陌桑上楼，却迎面碰到了向楼下跑的王湾湾。

"怎么了？"林陌桑追问道。

王湾湾来不及回答，急忙问道："你没看到姜冬月吗？"

林陌桑诧异间，王湾湾索性拽着她一起向楼下跑，边跑边说道："刚才她来找我说你们家被盗了，你让她来确认放在我那里的骰子还在不在……"

"我没有让她……"

林陌桑还没说完，就被王湾湾打断道："我知道，我拿出骰子之后，说要给你打个电话确认一下，结果她就要抢我的手机，我就发现她不对了。她抢走了骰子之后，在外面用东西卡住了我的门，我弄了好久才出来……"

两人跑到一楼大厅，王湾湾急切地向宿管阿姨形容了姜冬月的长相，问她有没有看到她朝哪里走。然而这里是女生宿舍，如果是陌生男性闯入还好辨别，女孩都是差不多的模样。

王湾湾没了办法，只能盲目地冲出去找人，却被林陌桑拉住了。王湾湾都要哭了，连连向林陌桑道歉。

"没事，反正是假的。"林陌桑安慰她道。

"真的是假的吗？"王湾湾咬着嘴唇犹豫着说道，"我们当初……会不会拿错了啊？"

林陌桑从姜冬月那里得到假骰子后，就第一时间叫王湾湾来龙湖别墅，让她拿来寄放在她那里的真骰子。当时两人没留心，将两枚骰子放在一起做对比，没有做特殊的记号标注，回过神来已经分不清哪个是真哪个是假了。

林陌桑知道王湾湾不可能无缘无故这么说，于是问道："发生了什么事吗？"

"我和姜冬月争夺手机的时候，骰子从我手里落在了地上……"王湾湾组织着语言，试图描述清楚当时的状况，"我看见了光，还有一个'契'字。就闪了那么一下，也许是我眼花了，我也不知道到底怎么回事……"

王湾湾所说的情景，林陌桑再熟悉不过了。她前后经历了三次，分别与裴西林、曾默以及钱毋庸定下了契约。

如果王湾湾没有说谎，那么就意味着当初骰子的确弄错了，所以赖远辰拿走的那个是假的，而真的那一枚还可以使用。是不是谁都可以使用，林陌桑不清楚。但是可以确定的是，王湾湾在无意当中建立了新的契约关系。

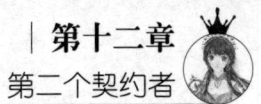

第十二章
第二个契约者

"你看清是哪一面朝上了吗?"林陌桑问道。

王湾湾摇了摇头,说道:"我没来得及看,就被姜冬月捡起抢走了。"

"你跟学校请个假吧。"林陌桑长舒了一口气,试图让自己冷静下来,"然后和我回一趟家族。"

林陌桑没敢耽搁，将大概情况跟宫巳说明之后，就带着王湾湾回了本家。

事实上，此刻的林陌桑不知道还能信任谁。但是仅仅靠她，肯定无法解救被自己连累的王湾湾，所以她只能求助宫巳。

她现在几乎可以断定，宫巳一定知道那枚骰子还可以继续使用，并且将这件事告诉了赖远辰，才会引发后来争夺骰子的局面。至于姜冬月又在其中扮演了什么角色，林陌桑不清楚。

宫巳已经与姜冬月彻底断了联系，她是如何得知骰子还可以使用，并且推断出王湾湾那里保管着那枚真正的骰子呢？而她要那枚骰子为的是什么？难道过去这么久，姜冬月还没有放弃当初与自己的较量吗？

林陌桑将所有问题抛给宫巳的时候，宫巳却在想另外一件事，所以分了神，直到林陌桑提醒，他才笑着回应道："哦。"

林陌桑气结，如果不是王湾湾还在身边，她真的要跟宫巳翻脸了。

"姜冬月我已经派人去找了，先不说她了，说说你这个朋友吧。"

这是王湾湾初次见到宫巳，她还是第一次见识如此神仙般的人，一颦一笑都气定神闲，跟她和林陌桑完全不在一个境界。

两人之前已经自我介绍过，宫巳也不再寒暄，直接进入正题："所以你完全不知道自己召唤了谁？"

王湾湾看了一眼林陌桑，不知道宫巳口中的"召唤"是什么意思。

"行吧，那你暂且住在这里，我们就等等看，究竟是谁找上门来吧。"

林陌桑反握住了王湾湾的手，安抚着她紧张的情绪。她没办法说"没关系，这是好事"，也不能承诺"你当一切没有发生"，毕竟她也曾经数次想要置身事外，最后都没能完全摆脱契约的桎梏。如果当初她没有把骰子交给王湾湾，也不会发生今天的一切。

宫巳看出林陌桑的自责，笑着说道："你不必愁眉不展，现在也算是好事。至少你们是朋友，未来可以成为一个阵营。倘若换成其他不明敌我的陌生人，你才真的应该要去烧高香求保佑。"

宫巳的话把林陌桑也说糊涂了，问道："未来一个阵营？"

"既然第二个玩家已经出现了，我也就不用讳莫如深了。作为老玩家，是时候给新玩家传授一些游戏心得了。"宫巳手指轻点着下巴，仰头故作思虑，"从哪儿说起呢？"

第十三章
游戏从掷骰开始

"游戏?"林陌桑不止一次听到这个词汇了,所以对它异常敏感。

"对,游戏!"宫巳像是被提醒了一般,"就先从游戏说起吧。"

宫巳从柜子里拿出一个棋盘大的盒子。红黑色烤漆表皮,却没什么光泽,细节之处还有磨损,看起来应该是有些年代的旧物。盒子下面是龟足底座,上面的盖子上阳刻有纹路,交错纵横,点线成框,看起来像是微型的迷宫。宫巳将盒子放在桌上,打开盖子,里面左右分割出几个格子,分别放着木牌、木箸等物件,中心放着一个核桃大的骰子。

林陌桑伸手要去拿那枚骰子,被宫巳打了手:"这可是我好不容易收来的古董,蹭一块皮你都赔不起,老实看着。"

宫巳戴着手套拿起中间那颗骰子,展示给林陌桑和王湾湾。

虽然这一颗远不如现在的骰子精致,但依然能够辨认出上面刻有的图案,是龙!而且也一样有十面,其中一面有两条龙。

"这也是龙神骰子?"林陌桑犹豫地问道。

宫巳小心翼翼地将骰子放回原处,笑了笑说道:"我猜是。"

林陌桑被宫巳搞得有些焦躁:"我很认真的,你别逗我。"

"我也只能猜啊,毕竟它是秦汉时期的东西,如今已经没了效用,我也没办法验证真假嘛。"

"秦汉时期……这种古董你敢私藏?"

林雨声是做古建筑研究的,林陌桑也耳濡目染,对古物收藏的要求有些了解,像这种年代久远的无价之宝都是要上交国家的。

"我得到它的时候,还没有法律规定不能私藏呢。"宫巳忙将自己的宝贝收回柜子里。

"那到底是什么?"王湾湾悄声问林陌桑,"那个盒子里还有好多东西呢。"

林陌桑摇了摇头,她也没见过。

"其他东西不过是用来走棋、下注的道具。"宫巳解释道,"那算是中国古代最早的'桌游'吧,叫作'六博'。每个地方的玩法细节都不同,而骰子上刻有龙纹的,只有我这一个罢了。"

"所以你想说的是,我拿到的那个十面骰子,也是游戏的道具?"林陌桑推测道,"既然到了湾湾这里还能继续生效,我却不行……也就是一个人有三次投掷机会。那龙九子是什么?筹码?"

"筹码?"宫巳挑了挑眉,"你这个说法也不错。毕竟在之后的争夺战中,你手下的龙子越多越有利。"

"争夺战?争夺什么?"林陌桑追问道。

宫巳耸了耸肩,说道:"那就要看游戏规则具体是什么了。至少我参与的那一次,就不是按'六博'的规则来吃子。而贺南归那一代,据我所知是以麻将为基本规则进行博弈的。"

林陌桑看了一眼王湾湾,问道:"如果不参与这个游戏的话会怎样?"

"不可能不参与。你们是被选中的玩家,就算想置身事外,别的玩家也会为了赢而让你们被迫参与。"宫巳坐下来喝了一口茶才缓缓说道,"想要脱离这个游戏,除了赢就是死。"

王湾湾倒吸一口气,惊恐地抓紧了林陌桑的衣袖。

"什么叫'除了赢就是死',我们会死吗?"

林陌桑没办法回答王湾湾的问题,她之前也完全没想到骰子背后隐藏着这么大一个迷局,甚至关系到了掷骰者的生死。

"所以你赢了?"林陌桑对宫巳说道。

"嗯哼。"宫巳撑着下巴,像个孩子一般,露出炫耀的笑容,"恭喜你拜对了师父。"

林陌桑并没有松一口气,毕竟宫巳一而再,再而三地引诱她做徒弟,这心思就已经很难揣度了。宫巳不是生性善良的人,林陌桑自然也不会轻易认为,他是单纯出于好意来帮她赢得游戏。

还有一个更重要的问题,林陌桑百思不得其解。

"那你手上那个骰子是假的吗?"

"不能算是假的,只能说它已经没用了。"宫巳答道,"毕竟我那一盘游戏已经结束了。"

"那我那枚骰子是从哪儿来的,怎么会从我爸的遗物里掉出来?"

林陌桑真正想问的是,为什么被选中的是她?

宫巳沉默了许久才冷着脸说道:"那就要问问真凶了。"

此时,有人敲响了宫巳的房门,不等宫巳说"请进",那人已经火急火燎地冲了进来。林陌桑闻声回头,就看到了许久不见的卓景然。

"你醒了?"林陌桑惊讶地问道,"什么时候醒来的?"

第十三章
游戏从掷骰开始

也许是卧床过久，卓景然的身体明显没有往日灵活，他拖着有些僵硬的腿，走到林陌桑面前："所以是你？"

一旁的王湾湾也没想到会在这里看到卓景然，自从音乐节他被人带走后，她就一直没有他的消息。

卓景然完全没有注意到王湾湾，兴奋地拉住林陌桑的双臂，喜不自胜："所以是你叫醒我的吧？"

另一边，宫巳已经看明白了现下的情况，笑着调侃了一句："现在真相大白了。"

林陌桑被宫巳点醒，看了一眼王湾湾，然后纠结地按下卓景然的手，思虑着如何开口解释。卓景然此刻也隐约感觉到了不对，他犹疑地将目光转向林陌桑身后的王湾湾。

"其实……"

林陌桑刚开了个话头，就被卓景然打断："为什么是她？"

宫巳弯腰凑近王湾湾，在她耳边提示道："你选中的龙九子来了。"王湾湾一个激灵，惊讶地看看宫巳，又看看卓景然。

卓景然进门时的兴奋，已经完全从脸上消退。整个人像是被抽走了灵魂一般，双眼空洞地看着王湾湾。

"卓……卓……"

王湾湾想要问好，却被卓景然打断。

"为什么是你？"卓景然咬牙，愤怒从松动的神情中一点点泄出，"为什么总是你？"

王湾湾被吓得不敢动弹，更不敢作声，只能慢慢垂下了眼。

"不是她的错，是我……"

林陌桑想要解释，卓景然却摆手阻止。他最后嫌恶地瞥了王湾湾一眼，就转身推门走了。

宫巳看着卓景然离开的背影，从旁提醒王湾湾："你可以命令他回来，命令他道歉，他不能不听你的，你们有契约在身。"

王湾湾低垂着眼睑，颓丧地摇了摇头。她想起当初跟林陌桑说起，如果真的可以向龙神许愿，她一定会许让她喜欢的人也喜欢自己。如今愿望似乎唾手可得，但是她觉得自己有点儿可笑。

安顿好王湾湾之后,林陌桑去找了卓景然。宫巳让她争取将卓景然的这一票拿到手。

卓景然刚醒,就随召唤去找了王湾湾,甩脸离开之后也没有别的地方可去,就又回到康寿堂。之前卓景然一直靠营养液维持所需,如今闷气未能消解,只能通过满足口舌之欲来缓和心情。所以林陌桑找到他的时候,他正在大快朵颐。

卓景然以为林陌桑是为契约的事情来的,头也不回地说道:"我不会接受她的。"

林陌桑知道卓景然说的是王湾湾,可是这件事她也无能为力。

"我不打女人,但是她要是敢命令我,我就找人打她!"卓景然将筷子拍在桌面上,对林陌桑说道,"替我转达给她。"

不等林陌桑回应,卓景然就忽然一个激灵,从桌子旁蹦了起来,左右谨慎地寻找着什么。

"王湾湾跟你一起来了?"卓景然问道。

林陌桑摇了摇头。

卓景然大惊失色地捂住了脑袋:"那我为什么会听到她说话?"

林陌桑隐约猜到是怎么回事,问了一句:"说了什么?"

"她说她知道了,不用你转达……"卓景然吓得冷汗都出来了,"她不在这儿怎么知道的,见鬼了?"

林陌桑叹了口气,解释道:"应该是'暗语'——就是你们在心里说话,对方可以听见。"

"哈?"卓景然追问道,"那我还有什么隐私?"

"其实隐私还是有的,只要你没有想要与对方沟通的意愿,她就不会听到。"

林陌桑从自己和曾默之间的经验来看,只要不是情绪过于强烈的心声,对方是听不到的,但是以卓景然现在这个满腔怒火的状态,心里骂人的话大概都传到了王湾湾那里。

这一下卓景然气得说不出话,更不敢乱想了,只能懊恼地揉着头发,恨不得将一切烦恼揉出大脑之外。

"其实你不用太担心。"林陌桑安慰卓景然道,"我后来渐渐发现,我能命令裴西林,是因为我当初许下的是'听我的话'这个愿望,并不是契约本身具有这个功能。像我的命令对曾默、钱毋庸就没有效用。况且以湾湾的个性来说,她也不会为难

第十三章
游戏从掷骰开始

你的。"

卓景然孩子气地哼了一声,背对着林陌桑坐下:"我就知道,你是来给她做说客的。我不会听的,你走吧。"

林陌桑为难地抿了抿嘴,才说道:"我其实是为了另一件事……贺南归去世了,我在竞选新的大家长之位。"

一句话里的信息量太大了,卓景然才醒来,感觉脑子都有些木,愣了半晌才问道:"大家长怎么会……"

林陌桑将导致自己竞选的来龙去脉没有隐瞒地告诉了卓景然,包括裴西林被诬陷为凶手,如今被关在慎行监的事。卓景然没想到自己丧失五感的时间里,竟然发生了这么多事情,他有些不能消化,无论是这些变故还是刚刚吞下的食物。

卓景然弯腰捂住胀痛的胃,艰难地问道:"你做了大家长之后能做什么?"

林陌桑以为自己没说清楚,重复道:"我要救裴西林啊。"

卓景然撇撇嘴,嗤笑了一声,说道:"所以你就要用我们去换那家伙?"

林陌桑没能理解卓景然的意思,摇了摇头:"我没有说要拿你们换……"

"你就是这个意思。"卓景然打断林陌桑,"贺南归做大家长的时候,会交给我们如何控制自身的能力,如何在下雨的时候好过一些……虽然我才加入家族没多久,但至少大家长在的时候,我总是能在危急的时候得到帮助。可是你能做什么?你只是个普通人。"

林陌桑哑口无言。她的确是个普通人,普通到连龙九子的经历都无法感同身受,更何况成为一个领导者去带领所有人走上一条正确的路。

她之前被宫巳引导,不得不铤而走险竞选大家长,否则她没有其他方法保住裴西林。如今才被卓景然点醒,家族大家长那个位置,不只有权力,还有责任。

她凭什么获得龙九子和三大家族的信任?难道要一直像宫巳那样,使手段掐住对方的命脉,以此作为要挟吗?她知道那是不对的,但是无法反驳宫巳,因为她知道自己除此以外别无他法。

"你竞选大家长,不过是牺牲其他龙子,去救裴西林罢了。"

卓景然心中虽然怨恨,却无力对林陌桑发脾气,他一直都知道,裴西林在林陌桑心里比他们都重要。

"虽然我们是朋友,但是我不会选你。别的事情我可以向着你,但竞选大家长这件事不行。"

林陌桑点了点头，长舒了一口气："你说得对，这对你们来说不公平。"

这个时候沈医生拿着卓景然的体检报告走了进来。林陌桑见两人有事要说，就先告辞了。卓景然确定林陌桑走远了，才起身跑到厕所将胃里的东西都吐了出来。

沈医生看着吐得惨兮兮的少年，感叹道："你快一个月没吃过正经东西，肠胃哪里经得起这么暴饮暴食。你也是真能忍，我要是不来，你是准备都咽下去吧？"

卓景然抹了抹嘴，接过沈医生递来的水漱了漱口。

"我要是当着她的面吐，她大概就更不喜欢我了。"卓景然低声自言自语。

这一次忽然倒下，让卓景然的自信受到了极大的打击。当别人都在羡慕他长得帅、学习好、球技一流的时候，林陌桑不屑一顾，而如今他又一"病"不起，将自己最无能的一面暴露给了林陌桑。他现在对下雨的恐惧翻了几倍，更怕雨过天晴他却无法好转，再经历那种只有自己胡思乱想的日子。

这样的卓景然一点儿也不风光，他胆小、怯懦、诚惶诚恐，早已不是他自以为的"太阳之子"。他现在急切地渴求一个人，可以将他从龙九子的厄运之中拯救出去，摆脱这随时让他成为弱者的桎梏。林陌桑不会懂他的骄傲和自尊心，所以他这一次没有支持她，不是因为她不够好，而是他不够好，没自信让林陌桑看到更糟糕的自己。

卓景然忽然醒来的事情，很快就传到了钱毋庸那里。

林陌桑原以为骰子的事情不会这么快曝光，但当钱毋庸以代理大家长的名义召集所有人到无有堂时，她才发现自己低估了钱毋庸的能力。你吃他一子，他若不死，一定会咬紧机会绝地反击。

不过宫巳并不担心，因为作为已经被选择的龙子，钱毋庸其实没有立场因骰子失窃这件事来指摘林陌桑。反而是拥有契约经验的林陌桑和王湾湾带来的信息，对未被选中的龙子有参考的作用。此时如果与林陌桑选择对立，那么既无法摆脱被选择的命运，更得不到有用的信息，不过是不理智地针对罢了。

两人一边向无有堂走，宫巳一边为林陌桑宽心。

"这是好事，你和你朋友现在拥有绝对的发言权。"

宫巳如是说，却没能让林陌桑解除心头的疑虑。这一次林陌桑没让王湾湾出面，毕竟她只是无辜的受害者，罪魁祸首还是自己。

"但是就算我一路走运，最后当上大家长，那之后我能做什么呢？"林陌桑问道。

第十三章
游戏从掷骰开始

"你是大家长，裴西林就再也没有寄人篱下而被驱逐的危机。"宫巳自然地答道。

"除了裴西林呢？"林陌桑将卓景然的问题抛给宫巳，"其他龙子怎么办？我做的是家族的大家长，不是裴西林一个人的'家长'。"

"你想那么多干什么？"宫巳笑着调侃道，"真以为可以救天下人吗？"

林陌桑摇了摇头，说道："至少我不能害他们。过去大家长可以教授他们如何控制自己的能力，可我什么都做不到。家族之所以存在，不就是为了保护他们吗？我却可能让它变成一个连遮风挡雨都做不到的地方。"

"你说贺南归教他们的那些吗？"宫巳不屑地轻哼道，"没什么稀罕的，我也做得到。你忘了我怎么教裴西林的吗？"

林陌桑被点醒，追问道："那你会帮他们吗？"

宫巳眯起眼笑了笑："当然不会。"

"你的目的到底是什么？"林陌桑悲观地推测道，"让我做个扶不起的阿斗，彻底毁了家族？"

宫巳没有回答第一个问题，避重就轻道："毁了它我又没好处，吃力不讨好。"

林陌桑拽住宫巳不走了，等着他的答案："那你为了什么帮我？你也不是一个乐善好施的人。"

"为了什么？"宫巳故作思虑，然后带着满脸笑意压低了身子正对着林陌桑，一字一顿地说道，"为了看着你像现在这般痛苦、纠结，不知所措，最后发现世间从未有过什么善有善报、至诚至信，再亲再爱的人最后都会为自己的利益而互相蚕食。然后，一点点将林雨声给你的那些信念全都击碎，彻底摧毁……"

林陌桑冷眼看着宫巳，脱口道："恶魔。"

宫巳欣然接受："谢谢夸奖。"

林陌桑咬牙说道："那我就偏不如你意，我现在就去退选。"

林陌桑说着就快步向无有堂走去，宫巳不紧不慢地跟在后面，完全不担心她会像说的那样做出不理智的选择。越是这样，林陌桑就越感到恼火，好像宫巳已经吃准了她。

于是，当林陌桑冲进无有堂的时候，她迫使自己不去思考后果，闭着眼睛脱口而出："我要……"

然而，有人先于她开了口，才让她从冲昏的头脑里清醒过来。

"我的宝贝闺女,真是好久不见啊。"

这么称呼林陌桑的只有两个人,一个是至今杳无音讯的亲妈夏淑芳,另一个就是不久前出狱的"干妈"萧甯了。

林陌桑睁开眼确认眼前人的身份:"萧律师?"

然而这份熟悉的亲切感还没让林陌桑回暖,她就看到了站在萧甯身旁的姜冬月。

紧随其后的宫巳,也早就发现了姜冬月的存在,破天荒地进门后未置一词,甚至摘下了面具式的笑容,就这么沉默地看着镇定自若的女孩。

过于真实也过于冷峻,连林陌桑都不禁被吓到了。

"既然人都到齐了,就落座吧。"钱毋庸说道。

让林陌桑意外的是,在场的除了萧甯、姜冬月,夏凡也来了。钱毋庸坐在上首,林陌桑跟着宫巳,与卓景然、钟纤霖坐在一排,正对着萧甯、姜冬月、曾默及夏凡。

林陌桑默默数着在场的人数。如果不算贺南归和洪明,这里只差黄毛和赖远辰了。

"今天将大家聚在这里,主要要讨论两件事。第一件事……"

钱毋庸刚起了个话头,就被萧甯打断了。

"还是由当事人我来说吧。"

钱毋庸面无表情地沉默了半晌,既没点头也没摇头,然后坐回了座位。林陌桑觉得钱毋庸那模样似乎有些憋屈,不禁笑了一下,抬眼时竟然发现钱毋庸在瞪着自己。

"关我什么事哦?我什么也没说。"

林陌桑耸了耸肩表示自己的无辜,却觉得钱毋庸的眼神更加冷厉了。

另一边,萧甯请姜冬月站了起来,介绍道:"这位姜冬月小姐已经与我建立了契约关系。虽然她目前还不是家族成员,但在我成功竞选大家长之后,会首先让姜小姐加入家族。一切不过是时间问题,所以在竞选的期间,还希望大家待她如待我。"

林陌桑震惊地看看姜冬月,又看看身旁的宫巳,宫巳放在扶手上的手指明显攥紧了。其实当初林陌桑知道姜冬月抢夺骰子之后,隐约预料她会使用骰子,毕竟当初那枚假骰子给了她不该有的执念。林陌桑能猜到,宫巳自然也不意外,所以宫巳身上传达出的情绪不是惊讶,而是愤怒。

"另外,也要感谢姜冬月小姐的信任,将骰子交由我保管。"萧甯继续说道,"希望大家也可以同样信任我,让我带领家族朝更好的方向发展下去。"

林陌桑太久没见萧甯,差点儿忘记了他也是一个有野心的人。当初她因为裴西林

第十三章
游戏从掷骰开始

的事情与家族博弈，萧甯就在其中帮了她一把。正如萧甯当初所言，他不信任家族，也不希望被家族控制，如今他有机会掌权，自然不会放过这个机会。

萧甯的这番话说得滴水不漏，以骰子为条件让未被选中的龙子投票给他，语气上没有丝毫威胁的意思，言下之意却在告诉在场每一个人：选我，你们才安全。

林陌桑觉得自己输定了，与萧甯相比，原先的优势也变得微不足道。难怪刚刚钱毋庸的气场也弱了下去，大概也预想到了不可逆转的败局。林陌桑已经开始思考备案——萧甯名义上算是她的"干妈"，如果让他看在跟母亲的情谊上帮帮忙，是否能换得裴西林的安全呢？

此时，眉管家走了进来，对钱毋庸说道："金家、贾家、钱家的代表都到了。"

钱毋庸微微拧眉说道："我没有……"

"是我请他们来的。"萧甯的声音压过钱毋庸，解释道，"金家、贾家都私下跟我谈起自己对家族现况的担忧，毕竟一家无长总不是个办法，所以趁今天人到得还算齐，我们就尽早做个决定吧。"

林陌桑听完愈加丧气了，萧甯这不就是在说，他已经获得了金家、贾家的认可吗？林陌桑悄悄掰着指头算，远近亲疏算起来，卓景然、钟纤霖多半会选萧甯。再者，萧甯为家族解决过那么多问题，功不可没。对于素来看中实干的曾默来说，选萧甯的概率也远远大于选她。

这样算下来……萧甯已经获得五票了。

萧甯对眉管家点了点头，后者就将三个代表带了进来。钱家来的是钱吾省的大儿子，一进门就看到了林陌桑，诧异地在她和钱毋庸之间逡巡，最终满脸疑惑地坐在了眉管家安排的位置上。

"那么除了鄙人，还有哪位想要竞选大家长吗？"萧甯毫不避讳地问道。

林陌桑抬起头看向钱毋庸，发现钱毋庸也在看她。钱毋庸迅速扭过了头，装作没看懂林陌桑的意思。

看来钱毋庸是不打算竞选了。那现在怎么办？要不退出，然后向萧甯投个诚，以便日后求情？

林陌桑纠结困惑的时候，一旁的宫巳忽然拽住了她，欺近她低声说道："你必须当选！"

林陌桑气结，现在是她想不想的问题吗？

"你没听懂萧甯的话吗？骰子在他手里，我根本比不过啊！"林陌桑也压低声音

回道，"识时务者为俊杰，我现在赶快示好，还来得及搞好关系。况且萧律师至少能为家族解决问题，比我强太多了，我还争什么啊！"

"你想给家族带来什么？控制能力的方法？这些我都可以承诺给你。"宫巳攥紧了林陌桑的手腕，"唯一的条件就是，不可以退选，不可以让姜冬月赢！"

林陌桑被宫巳握得过紧，甚至有些疼痛，犹豫地问道："你怎么了？"

在林陌桑印象中，宫巳只失控过两次，一次是黄毛差点儿杀死姜冬月，还有就是现在。毕竟在这种场合，正常的宫巳应该是笑着的、事不关己的，而此刻他面无表情，握紧了拳头，像是在强忍着冲上去的冲动。

"我会竭尽所能辅佐你，让你达到你想要的目的，听懂了吗？"宫巳紧盯着林陌桑，"只要你当选，决不食言！"

林陌桑知道宫巳这次是认真的。可是现在这个局面，她还有突破口吗？

"没有人了吗？"萧甯见在场的没有人说话，不禁笑了笑，"那我就……"

萧甯的声音在林陌桑颤颤巍巍举起手时戛然而止，他收回了笑容，静等着林陌桑开口。林陌桑半天才把手伸直，扭头就看到了眉头深锁的卓景然和对面玩味打量她的夏凡。

林陌桑鼓起勇气，清了清喉咙，才大着胆子说道："不是说家族每个人都可以竞选吗？怎么……怎么只在我们之间选？"

林陌桑刚说完，就听到曾默用暗语讽刺了一句："你是来搞笑的吗？"

林陌桑闭了闭眼，忍下怒火，继续说道："我是觉得，如果是人还没有通知到，我们私自决断未免有失公平……"

林陌桑的声音越来越小，幸亏眉管家接过了她的话，才免于尴尬。

"林小姐放心，人都通知到了，而且已经进行了一次内部筛选。"眉管家解释道，"有意竞选的人，至少得到了金、贾、钱某一家或者龙九子某一位的推荐，才有资格坐在这里。"

林陌桑愣了愣，许久才反应过来："所以有人选了我？"

见眉管家点头，林陌桑忙看向在场的众人，是谁选了她？

在场只有夏凡是笑着的，但明显是一副看好戏的神情，其他人则情绪内敛，看不出任何信息。

林陌桑只好错愕地看向宫巳，希望他能给自己一点提示。

宫巳正在与眉管家耳语，眉管家点了点头，就去屋外悄声吩咐了一个人，那人听

第十三章
游戏从掷骰开始

罢就匆匆哈腰转身跑远了。林陌桑猜测宫巳是另有了其他计策，才又恢复了以往老神在在的姿态。

既然有人信任她，又有宫巳作保，为什么不放手试一下呢？

"那……那我……"林陌桑再次举起手，"我竞选。"

萧甯并不意外，点了点头，然后看向钱毋庸，意有所指地问道："还有其他人吗？"

林陌桑也看向钱毋庸，后者却始终没有开口。

"那么就是我和林陌桑小姐了。"

萧甯用了一个疏远的称呼，让林陌桑一下警醒起来，是的，他们现在是站在对立面的竞争对手了。

此时钱毋庸才开口说道："那就请两位按流程，说一下竞选宣言吧。"

竞选宣言？林陌桑一头雾水，向宫巳投去求助的目光，宫巳压低声音说道："随便说说，拖延一下时间。"

钱毋庸见林陌桑一脸蒙，于是让萧甯先开始。萧甯言简意赅地说了自己曾为家族做过的几件大事，表现了自己解决问题的能力，又委婉地表达了自己当选后，愿意满足三大家曾经提出的期待。

林陌桑知道萧甯是律师，日理万机，却没想到他竟然做过这么多力挽家族危机的事情。而她才加入家族不到半年，且不说没给家族做一点儿事情，还靠家族的帮助渡过了许多难关。她一直是福利的享有者，根本与萧甯没得比啊。

她要说点什么才能获得认可和信任？

林陌桑考过那么多场试都游刃有余，唯有此刻茫然不知所措。

"你准备像个傻子一样站到什么时候？"

曾默的声音在林陌桑脑中响起时，她本能地向对方投去目光，曾默却没有看她。

"萧甯比你多活十几年，你跟他比什么？想想你有而他没有的东西。"

曾默的语气虽然臭极了，但不得不承认话说得在理。林陌桑回想着刚刚萧甯的话，他过去在家族扮演的，其实一直是一个补漏洞的角色。他维系着各方关系，试图把这个家补得光鲜靓丽，在外人看来强大而神秘。但事实上呢？林陌桑所认识的家族，没有多复杂的关系，就是九个痛苦的人聚在一起。在这个金玉其外败絮其中的地方，他们也许获得了帮助、掩护，痛苦的根源却没有拔出——孤独者依旧孤独，迷茫者依旧迷茫，他们依旧是一个个独立的、不曾相互扶持的个体。

林陌桑长长舒了一口气,终于打破了沉默的壁障:

"我叫林陌桑,是一名高二的学生,四个月前才刚刚成为家族的一员。论资历,我比不上在座的任何一个,但是我想我可能是在场唯一的普通人。就连坐在我对面的姜冬月,也比不上我的普通。我没有特殊能力,生长在一个健全的家庭。我家算不上富裕,住的是十几年前建造的教职工宿舍,常常停水停电,还会闹老鼠。妈妈没有正式工作,爸爸作为老师工资也很低,低到他想要做点儿自己喜欢的考古研究,甚至要用我家房子来向银行贷款。

"我也怨过我妈做饭难吃,我爸不会梳辫子,两个人常常会为了自己的爱好出差,把我一个人丢在家里,于是我很小就学会了照顾自己。可是我很庆幸有这样的家人。我妈为了我,会向她憎恨的养母低头,而我的爸爸在陪伴我和事业之间牺牲了后者。我们相互独立,不会因为谁的离开而被击垮;我们又相互依存,在自己最脆弱的时候,只要想到对方就能获得坚强的力量。

"家人对我的意义,就像是北极星——暗夜行路,看得见时,它永远在天上;黎明启程,看不见时,它也永远在心里。所以即便他们现在不在我身边,我也仍旧可以不违背正直、良知和本心,坚强而勇敢地走下去。我这么说,可能在大家听来有些炫耀的意思。我知道大多数人无法选择自己的家庭,就像在座的大部分人,无法摆脱自己的命运。

"可是在我有限的知识里,我知道自古以来,所有家的诞生并不是以血缘的延续为起始,而是源于陌生男女之间的契约关系。过去我可能无法深刻地理解'契约'这个词,但当我一次又一次因为龙神骰子,与陌生人建立契约的时候,我才开始思考这个词的真正意义。也许把这种关系与'婚姻'作比算不上非常恰当,但是我觉得他们两者有着相通的地方——我们签订契约,交付对方自己全部的信任。这种交付意味着,我允许你伤害我,但我相信你不会这么做;你需要我保护你,而你相信我可以做得到。即便再弱小、再无能,也会因为有对方的存在而强大起来。

"所以我想,是骰子给我了一个机会吧,一个能与不平凡的你们成为家人的机会。这么说可能有些大言不惭、自以为是,毕竟我这一生,可能永远无法切身体会你们的痛苦。而我无论如何努力,也不可能像前任大家长,像萧律师这样解决那么多难题。可是既然已经建立了契约关系,那么我不会逃避,会努力将我从我的家人那里获得的理解,传达给新的家人。无论是不是'大家长',你们都是我的家人。我允许你们伤害我,但我相信你们不会这么做,如果哪一天需要我保护你们……也请你们相信

第十三章
游戏从掷骰开始

我可以做得到。"

林陌桑没想到她一口气可以说这么多，说到中间还傻兮兮地开始流眼泪。她也不知道自己在哭什么，只是说的时候想起了许多过去的事情。如此回想起来，才发觉自己多么幸运。

林陌桑快速地抹掉了脸上的泪水，然后鞠了一躬代表发言结束。她笑着抬起头，见在场的没人打哈欠，不禁松了一口气，至少起到了悄悄拖延时间的作用。

林陌桑看向宫巳的时候，发现宫巳也在看她，没有虚假的笑容，却也不是真实的冷酷。两人的目光相撞，宫巳才从怅然的情绪中脱离，敷衍地点评道："说得还可以。"

此时，眉管家带着一个人来到了无有堂。林陌桑闻声看去，竟然是王湾湾。王湾湾手上捧着一个盒子，神情忐忑地看了看卓景然，又将目光投向宫巳。

宫巳回过头，笑道："终于来了。"

在宫巳的鼓励下，王湾湾忐忑地走上前。

林陌桑带着疑惑看了宫巳一眼，质问他怎么又将王湾湾带到这个是非之地。宫巳故意忽略林陌桑的疑惑，起身整理了一下衣衫，引起了其他人的注意。

萧甯一直观察着宫巳，于是，当他站起来的时候，就首先发问了："宫先生这是也要竞选吗？"

"不不，宫某可没这个资格。"宫巳笑了笑说道，"只是见到熟人，想问她几个问题罢了。"

宫巳说罢就看着姜冬月，满目温柔的虚假。萧甯略显犹豫地看了姜冬月一眼，姜冬月抬高了下巴，说道："没关系，让他问。"

"姜冬月姜小姐，请问您拿到那枚骰子之后掷了几次？"宫巳质问道。

姜冬月想了想，答道："三次。"

"所以你投了三次，只与萧甯萧律师建立了契约？"宫巳继续问道。

姜冬月知道宫巳想问什么，于是说道："另外两次分别是霸下和双龙面朝上，我也很好奇为什么这两位没有来找我。"

宫巳点了点头，解释道："你可能不知道，使用这个骰子有一个规则，就是每一个面被选中即作废。三契缘尽，只能说你运气不够好，这两面恰好都被选过了，你白白浪费了两次机会。"

宫巳见姜冬月露出一丝疑惑，已经猜测到她并不知道卓景然与王湾湾建立契约这件事。

"给你介绍一下，林陌桑小姐，你也知道。她刚好选中了双龙那一面。"

这一点在场的卓景然可以证明。因为先前正是他与林陌桑争夺骰子，才导致骰子落地，而刚好落在了双龙一面。

宫巳紧接着向王湾湾的方向伸出左手，说道："这边王湾湾小姐，不久前与霸下建立了契约。"

宫巳说着朝邻座的卓景然笑了笑："没错吧，卓同学？"

卓景然打心底抵触这件事，满目怨气地别过头，未置一词。

对面的萧甯微微拧眉看向门口的王湾湾，他先前并不知道还有这样一个"意外"存在。萧甯隐约觉得，继续让宫巳说下去不会是个好兆头，于是打断他道："所以现在您问完了吧？大家时间宝贵，不如先把正事做完，你们再私下叙旧。"

宫巳忙抬手，请萧甯等等，笑着说道："问姜小姐的问题是完了，但是问您的问

第十四章
新任大家长诞生

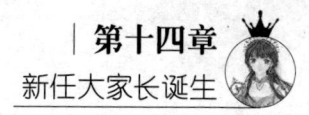

题才开始呢。"

"二当家！"萧甯避开宫巳抛来的火星，将它扔给了钱毋庸，"您看，无关人士是不是就不要待在这里，影响我们投票了吧？"

钱毋庸看着门口的王湾湾，又看了一眼宫巳，说道："先让他把问题问完也不迟。"

宫巳招呼王湾湾过来，接过她手中的盒子，然后打开展示给在场的众人。林陌桑一眼就认出了那盒子中的东西，竟然是一枚骰子。宫巳什么时候找到了这枚骰子？

在场的其他人也如林陌桑一般震惊，不约而同地去观察萧甯的神色。萧甯冷着一张脸，不为所动。

"我想问萧律师的是，您看我这枚骰子和您那枚骰子，究竟哪个是真的呢？"宫巳一手按住王湾湾的肩膀，意味深长地说道，"这枚骰子是林陌桑小姐给我的，而不久之前，她让自己的朋友王湾湾使用了这枚骰子，然后将卓景然从五感失灵的状态唤醒，这一点二当家、康寿堂的沈医生都可以做证。您与姜小姐建立契约这件事，谁又可以为你们证明呢？"

此刻大概唯有知晓来龙去脉的林陌桑，能够堪透宫巳的计谋了。宫巳玩了一个诡辩的技巧——如果世上只存在一个真骰子，你不能证明我的骰子是假的，那么也就不能证明你的骰子是真的。

也就是说，卓景然的苏醒代表了王湾湾与他的契约生效，而萧甯必须找到第三方来证明他的确与姜冬月建立了契约，才能将两枚骰子放置在同一个平面来，通过其他方式来辨别真假。

并且，在宫巳的步步紧逼下，萧甯不可能对此避而不谈，因为他手中唯一的王牌就是那个骰子，它是除个人人品、能力之外，最能拉拢人心的存在。而此刻，他如果不能有效反驳宫巳，那么手上这个王牌的可信程度就会锐减。

姜冬月向萧甯招招手，萧甯弯下腰，她倾身上去耳语了几句。萧甯点了点头，然后起身说道："我想这位王湾湾小姐，应该最清楚骰子到底在谁手中吧？当初姜小姐从你那里拿走了骰子，你是忘了吗？"

王湾湾紧张地看向宫巳，宫巳握紧了她的肩膀以示安抚。

王湾湾深呼吸了几次，才按照宫巳先前吩咐的内容缓缓说道："姜冬月不知道，这枚骰子其实有两个，我的那枚是假的，林陌桑手上那个才是真的。"

"你胡说！"姜冬月急切地反驳王湾湾，"你明明知道林陌桑那枚也被抢走

了!"

姜冬月没见过林陌桑手里的那枚骰子,她只知道林陌桑藏在龙湖别墅的骰子被人拿走了。她当时还特意打电话与林陌桑确认过,林陌桑明明称拿走骰子的并非她本人。

"是吗?"宫巳故作疑惑地对林陌桑说道,"你的骰子被抢走了吗?我记得,是你自己回去拿的吧?"

宫巳给林陌桑递了个眼神,胜败在此一举,这个谎你认还是不认?

林陌桑咬了咬牙,最终下定决心顺着宫巳的话说道:"如果我的被抢走了,这枚骰子你从哪里得到的?"

不言而喻。宫巳满意地笑了。

"你在说谎。"姜冬月紧盯着林陌桑说道,"你当初明明说……"

宫巳冷着脸打断姜冬月的话:"究竟是谁在说谎,一试便知。"

钱毋庸问道:"怎么试?"

"三契缘尽,王湾湾小姐的三次机会,她才用了一次。"宫巳说道。

王湾湾点了点头。

"所以她还有两次机会。"宫巳提议道,"不如就让她在这里试一下,看看究竟哪枚骰子能真的建立契约。"

"你疯了吗?"萧甯冷笑着反驳宫巳,"你是要把夏凡或是纤霖交到这样一个小姑娘手上?"

"总比将整个家族交到一个撒谎的人手里要好吧?"宫巳笑盈盈地反问道。

宫巳针对的是萧甯,字眼却深深戳在林陌桑心里,她又何尝不是那个说谎的人?况且,如果萧甯那枚骰子是真的,那么宫巳这么做不就是把王湾湾彻底拉下水吗?

先前将骰子交给王湾湾保管,本就是林陌桑犯下的一个错。王湾湾与卓景然建立契约,也是一个意外。王湾湾是无辜的受害者,如果她纵容宫巳,岂不是变成了十足的加害者?

林陌桑内心纠结想要开口阻止,钱毋庸也异常沉默,明显是在考虑究竟该如何选择。就在这个时候,夏凡忽然举起手说道:"我同意!我是说,我同意让王湾湾试一下骰子。毕竟两枚骰子只要有一枚是真的,我和钟纤霖就算是安全的。即便被她选中了,她人在这里跑不了,总比那些心存邪念的人好控制。你觉得呢?"

夏凡把问题抛给钟纤霖。

第十四章
新任大家长诞生

钟纤霖表现得比林陌桑想象中要平静。自来到无有堂开始，他就像是置身事外，既不发表意见，也对现场的状况反应平淡。此刻被夏凡点到，他才仿佛回魂一般，看看夏凡又看看林陌桑。

"我不知道。"钟纤霖说罢就埋下了脸。

夏凡冷下脸上的笑意说道："你不知道？你就不担心，如果两枚骰子都是假的，我们将遭遇的下场吗？"

钟纤霖这才猛地抬起头，紧张地吞咽了一下口水，不知所措地看向萧甯。萧甯低垂下眼睑，陷入深思。一旁的姜冬月轻咬着下唇，竟然没有出口反驳夏凡。

林陌桑没想到夏凡竟然如此敏锐，一下子就发现了问题的所在。萧甯和姜冬月越是冷静和沉默，林陌桑就越觉得有鬼。看两人的神情，应该都清楚骰子的真假。可是姜冬月已经与萧甯建立了契约，没理由不交出真骰子，那么萧甯为什么要搞一个假骰子来做局？

林陌桑想通的那一刻，心间猛地一跳。这种情况只有一种可能，那就是姜冬月在三契缘尽之后就失去了那枚真骰子。无论这个"失去"是出于本意还是被迫，都是一个无法挽回的局面，才会让两人出此下策。

"所以，萧律师，不如我们尽快确认一下，不要浪费大家的时间。"

宫巳步步紧逼，萧甯只能背水一战。

只有一方选中椒图钟纤霖或鸥吻夏凡，才可以达到验证真假的目的。而选中两者只有百分之二十的概率，也就是说萧甯还有八成概率来瞒天过海。但是此刻他如果不赌，那众人就会认为他心虚，变相承认了他的骰子是假的。

萧甯故作坦然地让门外的助理将装有骰子的盒子递了进来。

宫巳与萧甯分别将骰子交到王湾湾的左手和右手。对于在场的其他人来说，这两枚骰子外形看起来一模一样。钱毋庸对王湾湾说道："你觉得两枚骰子有什么区别吗？"

王湾湾忽然被点名，紧张地吞咽了一下口水，然后摇了摇头说道："重量、质感都是一样的。"

钱毋庸放弃了最后的侥幸，说道："那你可以开始了。"

王湾湾看了一眼宫巳和林陌桑，才闭上眼长出了一口气，然后松开了掌心的骰子，让它自然落在地上。

骰子落地的声响在寂静的无有堂中显得格外刺耳。

骨碌碌滚动的骰子,最终在大堂中央的地面上停了下来。萧甯凝神看去,然后松了一口气,说道:"如果我没看错,两枚骰子分别是狴犴和囚牛吧?"

钱毋庸是狴犴。先前林陌桑为救裴西林,于是用了第三次掷骰机会,与钱毋庸建立了契约。而囚牛则是大家长贺南归,虽然他没与任何人建立契约,但不久之前已经被证实去世了。

萧甯一瞬间觉得胜利在望,忍俊不禁道:"我记得二当家已经与林陌桑建立了契约,所以这个不作数,而大当家刚去世不久,囚牛也自然……"

萧甯看到宫巳扬起的笑意,生生把自己的话咬断,后背生了一层冷汗。

一旁的林陌桑看到囚牛的那一瞬,心中也不禁明亮起来,她差点忘记了宫巳还留有最后一张王牌。

果不其然,宫巳自信地踱步到骰子前,指着右边的那枚说道:"所以是萧律师的那枚选中了囚牛,对吗?"

宫巳说着抬眼看向大门的方向,叫道:"洪明!"

洪明听到宫巳的呼唤后,怯生生地扶着门探进了半个脑袋,小心翼翼地看着堂内的状况。洪明打量了堂内的人一圈,最后看到了林陌桑,悄悄跟她招了招手。

"洪明,你有什么特别的感觉吗?"

宫巳将洪明的注意力引向自己。后者懵懂地摇了摇头,然后说道:"外面有点冷。"

"那就进来吧。"

宫巳下了准入许可,洪明毫不迟疑地迈过门槛,就向林陌桑跑去。

"你怎么在这儿啊?"洪明低声问道。

林陌桑哭笑不得,这问题恰好是她想问他的。但是看着宫巳自信的笑容,林陌桑多半已经明白了,洪明一定是宫巳计划之内的安排。

"你是想说,这个孩子是新一代的囚牛?"萧甯问道。

宫巳不置可否地看向钱毋庸,毕竟钱毋庸一直在寻找囚牛,场上只有他最有资格对洪明的身份提出质疑。

从宫巳的态度来看,钱毋庸几乎可以确定这个叫洪明的孩子一定跟囚牛有关。他费尽心思寻找无果,还被宫巳耍得团团转,那一刻他就有所觉悟,也许宫巳早就知道囚牛在哪里。这也是他后来选择退选的重要原因,最关键的筹码和自己的命脉都握在宫巳手里,他不得不认输。

第十四章
新任大家长诞生

钱毋庸并不像萧甯那样，认为宫巳会作假，但为了让在场的人都信服，还是需要验明正身。

"眉管家。"钱毋庸吩咐道，"带这个孩子下去确认一下。"

眉管家之前也会管莘子园的一些琐事，所以洪明对他并不陌生，于是眉管家去领人，他也没排斥，在宫巳的首肯下跟着眉管家去了后堂。

萧甯坐回了椅子上，眉头紧锁地盯着地上的骰子，额上出了一层细密的汗。

不一会儿眉管家去而又返，洪明整理着自己的衣服也跟了出来。

眉管家与钱毋庸耳语几句，钱毋庸点了点头，对着在场的人说道："这个孩子的确是囚牛。"

萧甯咬牙闭上了眼，已经输了。不过就算是死局，他也要拖对方下水。

"没错，我这枚骰子是假的。"萧甯睁开眼直言道，"但是你也没办法证明你那枚是真的。"

宫巳认可萧甯的说法，故作赞赏地点了点头，然后起身捡起左边的骰子。

"我不需要证明啊。"宫巳将手中的骰子碾碎成粉末，"它本来就是假的。"

听到宫巳这么说，林陌桑也终于卸下了心头的重担。

事实上，林陌桑配合宫巳说这个谎，也并不代表宫巳有完全的赢面。宫巳也是在赌。只不过他拿的那枚骰子动了手脚，微调了骰子的质量密度分布，所以只能选中貔貅，也就避开了在萧甯露馅之前，他被拆穿的风险。

宫巳赌的就是两次投掷中，萧甯那枚骰子是否可以选中夏凡、钟纤霖、洪明中的一个，哪怕它最终落到了黄毛、赖远辰那边，宫巳也能以寻找二人为由拖延投票时间。宫巳的赢面虽然只有百分之三十，萧甯的输面却在百分之五十之上。

好在宫巳和林陌桑运气好，第一次投掷就选中了洪明。

既然大局已定，林陌桑不能重蹈萧甯覆辙，一定要及时表明立场，于是解释道："我的骰子的确被抢走了。王湾湾为了保护骰子，在和姜冬月争执的时候，意外与卓景然建立了契约。刚才所有的谎言，只是为了给大家澄清一个真相。就像夏凡说的那样，如果我们当中有一枚是真的，都要比两枚都是假的要乐观。所以萧律师，当务之急不是为了这个大家长之位隐瞒真相，而是应该为了大家的安危着想，尽快说出真骰子的下落。"

萧甯觉得有些好笑，他竟然被"女儿"教训了。他的确存了私心，才会选择跟姜冬月合作。事到如今，他再无回转的余地，只能起身向所有人鞠了一躬："抱歉，的

确是萧某狭隘了。"

一旁的姜冬月不甘心大势已去,起身说道:"骰子是假的又如何?萧律师先前做的事,还不足以让人信服吗?难道你们真要选这样一个小丫头做家长?她连自己都顾不好,你们让她管理一个家族?"

不等林陌桑反驳,宫巳先按住了她的肩膀,代为答道:"萧律师作为家族一员,当然没问题,问题是他选择了一个居心叵测的局外人合作。"

宫巳针对姜冬月的意思再明显不过,将内心的愤怒毫不掩饰地释放在对方身上。

"我不是局外人!"姜冬月强调道,"我也建立了契约!"

宫巳轻笑着讽刺道:"骰子都是假的,契约又怎么可能是真的?"

"是真的,是真的!"姜冬月急切地喘息着说道,"我选中了双龙的那一面,我以为你会来。可是来的不是你,是个陌生男人,他夺走了那枚骰子!"

姜冬月说着哭了起来,捂着脸如魔怔一般不断重复着:"为什么不是你?为什么来的不是你……"

萧甯见姜冬月崩溃,让助理先将人送了出去。

"姜小姐并没有说谎。"萧甯解释道,"当初她手里的骰子是真,所以契约也是真的。如今这枚假骰子,是我从黑市里买到的。我最初也不能判断它的真假,但直到我发现了第二枚、第三枚……甚至更多。"

萧甯的话让夏凡都笑不出来了。这种现象透露出了两个可怕的信息,一是无数无法从外观判断真假的骰子流入了地下市场。二是,骰子能够成为市场需要的商品,意味着比假骰子还多的人知道了这枚骰子的作用,并对这个"作用"趋之若鹜。

夏凡说出了自己的推理,拥有共同命运的钟纤霖吓得脸色苍白,抬头质问萧甯:"当初你让我推荐你做候选人,不是说已经抓住了那个抢走骰子的人吗?"

"的确有我解决不了的危机。"萧甯没有回答钟纤霖,默认了先前的谎言,坦然看向林陌桑:"还请新任大家长定夺吧。"

萧甯将点燃火索的炸弹就这么抛给了林陌桑。

林陌桑想退缩,连萧甯都处理不了的问题,她怎么可能解决?

然而,钱毋庸在她退后的时候又推了她一把。

"那么现在不需要投票了,候选人只剩下一个了。"钱毋庸总结道,"还有人对林陌桑出任新一任大家长有异议吗?"

洪明错愕地看向林陌桑,问道:"你要做大家长?"

第十四章
新任大家长诞生

林陌桑想要摇头,却被身后的宫巳撑住了后颈。宫巳低下身子,在她耳侧说道:"你已经无路可退了。"

在场的人各怀心思,却没有人出口反对。

"那么,"钱毋庸退后一步,让开上首的席位,对正对面的林陌桑说道,"恭喜了。"

宫巳在林陌桑身后鼓起了掌,林陌桑却觉得一阵眩晕,什么都听不到。所以她从今天开始,就是家族的大家长了?

"接下来,就请眉管家尽快筹备就任仪式吧。"钱毋庸吩咐道。

林陌桑神思恍惚地被宫巳带出了无有堂,当她跨过一尺多高的木地栿时,抬头才发现屋外竟然飘起了雪花。白得刺眼的空中,簌簌下落的冰晶,碰到万物即消弭,仿佛一场幻觉。

姜冬月还没有离开,被萧甯的助理披上了一件大衣,也出神地望着空中下落的雪,似乎已经从崩溃的情绪中恢复。

"宫巳,我们逃出来的那一天也是初雪呢。"姜冬月转头看向同样驻足的宫巳,"明明一起出生入死,为什么你要把我当作陌生人呢?"

宫巳没有回应,而是侧头对另一边的林陌桑说道:"走吧。"

第二天,林陌桑在眉管家的安排下搬到了新居所。虽然为了兼顾学业,林陌桑没办法在本家常住。但既然成了一家之主,总不能一回来就住客房,至少要有个能对外说明的稳定居所。林陌桑左右斟酌,最后在备选名单里选了距离莘子园最近的"听雨苑"。她原本是想离藏书阁的实验室近一些,没想到却被宫巳嘲笑:"你是故意的吧?"她这才后知后觉,龙九子最怕的就是下雨,她却专门选了个享受雨天的住处。

"也好,就当立威吧。"宫巳边笑边安抚道。

这算哪门子立威啊,根本就是脑子缺根弦啊。林陌桑腹诽归腹诽,但也不好让老管家再返工忙活,就先这么住了下来,赶快处理迫在眉睫的就任仪式的事情。

林陌桑原本不想搞什么就任仪式,总觉得像是封建社会一样,既浪费时间又铺张浪费。但后来才在宫巳的提点下明白,这个仪式真正的目的,其实是在帮林陌桑梳理家族的关系网。她在这个宅院里,能见到的不过是几个龙子和贾、金、钱三家的人,但事实上还有更多与家族"暗度陈仓"的人或组织。

作为大家长,林陌桑不一定要露面,但这些人为了表现忠心与诚意是一定要来

的。一次当面的交流,来与不来是第一道坎儿,送什么贺礼是第二道坎儿。光是这两道,就可以判断谁该信任谁该疏远,这其中的门道与古代朝堂上的权谋之术不相上下。

最让林陌桑头痛的是,因为有些人与家族之间的联系是要保密的,所以她连出席者名单都没有,每天只能跟着眉管家大眼瞪小眼,干等着一周后的就任仪式。

除此之外,眉管家例行分内的职务,将家族的账目、产业介绍给林陌桑。这些东西虽然不用她亲自打理,但不能坐上了家长的位置还一问三不知。最让林陌桑吃惊的是,家族好有钱啊,作为大家长起码身价几个亿啊。林陌桑有些膨胀,连忙开窗透了透气,才冷静下来直面眼前最紧迫的事情。

"骰子的事情,我该让谁去查呢?"

林陌桑眼下最担心的,就是下落不明的骰子,毕竟让家族落到如今的险境,她占了大部分责任。而如今萧甯又主动卸任,表示自己无能为力,她瞬间就没有了主意。

"家族里的事都是大家长做主,管家如果给了意见,就是越权了。"

眉管家把问题又抛还给了林陌桑。头痛,头大,林陌桑想要爆炸。如今她觉得能做到这件事的,可能只有宫巳了,但是如果把宫巳派出去,她就要一个人面对家族里各种纷繁复杂的事情。到时可能骰子还没找到,她这个大家长就已经下台了。

还有谁,既对家族的事情了解,又为人靠谱呢?

林陌桑抓着头发闭上眼,再睁开眼就看到了曾默。对啊,曾默查案一把好手啊!

曾默被林陌桑迸射出的热情吓得后退了半步:"你搞什么,怎么看见我就两眼放光?"

眉管家见曾默来了,就悄悄退了下去。此时听雨苑里只有林陌桑一个人。宫巳被她委托去给姜冬月和王湾湾"上课",以防两人因为契约关系而被人利用。宫巳当然是极不情愿的,只是当初他答应了,只要林陌桑当上这个大家长,他就如她所愿帮助家族。所以无论心底如何抵触,也只能履行承诺。

林陌桑心想,宫巳不在也好,正好证明了没有宫巳她也能独当一面。

林陌桑暗自窃喜,也不问曾默来意,殷勤地给他端茶倒水、嘘寒问暖。林陌桑刚把曾默按在椅子上,他就像被烫到一样又迅速站了起来,紧张地问道:"难道你已经知道了?"

这一问,把林陌桑问蒙了:"你在说什么?"

曾默谨慎地左右看了看,才指了指林陌桑的头,暗示两人使用暗语。

第十四章
新任大家长诞生

"裴西林逃跑了。"

曾默的声音在林陌桑脑中响起时,她不可置信地看向对方。直到曾默点了点头,她才勉强接受了这个信息。

"什么时候的事?"林陌桑在心里问道。

曾默摇了摇头,用暗语回道:"监控没有拍到,警报没有任何异动,就像是突然蒸发了一样。每天的饭按时送入,空碗也按时送出,直到一天前我发现监控录像里拍到的食物是一周之前的。"

"那空碗是……"林陌桑不解道。

"送饭员被暗示了。回收碗筷的时候,将碗里的东西都倒掉了,却在潜意识里认为是囚犯吃光了。每天实地巡查的人也是,明明没看到人,却潜意识里认为有人。"

也就是说,房间里被关押的人可能早就逃脱了,而送饭员和巡查员因被暗示,于是每天就像是看着旧监控录像,完全没意识到发生了异常,循规蹈矩地重复着过去的流程。

林陌桑原本以为慎刑司技术超前,不可能会让这些身怀异能的人钻了空子。

"是不是有什么地方疏忽了?"林陌桑问道。

曾默点了点头,解释道:"其实每个房间是有限制他们能力的设置的,但是被人从外部破坏了。所以除了裴西林,还有几个棘手的家伙也趁机逃走了。但是可以肯定,裴西林在其中起了关键性作用,才让其他人蒙混过关。"

林陌桑无力地撑住额头,脑中一团乱。为什么要逃?当初裴西林明明答应了她不会逃跑的。她费尽心思当这个大家长,就是为了裴西林可以重获清白,现在算什么?裴西林逃跑,在其他人眼中就坐实了他杀害贺南归的事实,那她现在做这个大家长又有什么意义?

这不是裴西林第一次逃跑了。不到一年前,裴西林就曾利用她解开囚困自己的锁链然后一走了之,让她一个人面临被驱逐被孤立的窘境。历史的循环让林陌桑更加气愤和难过,为什么每一次她付诸信任和努力,却都遭到同样的回报?

曾默还在这里,大家长这个身份也推脱不掉,她现在不能哭。林陌桑强迫自己整理情绪,将愤怒、委屈都咽了回去。

"逃走的那些人,会对家族有什么威胁吗?"林陌桑问道。

曾默没想到林陌桑能够这么快地回归到大家长的身份,为家族的利益着想。曾默没有第一时间回答,反而先松了一口气。

"看来选你没有错。"

林陌桑不解,曾默无奈地提醒道:"你以为你怎么有资格参加竞选的?还不是老子选了你!"

林陌桑恍然大悟,但又不可置信。在她心里,最不可能选她的人中,钱毋庸排第一,曾默排第二。毕竟曾默一直都不怎么待见她。每次她有什么提议,曾默都白眼翻到天上去,满脸嫌弃。

"不说这些了。"曾默恨铁不成钢,刚夸了一句就开始冒傻气,"先说你提的那个问题吧。"

曾默打开了随身带来的档案袋,将整理好的逃犯资料交给了林陌桑。裴西林逃跑的事情,他其实通过暗语就能远程告知林陌桑。之所以要亲自跑这一趟,就是要把其他人的资料交给大家长,让她做出决断。

林陌桑略略将几人的资料翻过,越看越觉得后脊发凉。虽然都是出自莘子园的"孩子",但他们的能力比辛留有过之而无不及。当初辛留会让其他人忌惮,除了能力恐怖,更棘手的是他乖戾的个性。换一种说法就是,辛留有一些反社会人格倾向,在实施暴力上根本不会有道德的束缚。

"这些'孩子'虽然会因为家族限制他们自由而怀恨在心,但并不会构成实际的威胁。毕竟他们作为个体对抗集体实力悬殊。麻烦的是,如果这次出逃是有预谋的……"

"你是说有人外部破坏,其实是里应外合?"林陌桑推测道。

曾默点了点头:"如果对方以'拯救'的名义将这些'孩子'纳入麾下的话,那后果可能比我们想象中要糟糕。"

林陌桑苦恼地抓着头发,怎么骰子的事情还没解决,又来这么一个大麻烦?

"不过根据我的经验,这个里应外合的人,其实是可以排查出来的。"曾默解释道,"慎行监的系统不是一般人可以破坏的,能够获取那些孩子信任的,也绝不可能是个陌生人。"

曾默这么说,林陌桑已经明白他的意思了:"所以你说的是,家族里的内奸?"

曾默嫌弃地戳了戳林陌桑的额头:"你说了句废话,等于没有解决问题。哪些人可能成为这个内奸,这才是关键!"

"熟知慎行监的系统,至少是去过那里的人,所以住在本家内部或者常来的人嫌疑更大。而莘子园一般人是不能进的,能让这群孩子感到熟悉的,除了同学就是老

第十四章
新任大家长诞生

师……"

林陌桑分析到这里，忽然说不下去了，紧张地吞咽了一下口水，生怕曾默看出她的心思。

"赖远辰？"曾默疑惑地重复着林陌桑心底的声音。

林陌桑这才反应过来，她根本不可能瞒得住曾默啊！

"你是不是还有什么信息没有告诉我？"曾默敛眉质问林陌桑。

林陌桑本能地想起赖远辰可能还是抢走骰子的人。她犹豫着要不要说时，抬头见到曾默了然地挑眉，急得跳了起来，又被听到了？

曾默哀叹着摇了摇头，他怎么认了个傻子当家长！

林陌桑察觉出曾默的冷嘲，瞬间被浇了一盆凉水。她确实没必要瞒着曾默。如今这么多事情，能多一个信任的人，她就能多一些正确的建议。

"赖远辰扮过贺南归。"林陌桑索性用暗语将一切告知了曾默。

曾默拧眉思索了一阵，问道："所以杀死大家长的凶手到底是谁？"

林陌桑还没来得及回答，就看到远远走来的宫巳。宫巳笑着打量着两人，故作幽怨地说道："你故意支开我，是为了跟他密会？小陌桑，你真是太伤我的心了，亏我这么尽心尽力地帮你。"

林陌桑不理会宫巳的调侃，想开口又怕隔墙有耳，于是拽过宫巳的手，在他手心写道："裴，逃。"

宫巳愣了愣，坦言道："我没有收到任何信号。"

林陌桑记得宫巳与裴西林是互通暗语的，倘若裴西林有潜逃的心思，应该如她和曾默一般，是瞒不过宫巳的。如果宫巳没有说谎，那么这之间到底出了什么问题，让裴西林连宫巳都骗了过去？不过倘若宫巳在说谎，那么里应外合就说得通了。毕竟当年从白泽船上营救宫巳，两个人也是靠暗语瞒天过海险中取胜。

宫巳看得出林陌桑不信任他，他却不在意，笑了笑说道："你怀疑我没问题，但怀疑我解决不了任何问题。我希望你记得，我们的合作是利益关系，我对你还有用。"

林陌桑完全明白，她已经被教育了太多次。说实话，现在她有点儿恨宫巳，因为此时此刻，裴西林的逃离，赖远辰的秘密，让她第一次尝到了他所说的"世间从未有过什么善有善报、至诚至信，再亲再爱的人最后都会为自己的利益而互相蚕食"的真实感受。

但是她不能被摧毁，她不能被打败。林陌桑暗自咬了咬牙，坚定自己的决心。

"那么，现在有三件事要处理。"林陌桑以理智压抑着内心的惶恐，"第一，调查真骰子的去向。第二，秘密地追查逃犯。第三，我需要人。"

"第一件事我可以做。"宫巳指着自己，说罢又指向曾默，"第二件事他可以做。"

曾默点了点头："可以交给我。"

"那第三件事你要怎么做？"宫巳对林陌桑说道，"你要什么人？"

"我想把黄毛……就是饕餮找回来帮我。"林陌桑对宫巳说道，"所以我要怎么才能联系到他？"

林陌桑其实也没想到，自己在寻找帮手的第一瞬间想到的是黄毛。她的朋友不多，又大多是"局外人"，她不想将人牵扯其中。而在可供选择的范围内，萧甯做了甩手掌柜，卓景然不信她，她又无法信任钱毋庸、夏凡，而钟纤霖又担不起大事，况且还隔着赖远辰这一道关系……

而她原本最信任的裴西林，此刻却丢下她跑了。林陌桑别无选择，就只剩下曾经患难与共的黄毛了。毕竟找到黄毛，就相当于与母亲夏淑芳取得了联系。如果说黄毛在行动上可以弥补她犹豫不决的缺陷，那么母亲就相当于她的后盾，可以在心灵上给她巨大的支持。

"抱歉。"宫巳坦言道，"你知道我现在依旧是白泽的逃犯，跟他们牵扯上关系，我吃力不讨好。我可以把我获得的消息都给你，但我做不到帮你找人，你明白吧？"

林陌桑虽然早有预料，但难免有些失望。

"那只能我亲自去找了。"

林陌桑愁闷，只身深入白泽，她还能活着回来继续当这个大家长吗？

"也许不一定。"曾默忽然说道，"如果你说的黄毛是褚良的话，我可能有办法让他自己来找你。"

林陌桑惊讶道："你知道他的名字？"

"知道名字很奇怪吗？"曾默冷哼了一声，"他以前那些案底都在我那儿呢。"

林陌桑此刻忽然有了觉悟。也许黄毛不想别人知道他的真名，并不是为了搞神秘，而是真名底下犯下的事儿太多，怕警察抓他吧。

第十四章
新任大家长诞生

曾默在就任仪式前一天给了林陌桑确切消息，称黄毛会来。

宫巳因为调查骰子下落，这几天都不见人影，林陌桑一个人面对频频送上门的贺礼，简直一个头两个大。因为这些人送礼都不走寻常路——最先收到的是一块石碑，林陌桑琢磨了一上午，硬是没搞懂上面的鬼画符是什么含义。接下来又相继收到了几只鸟，林陌桑对生物实在不了解，只觉得毛不错，好看。再后来，送上来的东西就更五花八门了。小的如铜锁，大的如洪钟，最让林陌桑毛骨悚然的是，有人送来了一箱子骰子。

林陌桑特别问了一下送那箱骰子的人，眉管家称是宫巳。她大概也能明白，这箱子东西多半是宫巳在暗示她，他在用心干活呢。只是这些骰子她要怎么一一尝试辨认真假？难道又让王湾湾来吗？

林陌桑焦头烂额，不想面对，索性一把关上了箱子，先让眉管家将东西收好。其实哪个是真不重要，重要的是其中若有真的，那么他们就已经事半功倍了。至少这样保障了几个未被选中的龙子的安全。但更糟糕的情况可能是，这一箱子都是假的。

就任仪式前夜，林陌桑比考试前一晚还要紧张。白天她被琐碎的事情缠身，没空忧愁烦闷，但到了夜深人静的时候，郁结的情绪就不禁溢上心头。她知道这其中多半是因为裴西林。在竞选宣言中，她口口声称家人是给予对方伤害自己的权利，而相信对方不会真正伤害自己。可是命运狠狠打了她的脸，用裴西林的离开告诉她，这份信任的廉价。

她其实在心里给裴西林找了无数的理由，将他的离开解释成"迫不得已"。可是再无奈的"被迫"，就非差那一句离开前的告知、离开后的解释吗？

林陌桑越想越觉得心寒。

听雨苑的房间里装了地暖，在这九数寒天按理是感觉不到冷的。偏偏这晚林陌桑却冻得辗转反侧睡不着。她感觉到地板下蹿上来的寒意，猜测大概是地暖停了。如今夜深人静，林陌桑一时间也找不到人来修，只能自己裹上衣服出去看看是出了什么问题。

林陌桑刚打开卧室反锁的门，就被人扑倒在地，在头要撞到地面的时候，被那人用手捂住了前额，才免于受伤。林陌桑刚想呼救就被对方顺势按住了嘴，她挣扎着想要转身，却被身后的人扳着身体无法动弹。

林陌桑背靠着那人的胸膛，可以感觉出是个男性，个子比自己高，手掌有力，多半是练过拳脚功夫的。她深知自己硬碰硬绝对会输，于是企图用暗语求助曾默。然而

215

曾默刚刚回应了一句"怎么了",林陌桑就被什么东西刺入了太阳穴,两人接下来的对话就被完全阻断了。

这个人到底是谁,竟然可以做到阻断暗语。

林陌桑惊诧惶恐之时,身后的人忽然附在她耳边说了一声:"睡吧。"她还来不及辨别这熟悉的声线是谁,就感觉到一阵困意来袭,渐渐失去了意识。

于是,第二天新任大家长就任仪式上,家族迎来了有史以来最荒诞的开幕——新任大家长被人劫持了。

——本季完——

意林·轻文库，浪漫出击!

萌宠少年邀你品尝青春 50°的甜

知名青春作家
任玉瑶、饼干芭娜娜、绯虹
专为少女量身定制萌宠男神。

他像只慵懒的大猫，会打着哈欠黏着你，
又似狡黠的麋鹿，任你小憩在他身旁，
偶尔，他变成温暖的白熊，对你勾勾手指，
他会守护你、宠溺你、无条件地信任你……

你的身边，也有这样一个温暖的守护者吗？
轻文库贴心打造暖心深夜励志读物，愿你永远有人陪……

青春碰撞，甜蜜暴击，
时光里的萌宠少年，等你来召唤!

随书附赠：珍藏版萌宠男神**形象卡**　超值收藏价：**29.90元**/册

意林·轻文库 "星梦男神"青春大系列

/心/动/策/划/

十二款超梦幻花样美男，款款悸动你的心！

《巨蟹座男友·八音霓裳①》
他是古风音乐圈大神，
也是计算机系男神。
他坚定、忠诚，目光只为她而闪耀。

**他是温暖专一的巨蟹座，
等你来签收！**

《天秤座男友·观花魅影①》
他是街头魔术师，也是私人影院老板。
他温和、内敛，将满心爱意深藏。

**他是优雅神秘的天秤座，
拨动你的心弦！**

《水瓶座男友·仲夏骊歌①》
他是能源司指挥官，也是大学科学教授。
他儒雅、寡言，默默守护身畔。

**他是冷峻多变的水瓶座，
与你浪漫邂逅！**

超值收藏价 25.90元

随书附赠：珍藏版"十二星梦男神卡"一张（双面全彩）

即将出版：《射手座男友·绮罗星辰》《双子座男友·命运指轮》
《狮子座男友·太阳青穹》
步履不停，壮观来袭！（书名以实际出版为准）